화엄경에서 배우는 성공비결 108가지

김용필 지음

도서출판 청어

화엄경(華嚴經)에서 배우는 성공비결 108가지

김용필 지음

발행처 · 도서출판 청어
발행인 · 이영철
영 업 · 이동호
기 획 · 최윤영 | 김홍순
편 집 · 김영신 | 방세화
디자인 · 김바라 | 서경아
제작부장 · 공병한
인 쇄 · 두리터

등 록 · 1999년 5월 3일(제22-1541호)

1판 1쇄 발행 · 2013년 6월 10일
1판 2쇄 발행 · 2013년 11월 20일

주소 · 서울 서초구 서초3동 1595-10 봉양빌딩 2층
대표전화 · 586-0477
팩시밀리 · 586-0478

홈페이지 · www.chungeobook.com
E-mail · ppi20@hanmail.net
ISBN · 978-89-97706-51-8 (03810)

화엄경에서 배우는 성공비결 108가지

상처받은 사람들을 위한 조언

모든 상처받은 사람에게 위로의 말씀을 드립니다. 세상엔 사랑에 상처받고 친구에게 상처받고 혈육 간에 상처받고 믿었던 사람에게 상처를 받아 절망에 빠진 사람들이 수없이 많습니다. 상처는 그것뿐이 아닙니다. 사업에 실패하거나 직장에서 쫓겨난 사람, 사기를 당해 재산을 잃은 경제적 파탄자나 명예를 잃은 인격 파탄자, 부모를 잃고 고아가 된 아이들이나 선천적 장애를 안고 태어나거나 병으로 고통 받으며 절망에 빠진 사람들은 상처를 늘 안고 삽니다. 그러나 그 상처는 꼭 당신만의 아픔이 아닙니다. 주변엔 당신과 같은 사람들이 수없이 많습니다.

상처와 절망이 극에 달하면 이성을 잃는 수가 있습니다. 그러나 결코 세상은 힘들고 고달프며 슬픈 것만이 아닌, 살아볼 만한 가치가 있다는 것을 절망에 빠진 사람들에게 말해주고 싶습니다. 냉철한 이성으로 생각해보면 세상은 그렇게 힘들지 않고, 누구나 살아갈 길이 있으며, 행복을 추구할 수 있다는 것입니다.

생각을 바꾸어 상처가 치유되면 생활이 즐겁다는 것을 느낄 수 있습니다. 이제 마음이 좀 편해지나요? 누구나 상처를 받고 상처를 입히면서 삽니다. 삶 자체가 쉬운 여정이 아니기 때문에 정도(正道)가 없고, 늘 변칙 속에 존재하기에 그로 인해 상처받는 일이 많이 생깁니다. 상처받고 상처를 주는 현실에 적응이 안 되어 생을 포기하거나 죽음에 이르는 극단적인 상황을 도출하는데 그것은 모두 죄악입니다. 인간이 한번 이 세상에 태어나기 위해서는 10억 8천 대 1의 경쟁을 치러야 한다고 합니다. 그런 귀중한 생명을 함부로 할 수가 없는 것입니다. 그것은 당신이 다른 사람에게 상처를 주는 것입니다.

세상은 아름다운 것입니다. 세상엔 얼마나 재미나고 신나는 것이 많습니까? 그런 행복을 다 누리는데 나만이 누리지 못한다는 그 생각이 틀리다는 겁니다. 사람은 상대적인 것에 민감해서 비교하는 우 때문에 사건이 벌어집니다. 상대성 원리에 의하면 음이 있으면 양이 있고, 안이 있으면 바깥이 있고, 높은 곳이 있으면 낮은 곳이 있고, 아름다움이 있으면 흉한 것이 있듯이 사람도 상대적인 모습과 환경에서 방황합니다.

착한 사람이 있으면 악한 사람이 있고, 가난한 사람이 있으면 부자가 있고, 성공한 사람이 있으면 패배하는 사람도 있습니다. 웃는 사람이 있으면 우는 사람도 있듯이 모두 다 주어진 조건을 맞이할 때 시험에 처하게 되고 음과 양의 상태를 맞게 되는 것입니다. 그러나 그것은 영원한 것이 아니며, 교차적 순간일 뿐 역전의 기회를 맞게 되는 것입니다. 바로 그것이 인생입니다.

화엄경의 진리 속에서 성공의 비결을 찾아내다

누구나 처음 시작할 때 모든 것이 계획하고 꿈꾸는 대로 이루어질 것으로 알고 있습니다. 그러나 엄연히 결과는 다릅니다. 시작은 같이 했으나 성공하는 사람은 일부이고, 도중에 포기하거나 패배하여 꿈을 이루지 못한 사람들이 많습니다. 하는 일이 다 성공할 수 있다면 인간은 노력하지도 않을 것입니다.

그래도 당신은 행운아입니다. 경쟁할 수 있었으니까요. 경쟁할 수 있는 조건마저도 갖추지 못한 사람이 또 얼마나 많습니까? 어떤 불리한 여건에서도 꿋꿋하게 뜻을 세우고 노력하고 극복하는 자에게만 성공이라는 영광이 주어지는 것입니다.

보통 사람들은 승패에 관계없이 만족하고 삽니다. 그러나 예민한 사람들은 패배를 큰 상처로 안고 삽니다. 그것이 문제입니다. 그 상처는 치료하면 됩니다. 상처를 치료하는 방법은 '생각을 바꾸는 것'입니다. 생각만 바꾸면 모든 상처는 치유됩니다.

성공에 이르는 길, 실패와 좌절에서 일어나는 길, 인생을 바로 사는 길을 화엄경(華嚴經)이 말해줍니다. 마음을 비우면 만사가 무탈합니다. 불경에서는 그것을 무애(無碍)라고 합니다. 무애지경에 이르면 세상은 내가 바라는 대로 됩니다. 여기서 화엄경은 심오한 철리나 불교적인 원리를 배우라는 것이 아니고, 보살들이 속세에서 겪는 일상의 경험과 법륜이 상처나 절망을 뛰어넘어 성공에 이르는 길을 말해주고 있으니 그것을 실천하라는 것입니다.

화엄경에 인생을 바로 사는 모든 길이 있습니다. 당신은 이 책을 읽는 순간 새로 태어날 수 있으며, 이 책을 정독한 후엔 당신의 인생은 달라지고, 이 책의 내용을 실천할 때 당신의 모든 일이 성공에 이를 것입니다.

001
화엄(華嚴)의 바다에 세상 사는 이치가 있다

✳

수평선 쓸며 쓸며 오는 파도야

자비로 이어진 우리의 꿈을

이 세상 끝까지 채워주려나

법문이 넘실대는 푸른 바다야

용광로 구름살 어둠을 헤치고

눈부신 태양 아래 길을 열어라

오늘도 푸른 숨결 끝없는 물결

법문이 넘실대는 푸른 바다야

부서지고 일어서는 그 몸부림

별빛 어리어 나비가 되고

달빛은 씻기어 꽃바다 되네

법문이 넘실대는 푸른 바다야

(이은경 글, 길옥윤 작곡, 범조스님 노래)

해인의 바다. 소리새가 운다. 바람이 없고 파도가 고요한 날, 바다와 하늘이 맞닿는 그곳에서 공기와 물이 충돌하면서 일어나는 소리였다. 어느 곳이 바다이고 어느 곳이 하늘인지 분간을 못하는 망망대해에 청빛 바다와 블루스카이가 하나가 된 그곳으로 거선은 비행기가 되어 날아간다. 바람도 멈추고 파도도 멈춘 고요의 정글, 숨 막히는 바다의 정글 속으로 거선은 하염없이 빠져든다. 그때 지평선의 블루라인에서 소리새가 운다.

삐이, 삐이, 삐이 소리새 우는 항로엔 적막과 고요가 스며들고, 마도로스는 그 적막과 고요에 숨이 막힌다. 소리새가 비명 같은 울음을 지르며 슬픈 날갯짓을 하면서 다가온다. 바다와 하늘이 부딪치는 짝 소리가 적막을 깨고 들려오고 있었다.

바다가 울고 있었다. 방향을 잃은 거선은 어디로 가는가. 바다와 하늘이 맞닿는 그곳에 멈춘 마도로스의 슬픈 눈빛이 애처롭다. 늘 소리새가 울며 마도로스는 공포에 젖는다. 보이지 않는 형체, 파도 소리도 아니고 바람 소리도 아닌 바다가 우는 소리에 몸부림을 친다. 그러나 그 침묵과 고요는 바람결에 깨지고 어느새 바다는 기센 파도로 일렁인다.

이렇게 바다에서 오랜 세월을 살아온 마도로스는 정글 숲과 그 정글에서 들려오는 소리새의 울음에 익숙해져 있었다. 마도로스는 소리새가 울고 간 지평선의 바다로 걸어간다. 끝없이 펼쳐진 운해 속으로 무턱대고 걸어간다. 물에 빠지고서야 이곳이 바다라는 것을 안다.

그것은 착각이며 착시였다. 환상과 착시 현상은 마도로스들에겐 무척 고통스러운 시간이다. 하늘이 바다이고, 바다가 하늘이다. 배는 비행기가 되어 하늘을 날아간다. 바다는 변화무쌍한 팔색조이다. 파도가 빌딩처럼 곤두서기도 하고 끝없이 펼쳐지기도 한다. 파도와 바람이 골짜기를 만들어 블랙홀처럼 빨려든다.

그러나 의연하고 고요한 군자였던 바다는 어느새 악마로 변하여 비바람 폭풍을 일으킨다. 고요의 바다에 거센 폭풍이 몰아치고 있었다. 생과 사의 갈림길에서 거선은 파도에 휘말린다. 그 속에 우뚝 서서 악마의 바다를 다스리는 마도로스의 몸부림은 가히 신비로울 뿐이다. 폭풍의 바다 착시현상이 현상경계로 혼돈된 그 속을 헤쳐 나가는 마도로스의 지혜는 마치 여래의 모습이었다. 법문의 힘으로 험한 바다를 헤쳐 나가는 마도로스는 부처님이었다.

화엄의 바다. 해인의 인내다. 세상 사는 이치가 화엄경에 있다. 법문의 바다가 한량이 없으나 화엄의 이치로 일체법(一切法)을 풀고 간다. 육지는 바다를 안고 있음이며, 바다는 육지를 품고, 떠 있는 배는 번뇌다. 바다는 이성이라 하고, 육지를 지성이라고 한다면, 배는 번뇌다. 배를 끌고 가는 마도로스는 지혜이며, 그 지혜는 번뇌의 배를 타고 이성의 바다를 지나는 것이다.

– 「세주묘엄품(世主妙嚴品)」에서

002
석가모니를 찾아서
네팔의 룸비니로 가다

*

天上天下 唯我獨尊 三界皆苦 我當安之
(천상천하 유아독존 삼계개고 아당안지)
　- 하늘 위 하늘 아래 오직 나 홀로 존귀하니 삼세*의 고통을 알진대 내 이를 편안케 하리라.

비우고 버리는 것이 해탈이다. 공수래공수거, 나무는 꽃을 버리고 열매를 맺고 강물은 강을 버리고 바다로 간다. 아, 무궁한 진리여! 답답함이여! 그 진리를 찾아 부처님이 설법한 그곳을 찾아간다. 부처님은 누구인가? 인간인가, 성자인가.

내 오랜 바람은 부처님이 탄생한 성지를 가보는 것이었다. 사람들은 석가모니가 인도에서 태어난 줄 알지만 사실은 네팔의 룸비니에서 태어났다. 룸비니로 가는 여정은 인도의 델리에서 비행기를 타고 네팔의 카트만두로 가서 포카라, 룸비니로 가는 것이다. 보통 북인도 여행과 네팔 여행 코스이다. 그리고 북인도의 바라나시, 아그라, 시크리, 자이푸르, 델리를 돌아보면서 힌두교와 불교문화를 체험할 수 있다.

룸비니에 내려서 올려다보는 장엄한 설산의 풍치에 매료되어 한없

---

* 삼세(三世)는 과거, 현재, 미래. 삼세불은 연등불, 석가모니불, 미륵불이다.

이 작은 내 자신과 무력한 인생의 존재를 의식하였다. 룸비니 동산은 석가모니의 탄생지로 그분의 어머니 마야 부인의 마야데시 사원과 연못, 아소카 석주, 보리수가 명소로 알려져 있었다. 하얀 코끼리의 태몽을 꾸고 아이를 잉태한 마야 왕비가 해산을 하기 위해 친정인 콜리성으로 가던 화창한 봄날이었다. 카필라와 콜리의 경계에 이르렀을 때 저 멀리 히말라야의 봉우리가 흰 눈을 이고 우뚝 장엄하게 솟아 있는 모습을 볼 수 있었다. 룸비니 동산이었다. 동산에는 이름 모를 꽃들이 다투어 피어나 아름다운 향기를 내뿜고 있었다. 그 순간 갑자기 산기를 느꼈다. 그리고 보리수 아래에서 석가모니를 낳았다.

왕자는 태어나자마자 일곱 발자국을 걸어가며 오른손은 하늘을, 왼손은 땅을 가리키며 외쳤다. '천상천하 유아독존 삼계개고 아당안지!' 태어날 때부터 중생의 고통을 걱정했다. 그 모습은 한 인간의 탄생이 아닌 성자였던 것이다.

마야 부인은 석가모니를 낳고 출산 후유증으로 이레 만에 죽고, 이모 마하파자파티가 대모가 되었다. 훗날 석가모니는 도리천에 올라 죽은 어머니를 찬미하였다. 이모와 석가족 여인들은 훗날 바이살리에서 부처님께 귀의하여 최초의 비구니가 되었다. 그리고 석가모니는 17세 때 야소다라 공주와 결혼해서 29세 때 아들 라훌라를 낳았다.

마야사원 앞에는 연못이 있고 그 옆에 큰 보리수가 있었다. 이 나무는 훗날 아난존자가 부처님을 그리워하면서 심은 나무였다. 나는 보리수 밑에서 아난존자의 눈물을 회상해보았다. 아난존자는 부처님의 사촌이며 조달의 친동생으로 25살에 출가하여 부처님의 시자로 있었다. 그는 십대제자 가운데서 다문제일(多聞第一)의 총명한 제자였다.

일화가 있다. 어느 날 석가모니의 이모 겸 자신을 길러준 양모 마하파자파티가 제자가 되기를 원했으나 부처님은 이를 거절했다.

"부처님이시여, 여인이 출가해서 수행하고 공부하면 여인도 깨달음을 이룰 수 있습니까?"

아난존자가 물었다.

"여인도 출가해 수행하면 깨달음을 얻을 수 있지요."

"여인도 출가 수행해서 도를 닦아 깨달음을 이룰 수 있다면, 부처님의 이모 겸 양모인 마하파자파티의 출가도 허락해야 하지 않습니까?"

아난존자가 되물었다.

"그러나 마하파자파티는 안 됩니다."

"왜죠?"

"어머니를 제자로 둘 수가 없습니다."

여인도 비구니가 될 수 있다는 말에 아난존자는 석가모니를 배신하고 그녀를 출가시켰다. 그는 부처님의 말을 거역한 죄로 인해 교단에서 배척당했다. 그래서 그는 이곳에 보리수를 심고 지난날을 후회하며 통한의 눈물을 흘렸다는 것이다.

인도를 통일한 아소카왕(B.C. 268-232)은 석가모니 탄생지인 룸비니를 순례하고 아소카 석주를 세우고 찬탄의 명문 다섯 줄을 비문에 새겼다. 그런데 석주는 낙뢰를 맞아 중간이 부러져 상단의 말머리 조각은 어디론가 사라져버렸다.

마야 부인의 상을 보고 나니 마음이 편하고 안온했다. 포카라에서 보는 히말라야의 산봉우리가 내게 신비로운 위력을 주었다. 난 너무나 아름다운 설산에 매료되어 있었다. 한참 만에 발걸음을 옮기며 비로소 난 룸바니의 설산과 부처님이 나신 탄생지를 보고 마음이 후련해짐을 알았다.

– 「여래현상품(如來現相品)」에서

003

세상에 믿을 건 자신밖에 없다

인간들은 그들의 경험에 비례해서 현명해지는 것이 아니고, 경험을 받아들일 수 있는 능력에 비례해서 현명해진다. - 조지 버나드 쇼

믿는 도끼에 발등 찍히고, 얌전한 강아지 부뚜막에 먼저 오르고, 믿었던 아내 서방질한다. 진실이라고 믿었던 것이 거짓이고, 진짜라고 자랑한 것이 짝퉁이었다. 속 다르고 겉 다른 것이 인간의 본성이다. 여리고 정직한 사람이 바보 취급을 당하는 것은 심성이 나쁜 사람들이 그를 이용하기 때문이다. 마음이 정직한 사람은 귀가 얇아서 남의 말을 잘 듣고 의기소침한 경우가 많다. 마음이 약하니 내 자신이 작아 보이는 것이다.

남의 떡이 커 보인다. 자기가 차지하고 있는 지위보다 타인의 지위가 더 훌륭하게 보인다. 자신을 좋게 말하지 마라, 그러면 당신은 믿을 수 없는 사람이 될 것이다. 자신을 나쁘게 말하지 마라, 그러면 당신은 당신이 말한 대로 나쁜 인간 취급을 받을 것이다. 문을 나가 사람을 대하면 귀빈 대하듯 하고, 백성을 부릴 때는 종묘의 제사를 받들듯 해야 한다. 그리고 자기가 바라지 않는 일을 남에게 시켜서도 안

19

된다. 사람들은 자기 일보다 남의 일을 더 잘 알고 더 잘 판단한다(공자).

다른 사람이 너에게 요구하는 것처럼 그렇게 다른 사람에게 요구하지 마라. 다른 사람의 취향은 나와 같지 않다. 남이 나를 정중하게 대해주길 바라거든 내가 먼저 남을 정중하게 대하라(명심보감).

비판받지 않으려면 남을 비판하지 마라. 네가 비판하는 그것으로 너도 비판을 받을 것이다. 네가 헤아리는 그 헤아림으로 너도 헤아림을 받을 것이다. 어찌하여 형제의 눈 속에 있는 티를 보고 네 눈 속에 든 티를 보듯 꺼내주지 못하는가(신약성경).

나를 내동댕이치는 말을 타기보다는 차라리 나를 태워주는 나귀를 타라. 가장 속이기 쉬운 사람은 자기 자신이다. 인간이 지키기 가장 곤란한 비밀은 자기 자신에 관한 비밀이다. 다른 사람의 환경은 좋아 보이듯 나의 환경도 다른 사람에게 좋아 보인다. 타인에게 온순하고 자신에겐 엄격하라.

아무도 남의 짐 무게를 모른다. 세상 사람들의 절반은 타인의 기쁨을 이해할 수 없다.

선입견이나 외형으로 상황을 판단하지 마라. 내 자신이 미약한 존재인 줄은 알지만, 짧고 긴 것은 대봐야 한다. 기죽지 말고 당당하게 임하라. 내가 상대를 두려워하면 상대도 나를 두려워한다. 말은 허풍이고, 당당함은 가식이며, 위압감이다.

두 마리의 수컷 칠면조가 한 마리 암컷 칠면조의 사랑을 받으려고 깃털을 한껏 부풀려 상대방에게 위압감을 주면서 애인 쟁취를 위한 싸움을 한다. 마음 약한 상대는 자기보다 위세가 큰 상대에게 밀려 싸워보지도 않고 도망을 간다. 그리고 암컷들에게 남성미를 과시한다.

그때 암컷은 당당한 그의 사랑을 받아들인다.

세상은 다 이런 식으로 돌아간다. 크다고 힘이 세고, 많다고 이기는 것은 아니다. 실속이다. 작은 고추가 맵다고, 작아도 속이 꽉 찬 자만이 큰일을 해낸다.

작고 큰 것은 대봐야 알고, 빠르고 느린 것은 달려봐야 한다. 상대는 칠면조처럼 가식에 찬 우월감이라는 생각으로 과감하고 용감하게 상대를 대하면 처세에서 이길 수 있다. 자신감은 성공하는 첫째 비결이다(토머스 에디슨).

004
불경의 세계는 아름답고 장엄하다

　행복이란 물질의 풍요 속에 정신이 편안한 것이라고 현대인들은 말한다. 행복을 안겨주는 경이로운 세상은 나와 더불어 만인이 행복한 유토피아적 이상향을 상상할지 모르지만, 행복이란 그런 거창한 미사여구가 아닌 소박한 존재의 가치에서 얻는 풍요로움을 말하는 것이다.

　내 마음이 편하면 만사가 편하다. 그것은 내가 만들 수 있는 최대한의 만끽이다. 그러나 아름답고 장엄한 자유는 내 주변의 영화가 안겨주는 것이다. 우리는 삶의 목적을 풍요로운 생활에 두고 목표를 향하여 질주하여 얻었다. 그러나 가질 것을 다 가져도 욕망은 끝이 없고, 마음의 평화를 찾지 못한다. 왜 그럴까? 그렇다면 과연 그 행복은 어디서 오는 걸까?

　연화장장엄세계해(連華藏莊嚴世界海), 비로자나불의 광덕이 세상을 아름답게 만든다. 불가사의하게 부처님의 모습은 변치 않는 허공과 같고, 그 지혜의 빛은 향기로운 꽃 같고, 그 음성은 따사하게 감싸주는 이불과 같고, 그 마음은 넓은 바다와 같은 장엄한 세계로 연꽃을 활짝 피워내 보이는 것이다.

　『대방광불화엄경(大方廣佛華嚴經)』은 당나라 우전국의 삼장법사와 실차난타가 번역하였다. 그 후 다시 오대산과 청량산에서 연구했는데, 청량산의 청량국사가 쓴 청량소와 통현장자가 번역한 화엄경을 탄허 스님이 해석하였다.

화엄경은 서분(序分)에 비로자나의 성불에 세주묘엄품(世主妙嚴品)이 있고, 거과권락생신분(擧果勸樂生信分)이 있다. 비로자나의 성불은 비로자나와 보살, 중생을 말하고, 거과권락생신분은 신해행증(信解行證)은 진리가 있음을 믿어서 의심하지 말 것이며, 부처님의 말씀과 그 내용을 알려고 노력하여 안 것을 실행하며, 알아서 얻은 지식은 실증하여야 한다는 것이다.

세주묘엄품(世主妙嚴品) 시성정각(始成正覺)은 "여시아문(如是我聞) 하사오니 일시(一時)에 불(佛)이 재마갈제국 아란야 법보리장중(在摩竭提國 阿蘭若 法菩提場中)하사 시성정각(始成正覺)하시니라."로 시작한다.

모든 경전의 시작은 '여시아문 하사오니'로 시작한다. 일시 불(一時佛)은 부처님이 말씀하시는 지금의 순간을 말하며, 그래서 일시는 한 때이다. 언제든지 화엄경을 펼치는 그 순간이 일시이다. 불교는 깨달음으로 시작한다.

재마갈제국 아란야 법보리장중(在摩竭提國 阿蘭若 法菩提場中)이 시성정각(始成正覺) 하시니라. 비로소 불교라는 정각의 세계가 펼쳐졌다. 거기에 한 사람, 한 사람이 동참하여 불교의 세계가 시성정각으로 펼쳐져 넝쿨 속에서 우리가 한 일원으로 동참하고 있다는 것이다. 사찰에서 법당, 불상, 불교미술, 염불, 목탁, 죽비다, 가사다, 발우다, 삭발거다, 장삼 등 일체 불교의 세계는 시성정각으로부터 시작하였다.

우리가 사시공양할 때 늘 외우는 칭명으로 "불생가비라 성도마갈타 설법바라나 입멸구시라(佛生迦毘羅 成道摩竭陀 說法婆羅奈 入滅拘尸羅)"라고 하는데, 이것은 마갈타국에서 성도하신 부다가야를 말하는 것이다. 부처님의 설법이 보살을 통하여 중생에게 전달되는 것을 아난존자가 편집하였다.

눈앞에 존재하는 형상과 소리의 존재와 일어나는 현상과 그 이전의 본체의 입장을 아란야라고 하는데, 그것이 도리를 지니고 있는 보리 장중한 깨달음이 비로소 정각을 이룬 법계를 아란야법이라고 한다.

세주묘엄품장엄(世主妙嚴品莊嚴)의 깨달음을 통해서 비로소 불교가 있게 되었고, 화엄경이 있게 되었다. 다른 경전에는 이렇게 시성정각부터 나온 것이 없다. 이것은 맨 처음 부처님이 깨닫고 나서 깨달음의 어떤 법열 속에 계신 그 삼칠일 동안의 정신세계를 그린 것이기 때문에, 바로 첫 깨달음에서부터 이렇게 시작하는 것으로 되어 있다. 부처님이 정각을 이루셨을 때, 깨달음의 눈으로 묘사한 세상은 장엄했다.

其地堅固 金剛所成 上妙寶輪 及衆寶華 清淨摩尼 以爲嚴飾 諸色相海
(기지견고 금강소성 상묘보륜 급중보화 청정마니 이위엄식 제색상해)
無邊顯現 摩尼爲幢 常放光明 恒出妙音 衆寶羅網 妙香華纓 周帀垂布
(무변현현 마니위당 상방광명 항출묘음 중보라망 묘향화영 주잡수포)

"그 땅은 견고하여 금강으로 이루어졌고 가장 묘한 보배 바퀴와 여러 가지 훌륭한 꽃과 깨끗한 마니로 장엄하게 꾸몄다. 모든 형상의 바다가 끝없이 드러나고, 마니로 깃대를 삼아 항상 광명과 미묘한 소리가 난다. 여러 보배 그물과 묘한 향과 꽃들이 두루두루 곳곳에 펼쳐져 있다."

– 「세주묘엄품(世主妙嚴品)」에서

005
라이벌은 경쟁자가 아니고
탄탄한 멘토다

원효와 의상은 같은 시대에 태어나서 신라에 불교를 국교로 만든 사상가이며, 불교철학을 대표하는 국승이었다. 출생 성분이 다르지만 서로를 위하는 두터운 우정을 나누었다. 성품도 겉으로 보기엔 비슷한 것 같지만 원효는 진골 출신이라서인지 자유분방하고 자기 본체를 드러내기 좋아한 서민풍이라면, 의상은 성골 출신으로 고지식하고 원칙과 규범에 철저한 보수적이며 귀족풍의 승려였다. 원효와 의상은 한때 전주 고대산에서 고구려 고승인 보덕(普德)으로부터 『열반경』과 『유마경』을 배우기도 하였다.

이렇게 두 사람은 두터운 우정 속에 『화엄경』으로 백성들 속에 파고들어 불교를 전승한 라이벌 관계에 있었던 승려로, 서로가 서로의 중대한 멘토 역할을 해왔던 것이다. 원효는 국내파였고, 의상은 유학파였다. 둘은 친구이면서 영원한 라이벌로 불교 발전에 공헌했을 뿐 아니라 신라 삼국통일에 사상적인 기틀을 마련하였다.

원효(元曉, 617~686)는 본명이 설사(薛思)인데, 불교의 새벽을 열었다는 뜻으로 원효라고 개명하였다. 650년 의상과 함께 당나라 현장법사(602~664)에게 유식학(唯識學)을 배우려고 요동에까지 같이 갔다가, 고구려 병사들에게 첩자로 몰려 되돌아왔다. 다시 661년(문무왕 1) 의상과 함께 바닷길로 당나라 당항성으로 가는 도중 비가 와서 토굴에서 자게 되었다. 마침 바가지에 빗물이 고여 있어서 그걸 마셨다. 아침에 깨어 보니 그것은 오래된 무덤의 해골바가지라는 것을 알았다.

"의상, 나 말이야. 유학을 포기하겠네."

"왜 그래?"

의상이 물었다.

"물인 줄 알고 맛있게 마셨는데 사실은 해골바가지에 고인 물이었어."

"모르고 마셨는데 그게 어떻다는 거야?"

"바로 그거야. 아는 것과 모르는 것의 차이를 알았어. 갑자기 내가 왜 당나라로 유학을 가는 것인지를 생각해보게 되었어."

"별 싱거운 소리를 다 하는구나."

"걱정을 하다 보니 갖가지 현상이 일어나고, 걱정이 사라지니 초막의 해골바가지는 둘이 아니었음을 알았네."

원효는 아는 것과 모른 것의 차이에서 모든 진리를 체득하게 되었다.

"허튼 소리 말고 길이나 가세."

"그 무엇을 구하려고 당나라로 가며, 그곳에 가서 무엇을 배운단 말인가. 신라에 없는 진리가 당에 있으며, 당에 있는 진리가 신라에는 없겠는가. 의상, 자네 혼자 가게나. 난 안 가겠네."

원효는 당장 유학을 포기하고 신라로 돌아왔다. 의상은 원효의 고집을 꺾지 못하고 혼자 유학길에 올랐다. 신라로 돌아온 원효는 이 절 저 절 떠돌아다니며 구법공부를 하였다.

당시 신라의 불교는 귀족불교와 서민불교로 나누어져 큰 괴리감이 있었다. 왕실을 중심으로 원광법사와 자장대사가 귀족 불승이었고,

혜공, 혜숙, 대안, 원효 등은 서민 속에 파고든 불승이었다. 원효는 지방을 돌아다니며 무애가(無碍歌)를 부르며 화엄경을 보급하였다.

"걸림이 없으니 하는 일이 잘 풀리는구나."

원효가 자신을 소성거사라고 자칭하며 서민의 교화에 나섰다가 요석공주를 만났다. 요석공주는 자유분방한 원효를 사랑했고, 마침내 결혼을 하였다.

원효의 사상은 첫째로 일심사상(一心思想)이다. 인간의 마음을 깊이 통찰하면 본성으로 돌아간다는 것이다. 둘째로 화쟁사상(和諍思想)이다. 어느 한 종파에 치우치지 않고 불교를 하나의 진리로 정리하고 승려 간에 분열이 없는 사상 체계를 세웠다. 그는 『십문화쟁론(十門和諍論)』을 집필하여 불교 통합에 앞장을 섰다. 셋째로 무애사상(無碍思想)이다. 어디에도 마음의 짐과 걸림이 없는 것이 철저한 자유인이라는 것이다. 일체무애인 일도출생사(一切無碍人 一道出生死), 일체에 걸림이 없는 사람은 단번에 생사를 벗어난다.

한편 의상(義湘)은 신라 625년에 태어나서 702년에 입적하였다. 성은 김씨이며 계림부 성골 출신이다. 19세 때 황복사에서 출가하였으며 원효와 함께 중국으로 가던 중 요동에서 고구려군에게 붙잡혀 정탐자로 오인 받고 되돌아왔다.

661년 당나라 사신의 배를 타고 다시 중국으로 들어가다가 원효는 돌아오고, 의상은 당나라로 가서 지상사에서 지엄(智儼)스님의 제자가 되었다. 그는 중국 화엄종조(華嚴宗祖)가 되었던 현수법사와 함께 8년 동안 화엄경을 공부하여 법계원융의 묘수를 전수받았다.

의상은 신라로 돌아와서 문무왕의 총애를 받고 사찰 건설에 앞장섰다. 676년 문무왕의 명으로 부석사를 창건하고 일승화엄종을 개창하여 범체나 도신 외 3천 명의 제자를 배출하였다.

그리고 의상대사는 경주의 황복사에서 제자들에게 「화엄일승법계도(華嚴一乘法界圖)」를 가르쳤다. 그는 부석사를 비롯하여 일명 화엄십찰로 미리사, 화엄사, 해인사, 보원사, 갑사, 화산사, 범어사, 비슬사, 옥천사, 국신사, 청담사를 지정하여 화엄십계를 가르쳤다.

의상대사의 화엄사상은 일반 민중의 입장에서 보면 매우 이해하기 어려운 사상이지만 원리를 따져보면 아주 실천이 쉬운 것이었다. 그의 사상은 「화엄일승법계도」에 잘 나타나 있다. 의상은 우리나라의 화엄사상을 정립한 법승이었다.

의상대사는 현장법사의 동문인 현수와 절친한 친구이며 라이벌이듯이, 원효와도 친구이면서 라이벌로 신라 불교 발전에 지대한 공을 세웠고 국승으로 존대를 받았다.

전국 어디를 가나 명사찰과 명산에는 원효와 의상이라는 이름이 붙어 있다. 사람들은 어떻게 이 많은 절을 그들이 지었을까 의문을 가지는데, 사실은 제자들이 지은 절에 스승의 이름만 붙였다. 그만큼 훌륭한 제자들이 많이 있었다는 것이다.

의상의 화엄십계에서 그의 사상을 엿볼 수 있다.

구세십세호상즉 잉부잡란격별성(九世十世互相卽 仍不雜亂隔別成)

－ 끝없이 넓은 세계가 엉킨 듯 하나인데 엉켜서 혼란한 듯해도 각각이 분명하다.

초발심시변정각 생사열반상공화(初發心時便正覺 生死涅盤相共和)

－ 처음 일으킨 마음이 부처가 되는 때로 생사와 열반의 본바탕이 한 경계다.

이사명연무분별 십불보현대인경 (理事冥然無分別 十佛普賢大人境)
– 본체와 형상이 아득하여 분별할 수 없는 모든 부처님과 성인의 경계다.

한 분야에서 라이벌 관계에 놓인 사람은 그 라이벌로 서로 시기 질투하고 비방하여 상대의 권위를 무너뜨리려고 한다. 그러나 생각을 바꾸면 라이벌의 단점이 나의 장점이 될 수 있는 등 그보다 더 좋은 스승이 없다. 라이벌을 영원한 멘토라고 생각하면 충돌이 없을뿐더러 라이벌로 인한 상승효과를 기대할 수 있다.

큰 실패를 경험하고서도 그 경험을 현금으로 바꾸지 못하는 자는 인생의 낙제생이다.

– 「여래현상품(如來現相品)」에서

006
깨달음은 우주를 보는 바로미터이다

✳

　내가 존재하는 것은 나와 더불어 살아가는 네가 있기 때문이다. 천상천하 유아독존, 세상에 자기 혼자만 잘났다고 떠드는 사람도 그 실체는 더불어 사는 사회공동체 속 일원이다. 그런데 잠시 자신이 공동체 속의 개체라는 사실을 망각하기 때문에 지 잘났다고 떠든다. 사람은 너란 존재 때문에 내가 있고, 내가 너 때문에 있는 것이다. 우주공간의 모든 실체가 연관과 얽힘으로 나름의 역사와 사연을 가지고 존재한다. 그 존재 자체가 우주이며, 자연이다. 자연은 내가 살아가는 가치를 안겨주는 것이다.

　화엄경에서 덕의 근본은 깨달음이며, 그 깨달음은 스스로 터득하는 바른 생각이라 했다. 그런 깨달음에 실체가 있는 것이다. 화엄경에선 그 실체를 세상의 주인인 세주(世主), 즉 비로자나불이라고 말한다. 또한 천상왕, 지상왕, 해상왕이 이에 속하며, 세주의 복덕과 신력을 대중에게 설법(모임)함으로 중생을 이끌어간다고 하였다.

如是我聞 一時佛在 摩竭提國 阿蘭若法 菩提場中 始成正覺
(여시아문 일시불재 마갈제국 아란야법 보리장중 시성정각)
　- 이와 같은 사실들을 내가 묻노니 부처님이 성도하신 마갈제국 부

다가야에서 고요한 수행으로 보리도량으로 우주 본체의 적정 현상을 깨달아 비로소 정각에 이루셨다.

정각(正覺)이란 무엇인가? 그것은 우주 공간에서 개체로 존재할 수 있는 최고의 바른 생각이다. 바로 정각의 정신세계를 화엄의 세계라고 한다. 정각을 이루셨을 때 이 세상은 어떻게 보이며 어떻게 느껴질까. 세상은 모두가 장엄한 것이었다. 땅도 보리수도 궁전도 장엄하였다. 사실 그런 궁전이 있었던가, 아니다. 궁전이 없었음에도 깨달음의 시각에선 어마어마한 궁전으로 보였고 성좌로 보였다. 그러나 우리의 안목으로 볼 땐 평범한 집과 땅, 바위나 풀에 불과한 존재다. 그래서 '제 눈에 안경'이라고 했던가. 따라서 세상을 보는 눈은 각자가 가지고 있는 식견의 수준에 따라 달라진다. 예를 들면 똥 누러 갈 때와 올 때가 다르다는 것이다. 그러니까 모든 것은 깨닫기 전과 깨달은 후가 다르다. 경험하지 못한 세계와 경험한 세계는 다르다는 것이다.

부처님은 부다가야의 보리수를 키운 그 땅은 다이아몬드로 이루어졌다고 하였다. 그러나 그곳에 가보면 아무리 찾아보아도 다이아몬드는 없다. 분명히 부처님은 견고한 땅에 다이아몬드가 널려 있다고 하였는데, 아무리 쫓아다니면서 훑어보아도 다이아몬드는 하나도 없었다. 중생의 안목엔 부다가야의 탑 주변이나 강가는 바위와 척박한 모래자갈뿐이었다.

그러나 깨달음의 눈으로 세상을 볼 때는 척박한 땅도 다이아몬드로 보일 것이다. 이렇게 이 세상에 있는 가장 값지고 아름답고 귀한 것들을 총망라해서 다 끌어놨다고 하더라도 보물을 보는 시각과 관점이 다르면 아무짝에도 쓸모가 없는 것이다.

깨달음의 극도에 이르면 아무리 초라한 단칸방도 화려한 장식과 온갖 아름다운 꽃으로 장식된 화려한 궁전으로 보인다. 그것은 장엄한 우주의 광명이며, 그 광명에서 흘러나오는 값진 진리인 것이다. 스스로 도량하고 깨달으면 일체중생이 거처하는 집들도 장엄한 궁전이 될 수 있다.

그러나 깨달음 없는 중생의 안목으로 보면 궁전도 없고, 누각도 없고, 깔고 앉은 풀도 이미 말라서 비틀어졌고, 딱딱한 바위가 불편할 뿐이다. 그러한 깨달음 뒤에는 내가 사는 궁전이요, 내가 사는 누각이다.

깨달음의 눈으로 보면 하늘과 땅은 나와 더불어 한 몸이다. 이것이 궁전의 장엄이다. 부처님께서 깨달으신 내용에는 이처럼 불가사의한 덕이 그 마음속에 포함되어 있다. 우리는 기회를 만나지 못해서 밖으로 표현하지 못할 뿐이다. 언제 어느 때인가, 기회가 되면 우리 마음속에 내재해 있는 그 풍요로움과 덕이 표현될 수 있다.

높이 나는 새가 먹이를 많이 본다. 그렇지만 깨달음의 시각으로 볼 때는 우리가 처해 있는 그 자리가 비록 딱딱한 돌이고 척박한 모래자갈 위라 하더라도, 다이아몬드처럼 소중한 것이다. 인생의 가치를 제대로 아는 사람의 눈에는 이 세상 모든 것 하나하나가 값지고 소중한 것으로 비춰진다.

－「세주묘엄품(世主妙嚴品)」에서

007

광명의 빛이 두루 세상을 밝히다

＊

모든 시방세계의 보살과 여러 세간 중생들은 모여서 어떤 것이 부처님이며, 어떤 것이 부처님의 경계며, 어떤 것이 부처님의 광명인가를 물어보고 생각으로 법을 청할 때 모든 보살의 광명 속에서 동시에 소리를 내어 게송(偈頌)을 하였다. 비로소 중생들은 부처님을 수호하고 그 덕을 찬탄하여 부처님의 입에서 나오는 광명이 시방세계에 두루 빛으로 나타나서 여래현상으로 부처님의 정각을 알게 되었다. 여기서 말하는 여래현상은 광명의 빛이 대중의 지혜로 나타나는 현상을 말한다. 그렇게 부처님은 중생을 계도하려고 세상에 나오셨다.

문수보살은 여래의 현상에 대하여 다음과 같이 설명하였다.

(질문)

菩薩無數等刹塵(보살무수등찰진) 俱來此會同瞻仰(구래차회동첨앙)

願隨其意所應受(원수기의소응수) 演說妙法除疑惑(연설묘법제의혹)

- 보살들의 숫자가 무수해서 이 세계를 잘게 부숴서 먼지로 만들었을 때 그 먼지 숫자와 같도다. 그 많고 많은 보살 대중들이 모두 함께 이 법회에 와서 함께 여래를 우러러보고 있습니다. 원컨대 그들이 응하는 바에 따라서, 그 사람들의 마음에 맞는 바를 따라서 받아들이는

묘법을 연설해주십시오.

(답)

無上甚深微妙法(무상심심미묘법)

– 불법은 정말 미묘한 법이니 의혹을 제거하는 것입니다.

(질문)

云何了知諸佛地 云何觀察如來境 佛所加持無有邊

(운하요지제불지 운하관찰여래경 불소가지무유변)

– 어떻게 해야 모든 부처님의 경지를 알 수 있으며 어떻게 해야 여래의 경계를 관찰 수 있겠습니까? 부처님의 가지는 끝이 없는데 어떻게 알 수 있습니까?

(답)

顯示此法令淸淨(현시차법영청정)

– 이 법의 진리를 드러내 보여서 청정케 함입니다.

(질문)

云何是佛所行處(운하시불소행처) 而以智慧能明入(이이지혜능명입)

– 어떤 것이 부처님의 소행입니까? 그의 소행을 행하며 지혜로써 능히 밝게 들어갈 수 있습니까? 부처님이 행하신 행동에 우리가 어떻게 하면 밝게 들어갈 수가 있습니까? 정말 우리가 함께 할 수 있겠습니까?

(답)

佛力淸淨廣無邊(불력청정광무변) 爲諸菩薩應開示(위제보살응개시)

– 부처님의 힘은 청정해서 그 끝이 없으시니 모든 보살을 위해서 응당히 맞추어서 열어 보이는 것입니다.

(질문)

云何廣大諸三昧 云何淨治無畏法(운하광대제삼매 운하정치무외법)

神通力用不可量 願遮衆生心樂說(신통력용불가량 원수중생심락설)

– 어떤 것이 광대한 큰 여러 삼매이며, 어떤 것이 두려움 없이 청정하게 다스린 것입니까? 신통의 힘과 그 작용이 헤아릴 수 없으니 원컨대 중생의 마음에 즐겨하는 바를 따라서 좀 이야기해주십시오.

(답)

광명명(光明名)은 부처님의 설법은 입으로부터 나온 것입니다. 우리는 불구생자(佛口生子) 부처님의 입으로 태어난 자식이고, 종불구생자(從佛口生子) 부처님 입으로부터 태어난 자식이기에 부처님을 따라야 하고, 불교가 좋아서 승려가 되었고, 불법이 좋아서 불자가 되었습니다.

– 「여래현상품(如來現相品)」에서

008
과학적인 사고를 가진 사람이 성공한다

하늘은 행동하지 않는 자를 돕지 않는다 ―소포클레스

"종교가 증명할 수 없는 것을 과학은 증명한다. 그래서 신이 할 수 없는 것을 과학은 밝혀낸다."라고 스티븐 호킹 박사가 말했다. 세상엔 불가사의한 일들이 많다. 인간은 그런 불가사의한 일들을 신에 의존하여 해결하려고 하였다. 과학은 그것을 증명해낼 수 있다는 것이다. 과학의 힘은 위대하다. 그러나 그 문제를 파헤쳐 증명해 보이는 것은 역시 인간이다. 그래서 인간은 신에 의존하여 문제를 해결하려고 한다. 석가모니나 크리스트는 바로 그 근본 문제로부터 인간을 행복하게 하려고 했다. 그렇게 본다면 과학도 종교를 벗어날 수가 없다.

영국의 이론 물리학자이며 케임브리지 대학의 수학 석좌 교수인 스티븐 호킹 박사는 21살 때 루게릭병에 걸려 생사를 가름 못하는 극한 상황에서, 인간의 초인적인 인내를 발휘하여 물리학의 정상에서 아인슈타인과 갈릴레이에 버금가는 물리학의 체계를 구축했다. 그가 그렇게 된 것은 인간을 다스리는 것은 신의 힘이 아니고 과학의 힘이었다고 믿었기 때문이다.

스티븐 호킹 박사는 "신은 존재하지 않는다. 과학이 있을 뿐이다."라는 블랙홀 이론을 발표하면서 지금까지 신이 할 수 있었던 모든 것은 과학이 대신할 수 있다고 말하였다. 300년 전에는 갈릴레이가 '지구는 둥글다'는 지동설을 말해서 인간이 신을 모독했다는 이유로 사형에 처해지는 순간 생각을 바꾸어 '지구는 둥글지 않다'고 변명하여 목숨을 구했지만, 스티븐 호킹의 주장은 시종일관 신성 모독을 넘어서는 것이다. '모든 과학의 근본은 물리학이다'라는 양자론 이론에서 신은 존재하지 않는다는 주장으로 세상을 놀라게 하였다.

스티븐 호킹은 21살 때부터 근위축성 측색 경화증(루게릭병)을 앓으면서 일반상대성 이론을 정리하여 증명하였고, 블랙홀이 열복사를 방출한다는 사실을 밝혀냈다.

호킹 박사는 우주를 만든 신은 애초부터 존재하지 않았고, 종교는 원시 인간이 만들어낸 신앙일 뿐 현재로는 맞지 않은 이론이므로 이제 종교는 설 땅을 잃을 것이라고 말했다. 종교는 확실하게 증명해 보이는 것이 없는데 절대자로 존재한다는 것은 말이 안 된다고 하였다. 따라서 인간이 신에게 자신을 맡긴다는 것은 어리석은 짓이라 했다. 어리석은 인간은 나약할 때 신을 찾지만 신은 그것을 해결해주지 않고, 모든 것은 인간이 저지른 죄악에서 비롯했으니 그 죄악을 신에게 빌어 벗어야 한다고 궁색한 변명을 늘어놓고 있다는 것이다. 그것은 종교가 정해놓은 범주 안에서 인간의 활동을 제약하는 것이라고 말했다.

그러나 과학은 초월자의 경지까지 증명해 보일 수 있다. 문제해결은 무엇일까? 과학은 실험과 관찰을 통하여 가능을 찾아 결론에 이른다. 문제해결은 귀납법 논리를 통하여 기본적인 사실로부터 복잡한 사실을 실험과 증명으로 유추하는 것이다. 그리고 그러한 과학적 법

칙 자체를 호킹 박사는 신이라고 주장하고 있다. 과학은 신이다. 결국
은 인간이 과학에 의존하는 것은 신이 할 수 없는 세계를 과학이 밝혀
낸다는 것이다.

　과연 호킹의 말대로 과학은 신이 가진 초월자의 힘까지 발휘할 수
있을까? 신성에 가까운 과학의 위상을 만들어낸 사람은 신 이상의 가
치를 가진 사람이 아닐까? 결론적으로 과학자는 신이다. 그렇다면 신
은 존재하는 것이라고 결론을 내릴 수 있다.

009
공은 들인 대로 오고, 죄는 지은 대로 받는다

*

인간은 기복 보상 심리로 종교를 갖는다. 인간의 힘으로 할 수 없는 것은 절대자의 힘으로 풀게 하여 도움을 받자는 것이다. 빌고 기원하고 또 빌면 하늘은 스스로 돕는 자를 돕는다고, 기원은 절대자를 감동시켜 화를 복으로 돌아오게 하는 것이다. 기복 신앙에서 공을 들이는 것은 절대자의 감동을 자아내는 것인데 간곡한 바람과 기원에 절대자라도 감동을 받지 않을 수 없다는 것이다. 공을 들이면 당장은 아닐지라도 후대에 혹은 차후대에 복을 받는다는 것이다. 공은 곧 뉘우침과 반성, 참회하는 순순한 마음이기에 절대자의 감동이 없을 수 없다. 그래서 공은 들인 대로 돌려받는다.

그러나 죄는 다르다. 죄는 지은 양만큼 받는다. 눈앞의 권익과 영화를 위하여 선한 것을 악하게 만들면 그 죗값은 반드시 받는다. 당대에 아니면 후대에 아니면 차후대에 업보로 받는다.

선을 베푸는 사람과 공을 들이는 사람이 복을 받듯이, 죄를 지은 사람은 죄질의 크기만큼 꼭 죗값을 받는다. 따라서 당장의 이익을 보지 못할지라도 공들이고 기원하면 하늘이 감동하는 것이다. 설령 하늘이 내게 복을 주지 않는다 해도 나는 불평 없이 덕을 쌓아 맞을 것이며,

하늘이 나의 몸을 고통스럽게 한다 해도 나는 마음을 편안하게 가질 것이며, 하늘이 내게 곤궁한 길을 준다 해도 나의 도를 형통하여 그 길을 열 것이니, 이와 같은 나를 하늘인들 어찌하랴.

"좋은 명예와 훌륭한 공로는 혼자 차지하지 말고 나누어 가져야 해를 면할 수 있고 몸을 보존할 수 있느니라. 욕된 행실과 더러운 치부는 남에게 미루지 말고 내 탓으로 돌려야 가히 빛과 덕을 지니고 기릴 수 있느니라."라는 『채근담』의 말을 되새길 필요가 있다.

성공하는 사람은 업보로 선을 받고 죄를 많이 지은 사람은 죗값으로 업보를 받는다는 것을 안다면, 후대 자손을 위하여 공은 들이고 죄는 짓지 말아야 할 것이다.

하나의 씨앗을 뿌리면 수백 개의 열매를 얻듯이 선을 하나 베풀면 둘로 가지 쳐서 돌아오는 것이다. 남을 배려하고 베푸는 것은 그 열매가 화려하다. 그것이 성공의 길이다. 실패하는 자는 눈앞의 이익만 챙기고 베풀지 못한 탓에 실패라는 벌로 돌아오는 것이다. 화엄경에선 중생을 계도하면 그 복이 스스로 돌아온다고 하였다.

공들이지 않고 우연을 기대하지 마라. 노력 없이 얻는 것은 일시적인 행운이며, 베풂과 배려가 없으면 얻는 것도 없다.

無量劫中修行滿(무량겁중수행만) 爲度衆生普現身(위도중생보현신)

– 부처님은 출가하여 한량없는 세월을 보리수 아래서 수행을 하고 중생을 제도하기 위해서 널리 몸을 나타내시었다.

如雲充遍盡未來(여운충변진미래)

– 하늘에 가득한 구름은 잠깐 끼었다가 흩어지고 말지만, 부처님 법이라는 큰 구름은 미래제가 다할 때까지 항상 가득히 펼쳐져 있다.

衆生有疑皆使斷(중생유의개사단)

- 중생들이 모르는 것이 많아서 자기 앞에 닥칠 운명을 모른다.

廣大信解悉令發(광대신해실령발)

- 광대한 믿음과 이해를 다 하면 화엄경은 신심을 가진 廣大信解의 발심을 일으키는 것이다.

-「여래현상품(如來現相品)」에서

010
아버지라는 말은 듣기만 하여도 가슴이 찡해진다

*

거리를 걸어가는 아버지들의 처진 어깨를 바라보면 눈물이 난다. 위풍당당하던 이 땅의 아버지들이 언제부터 저런 나약한 몰골로 변해버렸을까? 안타깝기만 하다. 직장에서, 가정에서 기죽어 웅크린 모습이 한없이 가녀스럽다.

아버지는 우리를 버티게 해주는 지주이며, 우리를 지켜주는 꿈이자 든든한 힘이었다. 평소엔 근엄한 표정으로 말이 없는 무뚝뚝함 속에서도 잔잔한 사랑이 진하게 느껴지는 것은 가정의 주인이기 때문이다. 우리는 그 나무의 그늘에서 항상 편하고 포근한 에너지를 공급받았다. 그 힘 때문에 흐트러짐 없이 인생을 용감하게 살아가는 저력을 길렀고, 걱정 없이 세상을 살았다. 그러나 오늘날 아버지들은 그런 위엄을 주지 못한다. 오직 축 늘어진 어깨로 가족을 먹여살리기 위한 기계일 뿐이라는 생각이 든다. 그렇게 아버지란 존재가 미미해져버린 것은 가부장 사회의 절대적 권력이 무너진 탓만은 아니다.

세상이 변한 것이다. 한 세대는 가고 다음 세대가 등장하면서 기존의 질서는 새로운 질서에 의해서 허물어지거나 변화와 동화를 일으키는 것이 문화의 개념이다. 인간사에서 문화의 개념은 시대를 초월하여 과거, 현재, 미래를 동시에 살 수 있다는 포용의 의미를 갖는다. 이

것이 가족 구성과 가정이라는 구조를 바꾸어버렸다. 조상이 남겨놓은 물적·정신적 유산은 그 아버지에게서 자식으로 이어져 그 가치를 전수받아야 하는데 그 전통이 무너져버린 것이다.

오늘날 한국의 아버지들 표정을 보면 너무나 나약하고 기력이 빠져 안타깝다. 처자식 먹여살리기와 자식 교육시키고 가정을 지키기 위하여 일에 묻혀 자기 자신의 것은 다 잊어버린 아버지들의 표정은 정말 우울하다. 지친 몸으로 집에 돌아오면 아이들은 놀아달라고 조른다. 힘없는 아버지는 아이들과 놀기조차 힘겹다. 아내는 아내대로 분위기만 찾는다.

자식은 애물단지다. 낳아서 길러서 가르쳐 결혼시켜 분가를 해 나가도 항상 아버지는 자식 생각이다. 분가해 나간 자식이 잘되면 걱정을 덜지만, 사업에 실패하거나 실직했을 때, 결혼을 잘못하여 가정파탄이 났을 때 그 모든 걱정은 아버지에게 돌아온다.

사람은 나서 언젠가는 죽는다. 먼저 온 세대는 순서는 없지만 대개 먼저 간다. 그것이 순리라고 한다. 그렇다면 먼저 간 세대의 가치를 지켜줄 당위성이 있다. 그런데 현대인들은 그것을 잃어버렸다. 그러다가 아버지를 여의었을 때 비로소 자신의 무력함에 빠져든다. 특히 젊은이들은 아버지의 존재를 못 느끼고 살다가 막상 아버지를 여의었을 때 세상의 큰 버팀목이 사라지는 불안에 허우적댄다. 살아생전 아버지에게 불효를 했던 사람이나 부모의 혜택을 많이 받은 자일수록 아픔은 커진다.

자기를 낳아서 길러서 한 생명체로 살게 해준 아버지의 은혜를 모르고 그 아버지의 속을 썩인 자들은 크게 후회하지만, 그땐 이미 아버지란 존재는 없는 상태다. 잘되면 마치 자기가 잘해서 그렇게 된 것처

럼 생각하는 사람도 그렇다. 아버지에 대한 애착과 사랑을 뒤늦게 깨
달아, 살아생전 왜 그렇게 잘 해드리지 못했던가 하고 후회하지만 그
때는 이미 늦다. 돌아가신 후 무너지고 허물어지는 상실감에 젖어 아
무리 울부짖어도 은혜는 갚을 수가 없다.

부권상실, 이대로 가서는 안 된다. 나라가 잘 되려면 가정이 화목해
야 하고, 가정이 행복하면 나라가 잘 된다. 가정을 바로 세우려면 아
버지들의 처진 어깨를 일으켜야 한다.
　부모에게 효도를 안 한 자식은 금수와 같다. 부모는 생명을 낳은 창
조자이기 때문에 자식은 그 부모를 사랑하고 존경하며 부모의 뜻을
따르고 기쁘게 해드리며 편하게 모셔야 하는 것이다. 효는 만행의 으
뜸임을 알아야 한다. 그리고 아버지가 그랬듯이 자기 자식에게 아버
지의 사랑을 베풀어줘야 하는 것이다.

시련 속의 침착과 용기는 성공에 이르는 길이니 그 위력이 군대보다 낫다.
- J. 드라이트

011
선정을 베풀어 공양하면 광명의 날이 온다

난세에 영웅이 나오고 어려울 때 구세주가 나오며 하늘이 무너져도 솟아날 구멍이 있다는 말은 인간 그 자신이 어려움을 헤쳐 나간다는 것보다 어떤 힘에 의해서 움직인다는 것이다.

화엄경 「여래현상품」에 "위기에 처한 인간을 법문으로 깨우치게 하여 모든 중생이 이익을 얻게 보살들은 중생을 위하여 광명을 게송하라."라고 하였다.

모든 보살은 비로자나불의 진리를 모두 동시에 소리 내어 외치며 광명을 얻을 것이다. 선정은 광명을 낳고 그 광명에 이르는 길이 세계성취품, 화장세계품, 비로자나품 안에 있는 것이다. 모든 세상에 광명이 내려서 그 속에 울려 나오는 묘한 소리가 시방세계에 빠짐없이 두루 펴져 불자들이 가진 공덕을 남김없이 설파하니, 깨달음의 오묘한 도에 들어갈 수 있다는 것이다.

죄인도 공양하면 복을 받는다. 따라서 보살의 수행을 실천한 자나 실천하지 않은 자를 따지지 않고 선과 악을 구분함이 없이 부처님은 온 세상을 살피신다. 이승에서 부처님의 경지에 오르지 못해 죄악으로 살면 연옥의 마왕은 미소 짓고 기다린다. 천당과 연옥은 방향만 다를 뿐, 바른길로 서면 절대 갈 수 없는 길이 연옥길이다.

석가모니가 살핀 순수한 선행과 세상에 널린 악행이나 사리자의 지극한 믿음과 선성의 뿌리가 깊은 불신처럼 아름답고 추한 모든 길이 똑같이 부처님의 길로 들어가면 인간은 광명의 세상에 살 수 있는 것이다.

그러므로 평등하고 참다운 법계(우주의 질서)에는 누구나 쉽게 갈 수도 없고 도달할 수도 없으며 진실한 이치 앞에선 마왕 또한 갈 수도 접근할 수도 없다. 부처님과 마왕이 진리를 벗어나지 않음은 하나의 법계이기 때문이다.

광명의 계시에서 선과 악의 이견이 충돌한다. 사람의 생각엔 언제나 이견(二見)이 생기는데 그것을 양변(兩邊)이라고도 한다. 양변은 미움과 사랑, 거역과 순종, 옳음과 그름, 사납고 양순함의 양면성의 이분법적 사고방식으로 충돌하고, 시비의 분별로 한쪽에 치우친 것은 잘못된 견해이다. 중도는 평등하고 참다운 법계이며 진실한 이치가 있다. 미진 속에 세계가 있고, 세계 속에 부처님이 계시다.

선정을 베푼 세상엔 광명이 밝혀져 있다.

동방의 세계는 청정광(淸淨光)이며, 남방의 세계는 일체보월(一切寶月)이며, 서방의 세계는 가애락(可愛樂)이고, 북방의 세계는 비유리(毗琉璃)이며, 동북방의 세계는 염부단금(閻浮檀金)이고, 동남방의 세계는 금장엄(金莊嚴)이며, 서남방의 세계는 일광변조(日光遍照)이고, 서북방의 세계는 보광조요(寶光照耀)이며, 하방의 세계는 연화향(蓮華香)이고, 상방의 세계는 마니보(摩尼寶)이니라.

현대적 의미로는 문명의 이기를 풍요롭게 나누어 누리는 것을 말한다. 누구나 선정을 베풀면 그 복은 광명으로 받는다.

– 「여래현상품(如來現相品)」에서

젊어서 고생은 사서도 한다

012

청년의 실수는 장년의 승리나 노년의 성공보다 가치가 있다. — B. 디즈레일러

오늘을 사는 젊은이만큼 고달픈 인생을 사는 시대는 없었다. 어렵고 힘들게 대학을 나와도 직장조차 구하기 힘들다. 공부를 잘한 친구들은 쉽게 취업을 한다지만, 보통의 젊은이들은 대학을 나와도 4~5년을 발버둥치고 다녀야 겨우 직장을 얻고, 게다가 자신이 원하는 직장이 아닌 곳에서 봉급생활을 한다. 일자리는 많다고 하지만, 대학을 나온 젊은 그들이 갈 곳은 거의 없는 상태에서 꿈도 희망도 없이 절망 속을 헤매는 모습이 애처롭다.

60대 전후 기성세대들은 대우받지 못하는 세대라고 비관했었다. 직장에서 젊은이들은 자유롭게 할 말 다 하고 찾아 먹을 것 다 찾아 먹는데, 자신들의 세대는 위에서 누르고 아래서 치받는 샌드위치 인생이라고 한탄했다. 오로지 선배에게 맹종하며 열심히 일해서 이만큼 국력도 키우고 잘 살게 되었는데 진정 대우받지 못하고 후배에게 들이받히는 희생자라고 말한다. 그러나 그들에겐 노력한 만큼의 보상이 있었다. 배고프고 힘든 세월이었지만, 꿈을 이루어 재산도 모을 만큼

모았다. 그만큼 돈을 모으고 재산을 늘릴 기회가 있었던 것이다.

그러나 요즈음 젊은이들을 그런 기회는커녕 밥벌이조차 못하고 있으니 답답할 뿐이다. 길이 있을 것 같은데 아무리 발버둥을 쳐도 길이 없다는 것이다. 갈 길이 보이는데도 활로를 찾지 못하고 방황만 하고 있다. 진정 갈 길은 여긴데도 샛길만 헤매고 있는 것이다. 답답하다. 도통 생각 없는 혼란 속에 살아가는 것 같다. 대체 그들을 그렇게 혼란시키는 원인은 뭔가?

가치관의 혼란이 자초한 것이다. 수없이 쏟아져 나오는 정보의 물결 속에서 방향을 잃고 헤맨다. 신문과 텔레비전, 라디오, 잡지에 오르내리는 정보들이 허파에 바람만 가득 넣어 허황한 가치관만 추구케 하였다. 누구는 어떻게 출세를 했느니 돈을 어떻게 벌었느니 하는 이런저런 경쟁을 부추기는 정보들이 그들의 가치관을 흐리게 하고 말았다. 이런 복잡한 정보의 혼돈은 수재들만 찾아갈 수 있는 미로를 만들어 보통 사람들은 입구조차 찾지 못하고 있다.

세상은 온통 1등만 추구하는 세태가 되었다. 경쟁사회에선 1등만이 주목받고, 그들이 세상을 만들어간다. 1등은 개선장군 같이 환호와 주목을 받지만, 차등은 무시되고 소외되어 주목받지 못한 존재다. 자신을 뒤돌아보면 남에게 내놓을 것이 없고, 배움도 적고, 경제력도 없으며, 성장환경이나 가족사도 하찮아 아무리 노력해도 되는 일이 없다. 취직도 그렇고 결혼도 그렇다. 모든 것이 뒤죽박죽이다.

부모 잘 만나 돈이 많은 것도 아니고, 잘나고 잘생겨 시선과 선망을 받는 처지도 아니다. 보통의 사람이다. 보통 사람이 주목받을 일은 없다. 그런 속에 가진 것 없고 잘나지 못한 존재라는 것을 생각하면 한숨만 나오고 슬픔과 자학과 비관만 일어난다. 내가 남보다 다르고 싶은 욕망이 있는데 내놓을 것이 없다는 것이다. 그러나 나도 남보다 잘하는 것이 분명히 있다. 그것을 이용하지 못한 데서 오는 시행착오다.

나는 무엇이 될 것인가? 텔레비전에 비치는 잘나가는 연예인들을 보면 한없이 부럽다. 노래하는 가수, 연기하는 배우, 말 잘하는 아나운서, 개그맨…… 그들이 입고 있는 의상이나 헤어스타일이 멋있다. 성공한 사람들이 부럽다. 그래서 그들을 모방해본다. 대리만족으로 자신을 자위해보는 것이다. 사업으로 성공한 사람들이 지원받는 것을 보면 돈을 벌고 싶고, 잘나가는 정치인을 보면 정치인이 되고 싶고, 내로라하는 학자나 과학자를 보면 그들을 닮고 싶은 것이 젊음의 욕망이다.

그러나 냉철히 자신을 되돌아보면 내가 누구이며, 내 능력은 어느 정도이며, 내가 가고 있는 길은 어디인지, 무슨 생각으로 살고 있는지…… 뜬구름을 잡고 사는 내 자신에 놀라게 된다. 그때 보이는 것이 있다. 내가 남보다 잘하는 잠재력 하나는 있다. 그 잠재력을 개발하고 숱한 시련과 시행착오를 거울삼아 자신만의 마인드를 만들면 성공할 수 있을 것이다. 절대 포기하거나 절망하지 말고 자신의 길을 가라. 물론 실패가 있을 것이다.

이제는 지향 목표를 바르게 세워 앞으로 나가면 된다. 남보다 앞서 가려면 그만큼 노력해야 하고, 남보다 다르고 싶으면 남이 하는 보편적인 사고에서 벗어나 자기만의 마인드를 갖고 도전하는 것이다. 인생사란 생각대로 되는 것은 아니다. 그러나 노력과 정성을 다하고 기다리면 길이 열린다. 하늘은 스스로 돕는 자를 버리진 않는다. 기다리면 반드시 때가 오는 것이다. 남보다 다른 모습을 보이기 위하여 튀는 행동은 일을 망친다. 내면과 외형의 조화를 이루며, 나만의 창의성으로 타인의 시선을 집중시키는 진정한 내 것만이 경쟁력을 갖는다.

학창시절의 우등생이라고 해서 사회의 우등생이 되는 것은 아니다. 사람의 팔자는 알 수가 없다. 지금 당장은 초라한 모습이지만 그 모습이 언제 윤기 나는 화려함으로 변할지 모른다. 젊음은 희망이며, 꿈이고, 재산이다. 물론 외형이 잘생긴 체격을 타고난 사람은 시선을 먼저 받고 출발이 빠를지 모르지만 그 자체는 성공이 아니다. 미래는 준비된 젊음 그 자체이다. 따라서 준비된 젊음은 아름다운 것이다. 준비된 젊음은 당장 가진 것이 없어도 탄력 있는 생동감에 윤기가 난다.

젊은이를 현재의 모습으로 판단해서는 안 된다. 지금 보잘것없는 초라한 모습일지라도 젊은이는 무수한 변화를 가져오기에 두려운 것이다. 가난하다고 무시당하고 괄시해서는 안 되며, 당장 처한 환경이 불우하다고 얕잡아봐서도 안 된다. 인생은 운명적으로 네 번의 호기를 맞는다고 한다. 초년운과 중년운, 장년운과 노년운이 그렇다.

인생의 역전은 얼마든지 있다. 그래서 인생은 50을 넘겨봐야 그 진모습이 드러난다. 학창시절에 별 볼일 없던 친구들이 사회에 나가서 성공한 사례는 얼마든지 있다. 반면에 학창시절엔 공부를 잘해 잘될 것이라고 기대하던 사람이 사회에 나가서 적응을 못하고 낙오자가 되는 사례도 많다.

준비된 자에게 길은 열리는 법이다. 힘을 내라. 젊음은 희망이다. 당장 지금의 모습이 초라할지라도 먼 훗날 웃는 화려한 그 모습이 젊음인 것이다.

013
정신을 한데 모으면
못 이룰 것이 없다

정신일도 하사불성(精神一到 何事不成)이라는 말은 정신을 한데 모으면 못 이룰 것이 없다는 말이다. 즉, 노력하면 안 되는 것이 없다는 것인데, 보현보살이 비로자나여래의 삼매경(三昧境)에 드는 경지를 설명한 것이다. 삼매경은 잡념을 버리고 한 가지 대상에만 정신을 집중할 때 가능한 일이다. 그것은 곧 무념이다. 오직 그것만 생각할 뿐 다른 잡념을 버린 상태를 말한다.

정신을 한데 집중하면 모든 에너지가 집산하여 강철도 녹이는 레이저 광선 같은 힘을 발휘한다. 레이저는 빛을 증폭하여 강하게 만드는 힘이다. 어떤 물질을 구성하는 원자와 분자를 자극하여 빛 등의 전자파를 에너지로 꺼내는 것을 말한다. 그렇게 만들어진 빛을 금속에 쏘이면 강철이 녹는다. 태양열이 돋보기를 통과해서 나오는 열이 불꽃을 내는 원리이다. 그렇게 인간의 정신력도 레이저와 같은 힘을 발휘하는 것인데, 삼매경에 들면 바로 그런 힘이 나온다는 것이다.

보현보살이 시방세계의 모든 부처님의 위신력을 받들어 수능엄중의 장신 삼매경에 들어가면 세상사는 다 쉽게 풀릴 것이라고 말했다. 보현삼매는 끝없는 이지(理智)를 보(普)라 하고, 지혜를 근거로 이롭게 함을 현(賢)이라 하고, 이를 바르게 하는 것은 삼(三)이며, 설득하는 것을 매(昧)라 하였다. 선정의 옳은 지혜를 내어 온갖 법을 한곳에 두면 균등한 것이 등지(等持)에 이르게 되는데 그것이 곧 선정이라 하였다.

爾時 普賢菩薩摩訶薩 於如來前 坐蓮華藏師子之座 承佛神力

(이시 보현보살마하살 어여래전 좌연화장사자지좌 승불신력)

入于三昧 此三昧 名一切諸佛毘盧遮那如來藏身

(입우삼매 차삼매 명일체제불비로자나여래장신)

─ 그때 보현보살마하살이 부처님 앞에서 연화장 사자좌에 앉아서 부처님의 위신력을 받들어 삼매에 들어갔다. 이런 삼매의 경우를 일체제불비로자나여래의 몸에서 피어나는 장엄한 기력이라 하였다.

普入一切佛平等性 能於法界 示衆影像 廣大無碍 同於虛空

(보입일체불평등성 능어법계 시중영상 광대무애 동어허공)

法界海漩 靡不隨入 出生一切諸三昧法 普能包納十方法界

(법계해선 미불수입 출생일체제삼매법 보능포납시방법계)

三世諸佛 智光明海 皆從此生 十方所有諸安立海 悉能示現

(삼세제불 지광명해 개종차생 시방소유제안립해 실능시현)

含藏一切佛力解脫 諸菩薩智 能令一切國土微塵 普能容受無邊法界

(함장일체불력해탈 제보살지 능영일체국토미진 보능용수무변법계)

成就一切佛功德海 顯示如來諸大願海 一切諸佛 所有法輪 流通護持 使無斷絕

(성취일체불공덕해 현시여래제대원해 일체제불 소유법륜 유통호지 사무단절)

─ 모든 부처님의 평등한 성품에 널리 들어가 능히 법계에서 온갖 그림자를 보이며, 넓고 크고 걸림이 없어서 허공과 같고, 법계바다의 소용돌이에 다 따라 들어가며, 온갖 삼매의 법을 출생하고, 널리 시방 법

계를 싸들이며, 삼세 모든 부처님의 지혜와 광명 바다가 모두 여기에서 나오고, 시방에 나란히 널려 있는 바다들을 다 나타내 보이며, 모든 부처님의 힘과 해탈과 모든 보살의 지혜를 모두 포함하여 간직하고, 모든 국토의 티끌들이 그지없는 법계를 널리 수용하며, 모든 부처님의 공덕이 바다를 성취하고, 여래의 모든 큰 성원의 바다를 나타내 보이며, 모든 부처님에게 있는 법륜(法輪)을 유통시키며 보호해서 끊어지지 않게 하였다.

「보현삼매품」은 부처님의 행하는 경계를 물음에 총 응답하는 품으로, 앞에 언급한 내용은 보현보살의 공덕이 온 세상에 미쳐 부처님의 가르침을 본받아 법계의 선정에 이르면, 법계의 모든 대중은 덕을 이루게 될 것이라는 것을 말하고 있다. 즉, 보현보살의 삼매에 들어가서 그 법행을 실천하면 어떤 고난도 이겨나갈 수 있다는 것이다. 비로자나여래의 삼매에 들면 세상이 못 이룰 것이 없으며, 그것은 마치 레이저가 강한 빛으로 금속을 녹여버리는 그런 힘과 같다.

– 「보현삼매품(普賢三昧品)」에서

014
존경받고 싶으면 남을 칭찬하라

*

경쟁사회에서는 심신이 건강한 사람이 승리한다. 마음과 육체가 건강한 사람은 그만큼 처세에 큰 자본을 갖고 있다는 것을 보통 사람은 잘 느끼지 못한다. 실수나 잘못을 저지르는 것은 반드시 몸이나 마음의 어느 한쪽이 건강하지 못한 상태라는 것이다.

같은 재능과 같은 인품을 가진 사람이 있다면 몸이 건강한 사람이 이기는 법이고, 같은 건강을 가진 동기끼리 경쟁하면 재능과 인품이 훌륭한 사람이 이기는 법이다. 이렇게 재능이나 인품이나 건강만으로 남에게 이길 수는 없는 것이다. 이 세 가지가 잘 조화를 이룰 때 성공하는 법이다.

인간이 부정으로 이익을 보고 있는 한, 남에게 존경을 받지 못한다. 얻는 것이 없어도 정직하게 살아간다면 남들이 존경하게끔 되어 있다. 본인이 알지 못하는 사이에 그 사람에 대한 평가는 이루어지고 있는데 그것을 알지 못하는 것은 본인뿐이다.

사이가 좋지 못한 친구 속에 끼어들게 되면 어느 때나 미움을 받게 된다. 미움을 받고 싶지 않다면 깨끗하게 그 사람에게서 떨어져 나가라. 그렇지 않으면 한쪽을 택하는 수밖에 없게 된다. 세상을 요령 있게 헤엄쳐 나가려면 과감하게 떨쳐버리는 것이 좋다. 친구를 사귈 때는 반드시 상대방의 성질을 여러 방면으로 조사한 후 자기의 뜻과 마음을 정해야 한다. 특히 사업에선 더욱 그렇다.

세상에서 가장 무서운 것은 상대방을 질투하는 것이다. 사람이 불행을 만날 때 잘 생각해보면 꼭 누구의 질투심이 작용하고 있는 것을 발견한다. 만약 조금이라도 사람들의 주의를 끌게 될 경우가 있다면, 우선 자기 신변에 주의하면서 남들이 질투를 일으키지 않게 하는 동시에 어떠한 질투심에도 걸리지 않게 양면 작전을 써야 한다.

누구든지 남에게 칭찬을 받고 싶은 마음을 갖고 있다. 그래서 남을 칭찬하고 남에게 승리를 안겨주고 남을 추천하여 성공하도록 숨어서 도와준다는 것이 보통 어려운 일이 아니다. 사람들은 칭찬에 인색하고, 비방엔 지나칠 정도로 후하다. 남을 많이 칭찬하면 내가 칭찬을 받고, 후에 많은 꽃과 추천의 보은을 받게 되는 것이다. 사람의 질투에서 피는 꽃은 지기가 쉬우나 아무도 방해하는 사람이 없이 피는 꽃은 커다란 열매를 맺는다.

015
육근(六根)과 육경(六境)을 잘 다스리면 만사가 형통하다

✻

현상세계의 모든 존재는 6근(眼根, 耳根, 鼻根, 舌根, 身根, 心根)에 의해서 사물과 대상을 분별하고 판단한다. 보고, 듣고, 냄새 맡고, 맛을 알고, 마음을 헤아리는 6근은 각기 제 나름의 특성을 가지고 있어서 고집스럽게 자신만의 특성을 발휘하고 다른 것과 어울리지 못한다. 게다가 3업(三業)이 만나면 충돌을 일으킨다. 3업은 몸짓하는 신업(身業), 말하는 구업(口業), 마음을 헤아리는 의업(意業)을 말한다. 이들 또한 만나면 여러 가지 현상으로 충돌하여 현실적 갈등을 일으키는데 6근과 만나면 요지경이 된다.

6근과 3계가 바른 작용을 한다면 인간 세상은 이상적인 사회질서를 만들 수 있지만, 6근과 3계가 잘못 엉키면 인간 세상은 한없이 고통스러워진다. 이런 만남과 갈등은 세계 성취로 풀어낼 수 있다.

어떤 보살이 부처님께 "일체(一切)란 무엇인가요?" 하고 여쭈었다. 부처님은 "일체란 곧 12처(處)이니 눈과 빛깔, 귀와 소리, 코와 냄새, 혀와 맛, 몸과 부딪힘이 일체이며 그것이 법"이라고 하였다.

우주 세계는 6근이 경계를 이루어 느낌으로 나타나는데 그것을 6경(境)이라 하였다. 즉, 6경은 빛깔(色境), 소리(聲境), 냄새(香境), 맛(味境),

부딪힘(觸境), 법(法境)이라 하고, 6근과 6경이 만나 12처라는 세계관을 형성한다.

부처님의 신행(身行)은 초발심으로 나타나서 우주 공간의 광대한 법계를 만들고, 중생은 스스로 그 법계를 터득하게 되는 것이다. 6근과 6경이 잘못 대치하면 큰 화근을 낳지만 6근과 6경이 바른 대치를 하면 그 위력은 선정으로 나타난다.

부처님의 지혜는 6근과 6경이 잘 이루어짐을 말하며, 그것을 찬탄하고 그 세계의 형상을 밝히고 그 세계의 체성(體性)을 익히고 그 세계의 장엄을 알면 세상은 청정하게 되는 것이다. 6근과 6경으로 나타나는 부처님의 바다를 보현보살이 두루 관찰하는 것이다.

清淨佛身 不可思議 無邊色相海普照明 不可思議 相及隨好皆淸淨 不可思議

(청정불신 불가사의 무변색상해보조명 불가사의 상급수호개청정 불가사의)

無邊色相 光明輪海具足淸淨 不可思議 種種色相 光明雲海 不可思議

(무변색상 광명륜해구족청정 불가사의 종종색상 광명륜해 불가사의)

 - 청정한 부처님의 몸이 불가사의하며, 끝없는 빛과 형상바다가 널리 밝게 비침이 불가사의하며, 상(相)과 수호(隨好)가 다 청정함이 불가사의하며, 그지없는 색상이 광명의 수레가 바다처럼 구족하고 그 청정함이 불가사의하며, 갖가지 색상이 광명의 구름바다를 이루니 불가사의하도다.

殊勝寶焰海 不可思議 成就言音海 不可思議 示現三種自在海 不可思議

(수승보염해 불가사의 성취언음해 불가사의 시현삼종자재해 불가사의)

調伏成熟一切衆生 不可思議 勇猛調伏諸衆生海 無空過者 不可思議

(조복성숙일체중생 불가사의 용맹조복제중생해 무공과자 불가사의)

- 수승한 보물의 불꽃바다가 불가사의하며, 말과 음성바다를 성취함
이 불가사의하며, 세 가지 자재의 바다를 나타내 보임이 불가사의하며,
모든 중생에게 복을 만들고 성숙시킴이 불가사의하며, 용맹스럽게 모든
중생바다를 조복하여서 헛되지 않고 지나침이 없음이 불가사의하도다.

佛出現義 智慧甚深功德海 普現十方無量國 隨諸衆生所應見 光明遍照
轉法輪

(불출현의 지혜심심공덕해 보현십방무량국 수제중생소응견 광명편조전법륜)

十方刹海叵思議 佛無量劫皆嚴淨 爲化衆生使成熟 出興一切諸國土

(십방찰해파사의 불무량겁개엄정 위화중생사성숙 출흥일체제국토)

- 세상에 나타난 목적은 모든 중생에게 부처님과 똑같은 깨달음을
얻게 하고자 함이다. 지혜의 심히 깊은 공덕의 바다가 시방의 한량없는
국토에 널리 나타나 모든 중생이 보고 있으니 광명이 두루 비춰 법륜으
로 굴러가네. 시방세계의 불가사의가 부처님이 한량없는 겁 동안 다 엄
정하시고 중생들을 교화하여 성숙케 하려고 온갖 국토에서 출현하시네.

-「세계성취품(世界成就品)」에서

016
성공한 인생은 뭔가 다르다

　사람들은 성공의 영광과 실패의 고통을 하늘과 땅 차이로 안다. 성공한 사람은 세상을 다 얻은 것 같고, 실패한 사람은 세상의 고통을 다 짊어진 것 같은 모습을 보인다. 따라서 성공과 실패는 사람의 격과 품위를 다르게 한다. 인생이 달라 보인다는 성공은 과연 어떤 것인가? 사람들은 성공과 출세를 위해 끝없는 노력을 다하여 그 노력과 투자의 결과가 좋으면 성공한 인생이고, 결과가 나쁘면 실패한 인생이라고 한다. 실패와 성공의 희비곡선은 늘 반대로 그려진다.

　사람은 태어나면서 살아갈 운명을 지정받고 태어난다고 한다. 피할 수 없는 게 운명이라고 하지만, 운명을 바꾸고 창조하여 사는 사람이 성공하는 사람이다. 그것은 부단한 노력에서 얻어지는 월계관이다. 그러나 행복한 삶과 부귀영화를 성공의 목표로 삼고 노력하지만 세상은 그렇게 호락호락하지 않다. 성공의 부푼 꿈은 깨지고, 실패와 좌절이 연속되는 경우엔 원망과 절망이 더 크기 때문이다.

　'어떤 사람은 좋은 조건을 타고나서 땅 짚고 헤엄치듯 승승장구하는데, 나는 왜 가진 것도 얻은 것도 없어서 진흙바닥을 뒹구는가?' 라는 원망으로 인생을 자탄에 빠져 사는 사람이 있다. 그런 사람에겐 끝내 추구한 이상은 영원히 사라져버린다.

인간의 운명은 같을 수가 없다. 어떤 일을 하는데 시작부터 조건이 좋은 사람이 있고, 시작하는 조건이 미미하여 불평과 불만에 가득 차서 허덕이는 사람도 많다. 어떤 이는 유산으로 받은 재산을 날려버리는가 하면, 조건이 미미한데도 열심히 노력해 부와 영화를 가져오는 이도 있다. 또한 시작은 같았는데 결과가 판이하게 다른 사람도 많다. 실패한 자는 운명 때문이라고 하고, 성공한 자는 자신이 이룬 성과라고 한다. 조건이 좋건 나쁘건 간에 이루어놓은 결과에 인생의 성패를 판가름한다.

성공한 사람은 격이 높아지고, 실패한 사람은 한없는 나락으로 빠져든다. 주변 입장과 환경이 달라지는 것이다. 실패는 모든 사람을 슬프게 하고 그 가족과 주변 사람들을 우울하게 한다.

돈을 많이 벌어 부자가 된 사람이나 공부를 많이 해서 대학자가 된 사람과 사회적으로 성공하여 만인의 찬사와 영광을 받는 사람은 격이 달라진다. 가진 자는 더 많이 부를 가지게 되고, 출세한 사람은 더 높은 곳을 향하고, 성공한 사람은 더 많은 행복을 누리려고 한다. 그러나 실패한 사람은 나락의 길로 빠지기 쉽다. 사회 통념상 성공한 사람과 실패한 사람은 하늘과 땅 차이다. 성공한 사람에겐 돈과 영화가 따르고, 실패한 사람에겐 좌절과 슬픔만 남는다. 그만큼 성공과 실패는 사람을 변화시킨다. 이렇게 성공한 사람과 실패한 사람을 바라보면서 뭔가 느끼게 된다. 삶의 패턴과 세상이 엄청나게 달라진다는 것이다.

남들은 성공하는데 난 왜 실패만 할까? 그러나 실패한 사람에겐 뭔가 이유가 있다. 그 이유를 모르고 내 탓 네 탓 하는 것은 또 다른 실패를 낳는다. 실패한 이유가 뭔지 알아내고 자신을 변화시키고 도전

할 때 성공을 거둘 수 있지만, 실패의 원인을 찾지 못하고 허송세월하면 그 사람은 더없이 퇴보의 길을 걷게 된다.

사업에 실패하고 고시나 시험에 실패하고 사랑에 실패하고 입신에 실패하는 것에는 반드시 이유가 있다. 하는 일마다 잘 안 되는 사람이 있고, 하는 일마다 잘 되는 사람이 있다. 똑같이 시작한 일에 실패를 거듭하는 억세게 재수가 나쁜 사람이 있는가 하면, 큰 노력 없이 성공하는 엄청나게 재수가 좋은 사람이 있다. 어떻게 보면 타고난 팔자려니 한다. 조건과 환경 그리고 외부의 도움 없이 시작한 일이 사람에 따라 승패가 갈리는 데는 보이지 않는 함수가 있다.

성공한 사람은 실패한 사람과 정반대의 인생을 사는 사람들이다. 그러나 성공은 꼭 행복한 것만은 아니다. 성공이 불행이 된 사례는 얼마든지 있다. 따라서 쟁취한 성공은 꼭 붙잡아야 하는 것이다. 나름 실패했다고 생각하는 삶이 오히려 성공한 삶보다 행복할 수가 있다. 그것은 작은 성공에 만족하지 못하는 사람들의 욕망 때문이다.

실패한 사람에겐 무엇인가 이유가 있고, 성공한 사람은 남다른 그 무엇이 있다. 그 이유를 알면 실패의 고통에서 헤어나 행복한 인생을 살 것이다. 과연 실패의 이유는 무엇일까? 그 일이 그 사람에게 맞지 않기 때문이다. 길이 아닌 길을 가기에 실패하는 것이다. 성공하려면 자기의 길을 잘 찾아가야 한다.

017
화엄경을 수행하면 성공한 인생을 살 수 있다

꽃을 싫어하는 사람은 없을 것이다. 꽃이 아름다운 것은 색의 조화 때문이다. 그러나 꽃이 더욱 아름다운 것은 그윽한 향기가 있기 때문이다. 색과 향기가 잘 어우러질 때 꽃은 아름답다는 찬사를 받는다. 세상이 온통 꽃으로 장식되고 그 속에 향기가 가득하다면 그보다 더 행복한 낙원은 없을 것이다. 연화장(蓮華藏)의 세계가 바로 그런 경지이다. 연분홍 연꽃이 만발한 그곳에 담겨진 아름다움의 극치가 불국토의 연화장이다.

비로자나여래(毘盧遮那如來)는 오욕에 물든 힘든 중생을 몸소 가르쳐 수행(修行)으로 아름답고 깨끗한 연화를 피워냈다. 실차난타(實叉難陀)가 번역한 화엄경 제80권 중 「화장세계품(華藏世界品)」을 보면, 풍륜이라고 하는 거대한 축대 위에 향기 그윽한 향수의 바다가 있고, 그 바다 속에 커다란 연꽃이 피어 있다. 얼마나 아름다운 화원인가. 이런 대연화가 음미하는 향기를 연화장세계라고 하였다. 이 세계는 티끌 같은 작은 존재들이 모여서 중앙 세계를 만들고, 그 중심을 향하여 그물과 같이 드리워진 속에 부처가 출현하여 중생을 계도하신다.

이것을 연화대장세계해(蓮華臺藏世界海)라고도 한다. 수천 개의 꽃잎을 가진 연꽃 하나하나에 각기 다른 세계를 이루고 있다. 비로자나여래는 그 연꽃 가운데 앉아 석가모니불이 되어 각각의 꽃잎에서 나는 향기를 체음하였다. 그러나 바로 그 시작은 석가모니의 보리수 아래 설법이었다.

이렇듯 화장장엄세계해(華藏莊嚴世界海)는 열 겹의 꽃잎에서 나오는 향기가 바다를 이루고, 그 가운데 피어난 연꽃이 무량자비의 세계를 만든다. 지혜의 바다 속에 아름다운 연꽃이 피어나고, 그 연꽃에서 풍기는 향기가 장엄한 세계를 만든다고 보현보살이 화장세계의 장엄함을 말하였다. 비로자나 부처님이 전생에서 닦은 수행이 화장장엄세계해를 이루어 공덕의 연꽃으로 장엄하게 피어났다.

華藏世界海 法界等無別 莊嚴極淸淨 安住於虛空
(화장세계해 법계등무별 장엄극청정 안주어허공)
此世界海中 刹種難思議 一一皆自在 各各無雜亂
(차세계해중 찰종난사의 일일개자재 각각무잡란)
華藏世界海 刹種善安布 殊形異莊嚴 種種相不同
(화장세계해 찰종선안포 수형이장엄 종종상부동)

- 화장장엄세계해가 법계 같아 차별 없고 장엄이 깨끗하게 허공중에 머물렀네. 이 세계해 가운데는 세계종이 불가사의가 하나하나 자재하고 어지럽지 아니하다. 화장장엄세계해에 세계종이 널려 있어 다른 형상 다른 장엄이 같이하지 않네.

그럼 과연 현대인들은 화장세계가 우주의 법계라고 생각하는가? 과연 천체의 우주에 그런 세계가 존재할 수 있는 것인지 의문을 가진다. 그러나 화장세계는 천체 물리학적인 우주와는 다르다. 오직 우리 마음속에 있는 세계를 의미하는 것이다.

"세존(世尊)께서 지난 옛적 여러 세상에 티끌 수의 보살들께 좋은 업을 닦고 가지각색의 보배를 광명으로 얻으셨으니 이것이 화장장엄세계해니라. 넓고 큰 자비가 구름 세계에 가득하여 한량없이 버린 몸이 세계해의 티끌 수만큼 옛날에 오랜 세월 수행을 닦아서 오늘날 이 세계에 때를 없애도다. 큰 광명을 놓아서 허공에 가득하여 바람으로 받들어서 흔들리지 않고 불장마니(佛藏摩尼) 보배로 두루 꾸미니 여래의 원력이 청정해졌네. 마니로 된 묘장화(妙藏華)가 널리 흩날리니 옛날의 원력이 허공에 있고, 가지가지 견고한 장엄의 바다에 빛난 구름이 드리워져 시방에 가득하다."라고 하였다.

– 「화장세계품(華藏世界品)」에서

018
원측이 현장법사를 따라 인도로 구법(求法)여행을 가다

모든 대상은 마음을 떠나서는 존재하지 않는다. - 원측

원측이 현장법사에게 물었다.

"안다는 것은 무엇입니까?"

"모르는 세계를 알게 하는 지식을 말함이 아니더냐?"

현장법사가 말했다.

"그런데 이상합니다. 안다는 것이 존재하지 않습니다. 마음이 바뀌면 존재의 가치도 바뀝니다."

"뭐라? 네가 그런 진리를 터득했단 말이냐? 그게 유식무경(唯識無境)이라는 거다. 오직 마음뿐 존재는 없다는 거지."

"그렇다면 유식무경이란 식(識)만 있고 대상(境)이 없는 세계로군요."

"바로 그거다. 아무것도 없는 공(空)의 세계란다. 그것을 다시 정리하면 실체가 존재하지 않으니 식마저도 존재하지 않다는 거다. 즉 식무경무(識無境無), 식도 없고 대상 세계도 없다는 말로 요약할 수 있단다."

현장법사가 속 시원하게 풀이해주었다.

"감사합니다, 스승님,"

"그러나 그것은 이론일 뿐, 더 깊은 세계는 천축국으로 가서 불경을

더 공부해야 해답이 나올 것 같구나.”

“스승님, 인도로 갈 땐 저를 데리고 가주십시오.”

“천산산맥을 넘는 힘든 고행인데 그래도 갈 수 있느냐?”

“네, 가겠습니다.”

중국 당나라의 현장법사는 A.D.627년 불교 경전의 내용과 계율에 의문점을 가지고, 산스크리트어 원전의 경전을 연구하려고 인도여행을 꿈꾸고 있었다. 마침내 현장법사는 신라의 고승 원측(圓測)과 당나라의 승려 규기(窺基)를 대동하고 원숭이를 호위병으로 삼아 천산산맥을 넘어 구도여행을 떠났다. 우루무치의 천산산맥을 넘어 쿠처와 투루판 등의 서역을 거쳐 아프가니스탄, 파키스탄을 거쳐 인도의 나란타 사원에 들어갔다. 가는 도중에 숱한 위기와 고통을 받았으나 원숭이가 악재를 해결해주는 바람에 간신히 인도로 들어갈 수 있었다.

현장법사는 그곳에서 18년 동안 불경을 공부했다. A.D.645년에 귀국할 때 불교 경전을 열두 대의 수레에 싣고 꼭 3년에 걸쳐 서안(西安)으로 돌아왔다. 현장법사는 대안사(大雁寺)에 안주하면서 A.D.664년까지 만 19년 동안 산스크리트어 경전을 한문 경전으로 번역하였다.

불경은 이미 번역된 구역(舊譯)이 있었으나, 현장법사가 신역(新譯)을 만들어냈다. 측천무후는 경전을 완역한 기념으로 대안사에 대안탑을 세워주었다. 대안사는 당대의 최고 미녀인 측천무후가 이곳에서 불공을 드려 황후가 되었다는 명사찰이다. 측천무후가 평민이었던 시절, 이 절에 비구니로 있으면서 당 고종과 밀애를 즐기다가 왕의 총애를 받아 황후가 되었다. 왕소유, 서씨, 양귀비, 초서 같은 미녀들도 다 이 사찰에서 불공을 드려 황후가 되었다.

측천무후는 중국 최초의 수렴청정을 한 황후로, 고구려 유민 인재를 사랑했었다. 그녀는 고구려 유민 중에서 뛰어난 인재를 과거시험에 응시케 하여 인재를 뽑았다. 고선지와 왕모중, 고사례, 이정기 같은 대장군은 그녀가 키운 인재였다.

현장법사는 천축에서 공부하고 여행한 것을 『대당서역기(大唐西域記)』로 남겼다. 그는 여행 도중에 법명을 삼장(三藏)으로 바꾸었다.

"스승님, 삼장이라면 불경의 경(經), 율(律), 논(論)을 말하는 것이 아닙니까?"

규기 스님이 물었다.

"그렇다. 불경의 삼장이다. 석가모니가 한 설법을 모은 것을 경장(經藏)이라 하고, 사찰이 지켜야 할 계율을 율장(律藏)이라 하고, 교리를 제자들이 연구한 해석을 논장(論藏)이라고 하는 것이다."

"제가 알기로는 삼장은 바구니를 뜻하는 줄 압니다."

원측이 말했다.

"허허, 그놈 별걸 다 아는구나. 그러나 본뜻은 경, 율, 논이다."

"어떻게 불경을 법명으로 쓸 수 있습니까?"

원측이 다시 물었다.

"나보다 불경을 잘 아는 사람이 당나라에 누가 있느냐? 불경에 한해서는 내가 권위자다. 그래서 삼장이라고 했느니라."

현장법사가 천축국으로 불경을 구하러 가는 길에 고창국의 왕 국문태의 초대를 받아 630년 2월경에 그곳에서 한 달 동안 법회를 열어 『인왕반야경(仁王般若經)』을 설법하였다. 현장법사는 국문태에게 융숭한 대접을 받고, 노잣돈과 선물을 받아 인도로 갔다. 그 후 18년 유학을 마치고 돌아가던 중에 다시 고창국에 들렀으나 이미 고창국은 망하고 없어진 뒤였다.

현장법사는 그 과정을 시작으로 당나라로 귀환하여 『대당서역기』를 썼다. 대당서역기는 그의 17년간(A.D.629~645)의 구법 행적을 정리한 것으로 총 21권이며, 138개국의 풍토와 전설, 관습 등을 기록한 것이다. 이 여행기는 고대 및 중세 초의 중앙아시아와 서남아시아의 역사나 교류사를 연구하는 데 귀중한 사료로 평가받고 있다. 특히 문헌 기록이 미흡한 인도 고대사를 연구하는 데 있어 1차적인 사료로 유용하게 이용되고 있다. 또한 5천축 80개국 중 75개국을 방문하여 사실적인 기록을 남겨놓음으로써 인도 역사를 한눈에 볼 수 있다.

당나라로 돌아온 현장은 삼장법사로 개명하고, 인도에서 가져온 화엄경을 대안사에서 번역하였다. 중국 서안의 대안사는 1,800년 전 건립했고, 삼장법사가 천산산맥을 넘어 인도에 유학을 다녀오면서 싣고 온 불교경전을 이 사찰에 안치하고 번역한 곳으로 유명하다.

원측(圓測, A.D.613~696)은 신라의 왕족 출신으로, 어린 나이에 출가하여 중국 당나라로 유학을 가서 현장의 제자가 되었다. 현장의 문하에서 함께 수학했던 법상종(法相宗)의 주류인 자은학파(규기대사)로부터 비판당하자, 이에 대응하여 서명학파를 만들어 자기를 둘러싼 모든 존재는 자기의 근저에 있는 마음이라는 유식(唯識)사상이 담긴 『해심밀경소(解深密經疏)』를 써냈다.

696년에 당나라의 불수기사(佛授記寺)에서 신라에 돌아오지 못하고 84세로 입적했다. 원측의 유식론(唯識論)은 '마음이 없으면 모든 것이 없다' 는 것으로, 즉 마음먹은 대로 생각이 바뀐다는 것이다.

019
한 치 앞도 못 보면서 뭘 안다고 하느냐

알고 모른다는 것은 종이 한 장 차이다. 종이의 앞면과 뒷면은 손등과 손바닥처럼 영원히 만날 수도 볼 수도 없는 단거리 세계다. 그러나 보는 사람은 한번 뒤집으면 손바닥을 볼 수 있다. 어리석은 인간의 눈은 그런 오묘한 철리를 모르고 오로지 보이는 형상만 보여준다.

한라산에 올랐다가 폭설을 만났다. 바람에 나부끼는 설파 때문에 더 이상 오를 수가 없었다. 힘들게 올라온 생각을 하면 포기할 수 없지만, 당장 눈앞에 닥친 한파를 견딜 수가 없었다.

"내려가자."

친구는 하산을 종용했다. 어쩔 수 없이 정상에 가지 못한 아쉬움을 남기고 하산하였다. 하산하자 폭설이 멎고 설파도 끝났다. 눈앞에 한라산이 드러났다.

"아, 한 발자국만 더 갔으면 정상이었어."

한 치 앞이 정상인데 돌아서는 인간의 어리석음을 어찌하랴.

百尺竿頭 進一步 十方世界現全身 (백척간두 진일보 십방세계현전신)

– 백 척의 장대 끝에서 한 걸음만 더 나아가면 새로운 세계가 그 모습을 보일 것이다.

위기에 처했을 때 포기하지 않고 극복하면 복이 온다.

비로자나불은 우주의 본체를 다스리는 석가모니 부처님의 법신불 이름이다. 비로자나 부처님은 모든 부처님 중에 가장 근본이 되는 법신불이다. 소위 부처님은 세 가지 측면에서 법신불, 보신불, 화신불의 삼신불(三身佛)로 이야기할 수 있는데, 모든 부처가 법신, 보신, 화신을 동시에 갖추고 있지만 서로가 하나일 수는 없다. 하나가 이루어놓은 세계를 다른 세계가 보여주고, 보여준 세계를 증명해 보이는 것이다. 즉, 화신불은 법신불로는 모르고 보신불에서 알 수 있다는 것이다.

千江有水 千江月 萬里無雲 萬里天 (천강유수 천강월 만리무운 만리천)
- 수천의 세월이 수천의 유수를 모아 수천의 강을 이루고 넓은 하늘에 구름 한 점 없구나.

'물과 구름은 원래 한 계상인데, 땅은 물 천지인데 하늘이 청명하니 물은 없도다' 라는 말이다. 3대 본체의 형상과 작용을 풀이하는 말이다.

부처님은 2,500년 전에 지구에 살고 있는 인간의 고뇌를 구제하려고 세상에 태어난 화신이다. 그리고 무아경의 무량광 보신불로 존재하신다. 법신은 보신이 나올 수 있는 근본체이다. 부처는 우주 공간에 존재하여 공과 하나가 되는 존재이다. 즉, 비로자나불은 우주적인 광명으로 삼천대천세계를 비추는 상징이며, 빛과 진리를 말하는 것이다.

비로자나불은 화장세계에 계시면서 중생을 이롭게 하는 수행의 대위광(大威光) 태자이다. 대위광 태자는 비로자나 부처님의 전신으로 생각할 수 있는데, 대위광은 법을 들어 광명을 얻고 광명의 주체와 인과를 대비하며 중생을 교화한다는 뜻이다.

비로자나품(毘盧遮那品)은 사람을 교육하는 자와 교육을 받는 자로 나누어 설명할 수 있다. 가르치는 자는 부처님이고, 가르침을 받는 자는 보살이다. 본체는 형상과 작용의 공덕으로 나타난다. 본체와 형상 작용은 금으로 만든 사자상에서 금은 본체요, 사자는 형상이며, 금사자상은 공이라고 한다. 법은 바다 같은 정토이며, 법의 본체가 가르침으로 작용하여 형상화한 것이 화장세계이다.

卽得念佛三昧 名無邊海藏門 卽得陀羅尼 名大智力法淵

(즉득념불삼매 명무변해장문 즉득다라니 명대지력법연)

- 염불삼매를 얻었으니 이름이 무변해장문이며, 다라니를 얻게 되었으니 이름은 큰 지혜의 힘과 법의 연못이다.

卽得大慈 名普隨衆生調伏度脫 卽得大悲 名遍覆一切境界雲

(즉득대자 명보수중생조복도탈 즉득대비 명변부일체경계운)

- 크게 어여삐 여기는 마음을 얻었으니 이름이 보수 중생 조복하고 해탈시키도다. 크게 어여삐 여기는 마음을 얻었으니 이름이 일체 경계를 두루두루 다 덮는 구름이다.

卽得辯才 名善入離垢淵 卽得智光 名一切佛法淸淨藏

(즉득변재 명선입이구연 즉득지광 명일체불법청정장)

- 변재가 있는 사람은 번뇌를 다 떠나보내고 깨끗한 연못에 편안히 들어가는 느낌을 받는 것이며, 지혜의 광명을 얻은 사람은 아주 무더운 날 시원하고 청량한 물속에 들어간 느낌을 받는 것이 곧 불법이다.

- 「비로자나품(毘盧遮那品)」에서

020
실패의 이유를 알면 해결책이 보인다

❈

돈은 퇴비와 비슷한 것이어서 뿌리지 않으면 아무 소용이 없다. – 베이컨

가난하게 사는 사람은 이유가 있다. 게으르고, 돈이 생기면 생기는 대로 내일을 생각지 않고 낭비하고, 궂은 일 마다하고, 절약하는 사람을 흉보고, 의타심이 많고, 자력으로 처리하지 못하면서 부자와 같이 하려다가 가랑이가 찢어지고, 사치가 심한 사람이다.

실패를 하는 사람에게 물으면 자신은 최선의 노력으로 자신의 능력을 최대한 발휘했다고 생각하는데 재수가 없어 실패했다고 남의 탓만 한다. 그러나 냉철하게 되돌아서서 곰곰이 따지고 짚어보면 그 이유를 알 수 있다.

그렇다면 자신의 생각과 사고에서 발견하지 못한 실수의 원인을 타인의 모습에서 발견하고 비교해보라. 그러면 그동안 자신이 얼마나 엉성하게 일을 추진했으며, 실패의 이유가 잘못된 성격과 엉뚱한 목표 지향이었다는 것을 알게 된다. 곧 자신의 방법이 틀렸다는 것을 알게 되는 것이다.

실패하는 사람은 다음과 같은 사람이다. 게으른 사람, 우유부단한

사람, 귀가 얇아 이리저리 변덕이 심한 사람, 쓸데없는 공상만 하는 사람. 우리 주변에서 실패한 사람들의 양상을 보면 대체로 일치한다.

철저한 준비 없이 대충 시작하거나, 사업에 관한 정보를 몰랐거나, 지식이 짧아 타인에게 자문하다가 사기를 당하거나, 세상 물정 모르고 성질 급하게 덤비거나, 귀가 얇아서 남의 말을 듣고 이랬다저랬다 하거나, 시장조사 없이 일을 벌이거나, 수지계산이 불분명하거나, 돈이 생기면 써버리거나, 종업원을 잘못 만나 도둑을 당하거나, 주변 상인들과 동화하지 못하고 독불장군으로 날뛰거나, 자금 생각 안 하고 사업을 확장하거나, 남의 보증을 잘못 서주거나, 당장 사업이 안 된다고 업종을 자주 바꾸거나, 사업하는 장소의 입지조건이 상품과 맞지 않거나, 대출이나 사채를 많이 쓰거나, 손님에게 불친절한 사람들이다.

돈은 개처럼 벌어서 정승처럼 쓰라는 말에 귀를 기울여야 한다. 인생사는 돈으로 얽혀 있기에 돈거래를 명확히 해야 한다. 인간은 만남에 의해서 인생이 결정되는 수가 많다. 잘못된 만남인 줄 알면 빨리 단절하라. 끌면 끌수록 손해를 본다. 눈먼 돈은 없다. 돈의 흐름을 알아야 하고, 그 사업에 한해서는 열심히 자기 계발을 하여 식견과 경험을 길러야 한다.

능력과 실력을 믿고 자기 계발은 소홀히 한 탓에 창의성이 부족하여 사업을 팽창하지 못하고 답보를 거듭하는 사람이 많다. 정보 부재로 세상 돌아가는 상황에 눈먼 아집과 고집불통인 사람, 기회가 주어져도 기회 포착을 못하는 무딘 판단과 우유부단한 성격을 가진 사람은 실패한다. 실패하는 사람에게는 성격적 결함이 반드시 있다. 한 번의 실패는 용서가 되지만, 두 번의 실수는 용납이 안 된다. 시행착오는 1회로 족하다.

021
우주 만상에 부처님의 공덕이 충만하다

친절은 아름다운 것보다 가치가 있다. 끈질긴 친절은 악한 자를 정복한다.
– 프랑스 아라스도

코끼리가 냉장고 속으로 들어갔다. 도저히 냉장고 속으로 코끼리가 들어갈 수 없는데 냉장고 속에 코끼리를 가두었다는 것이다. 이렇게 일과 일에 걸림이 없는 단계를 사사무애(事事無碍)라고 한다. 인간과 인간의 관계에서 아무 걸림이 없고, 인간과 사물의 관계에서 아무 걸림이 없으며, 사물과 사물과의 관계에서도 아무 걸림이 없는 것이다. 이런 무애사상은 화엄경에서는 반여에 오르는 정도라고 하였다.

사람들은 인과를 따지지 않고 결과만 취한다. 그러나 한 번쯤은 생성원인에 대하여 의문을 가져보면 존재의 가치를 알 수 있다. 달콤한 사과는 어디서 나는 것일까? 토양과 물과 공기 그리고 햇빛이 만들어낸 결정품이다. 형체로 본다면 토양은 사과와는 전혀 다르다. 그러나 사과는 흙의 토양분을 먹고 자랐다. 수단과 방법은 달라도, 이루어놓은 것은 개개의 전혀 다른 존재로 합성한 작품이다.

바로 부처님의 공덕이 이런 것이다. 서로 모르는 공덕이 하나하나 모이고, 무의식중에 베푼 선행이 쌓여 큰 환희의 광명으로 나타나는 것이다. 부처님은 6년의 고행에서 얻은 진리를 통하여 우주 만상이 실제가 아닌 가상의 공이라는 이법계와, 색과 공이 둘이 아니라는 이사무애법계와, 사와 사는 거리낌이 없다는 사사무애 법계로 우주 만물이 무관하면서도 관계가 깊은 인과로 이루어졌다는 진리를 설파하였다.

우주만상은 사법계(四法界)의 원리로 이루어졌다. 공덕은 사법계의 공동으로 이루어진 것이다. 비로자나불은 49년 동안 자신이 이룬 사법계, 즉 사법계(事法界), 이법계(理法界), 이사무애법계(理事無礙法界), 사사무애법계(事事無礙法界)의 진리로 중생을 이롭게 하는 설교를 하였다.

진리의 법을 믿고 그 법의 의미를 이해하고 실천하는 신해행증(信解行證)의 믿음을 행동으로 나타내 보이는 신심의 환희로 나타나는 것이 공덕이다. 부처님의 공덕이 위대함을 설교한 현수대사는 『화엄경탐현기』에서 소신인과(所信因果)로 나타나는 수행의 신해행증에서 신을 으뜸이라고 하였다. 청량대사는 거과권락생신분(擧果勸樂生信分)이라고 결과를 보여 믿음을 즐겁게 하는 것이라 하였다. 부처님의 지견을 밝혀 수행자가 증명함이 없이는 설교를 하지 말라고 하였다. 코끼리가 냉장고로 들어가는 믿음을 주는 사사무애의 신심 수행이 신해행증의 환희로 나타나는 것을 공덕이라고 하였다.

佛身普放大光明 色相無邊極淸淨 如雲充滿一切土 處處稱揚佛功德
(불신보방대광명 색상무변극청정 여운충만일체토 처처칭양불공덕)

- 부처님의 몸이 큰 광명을 널리 놓으시니 색상이 그지없고 지극히 청정하여 구름처럼 모든 국토에 충만하여 곳곳에서 부처님의 공덕을 찬탄하도다.

光像所照咸歡喜 衆生有苦悉除滅 各令恭敬起慈心 此是如來自在用
(광상소조함환희 중생유고실제멸 각령공경기자심 차시여래자재용)

- 광명이 비치는 곳에 환희가 넘치고 중생의 고통 씻은 듯 사라지도다. 공경하고 자비심을 내게 하나니 이것이 부처님의 자재(自在)한 작용이라네.

無量無邊大海衆 佛於其中皆出現 普轉無盡妙法輪 調伏一切諸衆生
(무량무변대해중 불어기중개출현 보전무진묘법륜 조복일체제중생)

- 한량없고 끝없는 큰 바다와 같이 많고 많은 대중에 부처님이 그 가운데서 모두 출현하시어 다함이 없는 무진한 법륜을 널리 알리사 일체제중생이 조복함이로다.

-「비로자나품(毘盧遮那品)」에서

022

호감이 가는 사람이 성공한다

남의 허물을 찾으려고 애쓰지 말고 항상 내 몸을 반성하여 잘잘못을 알라. - 『법구경』

사람들은 누구나 남에게 호감을 받고 싶어 한다. 이것은 진실로 마음의 평화를 즐기는 성향이며, 이 성향은 인간을 행복하게 만드는 기초가 된다는 점에서 호감을 받는 사람이 성공하는 것이다. 불행으로 허덕이는 사람을 보면 이기심과 욕심으로 가득 차 있다. 욕심으로 가득 찬 사람은 누구에게나 환영받지 못한다. 남에게 베풀어야 환영받는다.

사람의 본성은 착하나, 환경 탓으로 악해질 수 있다. 아무리 극악무도한 죄인이라도 나쁜 놈, 죽일 놈, 몹쓸 놈이라고 배척하지 말고 이해하고 감싸면 선한 본성을 보인다. 친구들이 이치에 맞지 않게 행동하고 도리에 맞지 않는 행동이나 법에 이탈한 행동을 한다고 해도 미워하지 말고 '왜 저런 행동을 할까? 왜 저런 말을 할까?' 하고 입장을 바꾸어 생각해보라. 생각이 짧은 사람은 생각 없는 행동으로 실망을 시킬 때가 많다. '왜 저 사람은 인생을 저렇게밖에 살지 못할까?' 그런 연민으로 사람을 대하면 그 사람의 본성에 깔린 선이 밝게 나타날 것이다.

사람이 재산이다. 호감을 주는 사람 옆엔 사람이 들끓는다. 사람을 모이게 하는 사람과 사람을 멀리하는 사람이 있다. 성격 탓이다. 인생은 사람과 더불어 살아가는 사회생활이다. 사람은 사람과 같이 살기에 사람이다. 짐승과 같이 살면 짐승이 된다. 때문에 사람과 사람 사이엔 풋풋한 정이 얽혀 사랑하고 신뢰하면 애정과 동정을 주고받는다.

사랑은 주고 베푼 만큼 돌아온다. 주기만 하고 받지 않는 사랑이나 받기만 하고 주지 않는 사랑이나 무조건 희생하는 사랑 등 여러 가지가 있다. 사람이 사람들의 호감을 사는 것은 그만큼 인생을 잘 살고 있다는 증거이다. 그런데 반감만 주는 사람이나 있으나마나 한 사람에게는 사람이 모이지 않는다. 호감을 사려면 부탁을 받았을 때 한 번은 쾌히 승낙하고 친절하게 응해줘야 한다. 할 수 없는 부분은 이유를 말하고 정중히 사과한다. 주머니를 보이지 말라. 남의 주머니를 저울질하는 사람이 있다. 돈이 있으나 없으나 태연하라. 쓸데없이 지껄여서 자기 주머니를 보여주면 업신여김을 받게 된다.

쓸데없는 약속이라도 약속은 지켜야 한다. 거짓말을 하지 마라. 저 친구는 거짓말을 잘 하는 사람이라는 인식을 받거나 화를 잘 내면 친하기가 쉽지 않다. 현자는 공연히 화를 내지 않는다. 명랑한 사람에게는 사람이 따른다. 지난 일을 꺼내어 화젯거리로 삼는 것은 좋지 않다. 이익을 주는 말과 재미있는 생각이 호감을 받는다. 솔직한 것은 금이다. 지나친 체면은 오해를 낳는다. 남의 비밀을 가까이하지 말며, 혹시 비밀을 알게 되었다 하더라도 절대 입 밖에 내서는 안 된다. 발가벗은 모습의 진실성이 호감을 사게 한다.

무엇보다 말에 책임을 지고 실천하는 사람이 호감을 받는다. 맑은 물에 고기 안 살고, 산이 높으면 골도 깊다. 그만큼 나름의 값을 한다. 갖추지 않고 베풀지 않으면서 자기 실속만 챙기는 사람, 똥 묻은 개가 겨 묻은 개 나무란다고 자기 행동은 개차반이면서 남의 허물만 꾸짖는 사람 앞엔 사람이 안 당긴다. 사람이 멀리하니 정보가 어둡고, 하는 일에 방해자만 나타난다. 고립은 자멸하는 길이다. 사업도 마찬가지다. 혼자만 이익을 보려고 옆 사람을 뭉갠다면 그 사업은 망하고 만다.

사람을 멀리하는 것은 실패의 원인이다. 사람은 이기적인 동물이지만 자기만 이익을 챙기는 이기주의는 자멸하게 되어 있는 것이다. 호감을 주는 사람에겐 좋은 사람, 나쁜 사람 가릴 것 없이 사람이 많이 모인다. 좋은 사람이 많으니 인간관계가 좋아지고 사업도 성공한다. 비호감인 사람은 사람이 모두 떠나니 하는 일마다 실패로 돌아간다.

023
하나에서 무량을 깨닫고, 무량에서 하나를 깨닫다

✳

유치원에서 아이들이 숫자놀이를 하고 있었다. 일곱 살 난 아이가 여섯 살 난 아이에게 물었다. "난 100까지 셀 수 있다. 넌 몇까지 셀 수 있니?" 그때 여섯 살 난 아이가 "기껏 100까지 셀 수 있다고? 난 무량대수를 셀 수 있다."라고 말하였다. "무량대수가 뭔데?" "한량없고 끝없는 수란다." "그걸 어떻게 센단 말이야?" "수를 계속해서 세면 되는 거야."

그 말에 일곱 살 난 아이가 무색해졌다. 그렇다고 여섯 살 난 아이가 무량대수를 알고 말하는 것은 아니지만 그 개념만은 알고 있었다. 어린 아이의 영특한 답변이다. 요즘 유치원 아이들은 이 정도의 인지 능력을 갖고 있다.

그런데 여섯 살 난 아이가 말하는 무량대수는 과연 끝이 없는 숫자인가?

우리는 무량대수에 대하여 생각해볼 필요가 있다. 한량이 없다는 수다. 과연 그 수가 셀 수 있는 수인가. 부처님은 49년 동안 이 무량대수 때문에 고뇌했고 결국 그 대수를 알지 못하고 타계하셨다. 그러나 무량대수를 아는 순간, 그것이 결국은 하나라는 사실을 알았다.

세존께서 마가다국 아란야법 보리도량에서 정각을 이루시고, 보광명전에서 연화장 사자좌에 앉으시었다. 부처님의 보광명전에 화엄의 52가지 수행단계 교설 방법 중에서 「현수품(賢首品)」은 무량대수를 헤아리는 보살들의 모임과 문답으로 되어 있다. '어떤 것이 보살행인가?' 라는 문제를 부처님께서 연화장 사자좌에 앉아 속 시원하게 풀어주었다.

부처님은 무량도량의 깨달음을 학식 높은 열두 보살에게 전하고 함께 지방을 돌며 중생과 법계와 열반계를 과거, 현재, 미래의 3간으로 계도하였다.

수미산에 내로라하는 수만 명의 보살이 모였다. 그들은 각기 다른 나라에서 인종과 민족을 구분하지 않고 모여 자신의 도량과 배움의 의문과 수행을 문답으로 교환하였다. 그중 대표 격인 열 명의 보살은 다음과 같다. 동방의 부동지(不動智)에서 온 문수사리, 남방의 무애지(無碍智)에서 온 각수(覺首), 서방의 멸암지(滅暗智)에서 온 재수(財首), 북방의 위의지(威儀智)에서 온 보수(寶首), 동북방의 명상지(明相智)에서 온 공덕수(功德首), 동남방의 구경지(究竟智)에서 온 목수(目首), 서남방의 최승지(最勝智)에서 온 정진수(精進首), 서북방의 자재지(自在智)에서 온 법수(法首), 하방의 범지(梵智)에서 온 지수(智首), 상방의 관찰지(觀察智)에서 온 현수(賢首).

수많은 보살이 수미산 사자좌에 모였을 때 문수보살은 이들 보살에게 헤아릴 수 없는 부처님의 경계와 4천하의 계시를 보여주고, 중생에게 여래의 명호로 밝히고 시바세계의 계시를 알게 하였다.

"이 모든 보살이 심히 희유(希有)하도다. 여러 불자들이여, 부처님의 국토는 불가사의하며 부처님의 머무심과 부처님 세계의 장엄과 부처

님 법의 성품과 부처님 세계의 청정함과 부처님의 설법과 부처님의
출현함과 부처님들이 모든 중생의 좋아함과 욕망이 같지 아니함을 아
시고 그 응하는 바를 따라서 법을 설하여 조복하시며 이와 같이 법계
와 허공계까지도 같이하시느니라."

그때에 모든 보살이 물었다.

"세존께서 실행하신 십주(十住)와 십행(十行)과 십회향(十廻向)과 십장
(十藏)과 십지(十地)와 십원(十願)과 십정(十定)과 십통(十通)과 십정(十頂)
을 어떻게 설파해야 하는지요?"

문수보살이 여래의 열 가지 경계를 보살들에게 말하였다.

"모든 불자는 여래를 공경하고 부처님을 우러러 찬탄하고 널리 닦
아 공양하며 스스로 잘못을 뉘우치며 남의 수행을 기뻐하고 설법해주
길 청하며 부처님의 세상에 오래 머물기를 바라며 부처님을 따라 배
우고 항상 중생과 순응한 것을 알려줘야 합니다."

다시 문수보살이 말하였다.

"여러 불자들이여, 여래가 사천하(四天下)에 나시니 수많은 사람이
구름처럼 몰려와서 배우기를 원하니 보살들은 사천하에 계시는 여래
의 명호를 밝히도록 하시오."

각처에서 온 보살들은 우주관의 중심인 수미산에 올라 문수보살의
4방에 있는 4대주(大洲)에서 사법계와 이법계, 이사무애법계, 사사무
애법계의 뜻을 밝혀주었다.

－「여래명호품(如來名號品)」에서

024
인공자궁에서 인간이 탄생하다

*

– 아드리앵은 사랑하는 여자 엘리자베트와 같이 우주선 파피용호 이브를 타고 낯선 행성에 도착하여 애인을 잃었으나 애인과 같은 생명을 만들어낸다. 그리고 그 생명의 자궁에서 아이가 태어났다. 그 아이의 이름은 '에야' 였다. –

파피용호는 이상한 행성에서 내렸다. 그는 냉장고를 뒤져 호모사피엔스라고 쓰인 시험관 하나를 꺼내 들었다. 그런데 다른 동물을 만들 때는 수정란, 인공자궁, 인공부화 순서로 쉽게 되던 것이 자신과 같은 종을 만들어내려니 쉽지가 않았다.

작은 수정란이 인공자궁 내에 착상이 되지 않았다. 그는 유전자 조작서를 다시 탐독한 끝에 세포분할이 원활히 일어나지 않을 경우에는 같은 종에 속하는 동물의 신선한 골수에서 근원세포를 추출해서 첨가하면 세포분열 과정을 촉진시킬 수 있다는 사실을 알아냈다.

인간의 골수란? 그래 그거야……

그는 즉시 엘리자베트의 시체를 꺼내 뼈 속을 파헤쳐보면 되겠다고 생각하였다. 그러나 신선한 골수라는 말이 무슨 뜻인지 잘 알기에 이내 포기하고 말았다. 이 행성에서 신선한 인간의 골수를 가진 사람은 하나밖에 없었다. 골수를 추출하기 위하여 직접 자기 손으로 수술을 하는 일은 몹시 어려운 일이었다. 하지만 이 일은 단지 인간이라는 종의 사활만이 걸린 문제가 아니었다. 그가 마지막이라면 그건 또한 마지막 기회였다.

그런데 기술적인 문제가 있었다. 고통스럽지 않으려면 마취를 해야 하는데 자신이 외과의사 노릇을 하는데 그 방법이 떠오르지 않아 잠을 잘 수가 없었다. 그는 무슈롱호에 있는 구급함에서 국부마취약 병을 찾아냈다.

그는 대담하게 그나마 나중에 별 문제가 없을 것이라고 생각하고 자신의 늑골을 절개하기로 하였다. 놀라 소리를 지르지 않기 위해서 입에 천 조각을 물었다. 그러고 나서 망치로 갈비뼈를 한 대 부쉈다. 마치 도살 장면을 연상시키는 모습이었다. 역시 자신의 뇌는 잘 견디어주었다. 그는 인간의 한계가 허용하는 한 최대한 오래 이빨을 앙다문 채 수술을 성공적으로 마쳤다. 그리고 마침내 정신을 잃고 말았다.

정신이 들자 그는 기운을 내어 갈비뼈부터 소독 상자 안에 넣었다. 그리고 다행히도 화학전지로 작동하는 이동 실험실의 냉동 칸에 상자를 넣었다. 그는 상처 위에 습포를 꾹 눌러 댄 뒤 또다시 기절해버렸다. 이번에는 오랫동안 일어나지 못했다.

다음 날 그는 정신을 차렸다. 붕대부터 갈고 나서 몸을 움직일 만하자 상자 안에 넣어둔 갈비뼈 조각부터 꺼냈다. 그는 현미경으로 건강 세포를 선별해낸 뒤 이브의 책 내용을 체계적으로 적용해서 수정란의 핵과 자신의 갈비뼈에서 추출한 신선한 세포의 세포질 막으로 완벽한 태아의 수정란을 만들어냈다.

그는 수정란을 인공자궁 안에 넣은 뒤 생명을 탄생시키기 위하여 여러 번 전지충격을 가했다. 이런 시도 끝에 마침내 세포분열이 일어나기 시작하였다. 점점 자라난 수정란을 나중에 인큐베이터에 옮겨서 아드리앵 자신은 성분조차 모르는 미지근한 액체 속에 잠겨 있었다.

아홉 달 후 그는 살아 있는 인간의 아이를 얻었다. 여자아이였다. 그는 에야(EYA)라고 이름 지었다. E는 사랑하는 여자 엘리자베트의 이름에서, Y는 파피용호를 발명한 이브의 이름에서 따왔고, A는 낯선 행성에 내린 최초의 새로운 인간인 자기 자신 아드리앵의 이름에서 따왔다.

그는 혼란스러운 감정으로 아기를 뚫어져라 바라보았다. 지금까지 이렇게 행복한 적이 없었다. 희생을 감수하고 고통을 견뎌낸 덕분에 그는 이제 혼자가 아니었다.

'새로운 지구에 온 것을 환영한다. 에야, 네 안에 들어 있는 유전자가 어느 정도인지 모르겠다. 어쩌면 3분의 1 정도? 너한테 한 가지만 부탁할게. 날 절대로 아빠라고 부르지 마라.'

그가 인공자궁 안에서 생명을 잉태한 것은 신의 역할을 대신한 것이다. 인간의 초능력은 신성에 가깝다.

– 베르나르 베르베르 소설 『파피용』의 '해답' 중에서

025
입장을 바꾸어 생각하면
도량이 생긴다

＊

원한은 복수를 낳고, 복수는 분노와 저주를 낳는다. 고통과 번뇌로 얼룩진 사바세계(娑婆世界)의 인연을 어찌하랴.

사라진 앙코르 제국, 저주받은 바이온 사원에 기어코 발을 디뎌놓았다. 사원은 숨이 멈출 것 같은 침묵이 무겁게 내리고 있었다. 천년 고목 흑단나무가 고궁을 무너뜨리고 하얀 뿌리를 드러내고 있었다. 나무뿌리가 아스라하게 무너진 사원의 돌무더기를 받치고 있었다.

난 침묵이 내리깔린 숲을 쳐다보고 있었다. 그때 한줄기 강한 스콜이 정글에 쏟아졌다. 갑자기 바람이 일어 빗줄기를 회오리 속에 휘감았다. 쾅쾅, 하늘이 으르렁대더니 거대한 불덩어리가 우림의 사원으로 내리꽂혔다. 700년 전에도 이렇게 벼락이 치고 있었다. 웅장한 석조 사원에 내리꽂히는 번개는 순식간에 사원을 불태워버렸다. 그리고 사원은 어느새 싸늘한 잿더미로 변해버렸다.

3일 밤낮 연속적으로 벼락은 사원을 강타하였다. 그리고 4일째 되던 날 천둥이 멈추고 화염이 사라졌다. 화마가 사라진 하늘엔 언제 그랬느냐는 듯이 현란한 광채가 빛나고, 하늘은 평화롭게 파란 살을 드러내고 있었다. 까맣게 타버린 사원의 여기저기에 불에 탄 시체가 뒹

굴고, 타지 않은 시체엔 빨간 핏물이 흥건하게 고여 있었다. 그 시체들 사이로 독을 뿜는 코브라가 휘젓고 다니며 시체를 깨물고 다녔다.

불에 타 죽고, 코브라에 물려 80만의 앙코르 백성이 희생당했다. 천재지변, 그것은 벼락에 맞고 독사에 물려 죽은 천벌이었다. 그 황량한 킬링필드에서 살아남은 폴 살로스 왕비는 벼락에 맞아 죽은 시체를 모으고 시체를 물고 있는 코브라를 칼로 내리치고 다녔다.

저주의 성에 불행은 연생되고 있었다. 앙코르와트는 천재지변이라는 극한상황의 재난 속에 휘말리고 있는데, 야유타국의 공격을 받았다. 마침내 앙코르는 무너지고 말았던 것이다. 야유타국은 앙코르 백성을 무차별 살육하였다. 700년 전 타프롬 사원의 밀림 숲에서 벌어진 참혹한 살인현장이었다. 사원은 온통 킬링필드였다.

선혈을 토하고 죽은 남녀 시체들, 난 그 속에서 늙은 왕모 바이온 루사의 시신을 연상하였다. 불에 탄 그녀의 얼굴은 이목구비가 분간하기 힘들 정도였다. 비슈누의 저주가 그녀에게 내린 것이다. 순간, 그녀의 함몰된 형상에서 그녀가 문둥병 환자라는 것을 알았다. 그러니까 위대한 앙코르 불교왕국을 탄생시킨 자야 바르만 7세의 어머니이며 이 사원의 주인인 바이온 루사가 벼락에 맞아 죽은 것이다. 손발이 뭉그러진 육신과 불에 그슬린 그녀의 모습은 너무나 흉측했다. 그녀는 수많은 시체들 속에 끼어 있었다.

"네가 알고 싶은 것이 뭐냐. 네가 진정 이 역사의 비밀을 알 수 있단 말이냐?"

"알고 싶습니다. 힌두교 사원을 불교사원으로 만든 과업입니까?"

"저주받은 숲입니다. 힌두신 비슈누의 저주가 벼락을 내려 불교 신전을 불태워버렸어요. 그리고 이 성에 사는 모든 사람을 죽여버렸어요. 타프롬 사원부터 시작된 비슈누의 저주는 끝내 앙코르 왕국을 멸망시켰습니다."

비슈누의 저주다. 수리아 바르만 2세가 만든 힌두교 사원 앙코르와트를 자야 바르만 7세가 불교사원으로 만들고, 힌두교도를 탄압하고 불교도를 숭상했다. 그렇게 앙코르와트의 백성은 두 종교의 갈등 속에서 저주받은 백성이 되어 왕족부터 사라졌다. 사바세계의 가장 무도한 복수극이었다. 앙코르와트가 힌두교를 배척하고 불교국이 되면서 왕국과 종족이 멸망해버렸던 비극은 사바세계의 가장 비참한 형극이었다.

사바세계는 번뇌와 고통과 더러움으로 뒤덮여 있는 세계이다. 그 세계에 사는 중생은 수많은 번뇌를 참아야 하고, 성자들은 중생의 피곤함을 풀어주려고 노력하였다. 생과 사, 그러나 어차피 살아가야 하는 세상이다. 앙코르와트는 자야 바르만 7세가 불러일으킨 죄목을 백성이 받고, 그 왕족들은 모두 문둥병을 앓으며 국가마저 사라져버렸다. 원론을 어기면 저주를 받는다.

시방세계는 바로 그런 세계였다. 시방세계는 행복보다는 불행한 것이 더 많다. 부처님은 보살들을 불러 시방세계에서 겪은 고통과 불행을 이야기하게 하고, 그 이야기 속에서 구원을 제시하였다.

문수보살이 보살들에게 일렀다.

諸佛子 此娑婆世界東 次有世界 如是等百億萬種種名號 令諸衆生 各別知見

(제불자 차사파세계동 차유세계 여시등백억만종종명호 영제중생 각별지견)

— 불자시여, 동방의 세계에 백억 만에 달하는 고통이 있습니다. 이와 같이 셀 수도 헤아릴 수도 없는 고통 받는 중생들이 모두 저마다 여래

의 이름을 부르며 구원받고자 합니다. 모두 그들이 겪는 고통을 부처님
의 가르침으로 위로하고 중생을 구제하시오.

　원한은 복수를 낳고, 복수는 분노와 저주를 낳는다. 원한을 푸는 방
법은 복수밖에 없을까? 잠시 입장을 바꾸어 생각하면 원한을 삭이는
법을 알게 될 것이다. 원수를 사랑하라가 아니고, 내가 남에게 원한을
진 일이 없나 살펴보고 그때의 입장을 생각하라는 것이다. 순간의 화
를 참으면 백 년이 편하다고 했던가, 역지사지로 원한을 살폈더라면
앙코르와트는 사라지지 않았을 것이다.

―「여래명호품(如來名號品)」에서

026
고통과 괴로움의 원인을 제거하면 만사가 형통하다

*

화엄경을 읽으면 번뇌와 고통이 사라진다. 부처님은 화엄경의 「사성제품(四聖諦品)」에서 고통이란 무엇이며, 그 원인과 고통을 없애는 방법에 대해 말하였다. 문수보살이 사성제 법문에서 여러 보살에게 고통의 원인을 풀고 형상을 밝히면 만사가 형통한다 하였다. 사성제품은 고(苦)·집(執)·멸(滅)·도(道)로서, 삶은 괴로움이며 모든 괴로움에는 원인이 있고 그 원인을 제거하면 밝은 삶을 살 수 있다고 하였다. 구체적으로 설명하면 다음과 같다.

[고성제의 설법]

爾時에 文殊師利菩薩摩訶薩이 告諸菩薩言하사대 諸佛子야 苦聖諦는 此娑婆世界中에 或名罪며 或名逼迫이며 或名變異며 或名攀緣이며 或名聚며 或名刺며 或名依根이며 或名虛誑이며 或名癰瘡處며 或名愚夫行이니라

"여러 불자들이여, 고(苦)성제는 이 사바세계에서 지은 죄를 말하는 것입니다. 혹은 핍박이라 하고, 혹은 변이라 하며, 혹은 반연이라 하고, 혹은 취라 하며, 혹은 자라, 혹은 의근이라 하고, 혹은 허광이라 하고, 혹은 옹창처라 하며, 혹은 우부행이라 하는 고통입니다."

[고집성제의 설법]

諸佛子야 苦集聖諦는 此娑婆世界中에 或名繫縛이며 或名滅壞며 或名愛著義며 或名妄覺念이며 或名趣入이며 或名決定이며 或名網이며 或名戱論이며 或名隨行이며 或名顚倒根이니라

"여러 불자들이여, 고집(苦集)성제는 이 사바세계 가운데 있는 계박이라는 것인데 혹은 멸괴라 하고, 혹은 애착이라 하며, 혹은 망각념이라 하고, 혹은 취입이라 하며, 혹은 결정이라 하며, 혹은 망이라 하고, 혹은 희론이라 하며, 혹은 수행이라 하며, 혹은 현도근이라 하는 고통의 원인입니다."

[고멸성제의 설법]

諸佛子야 苦滅聖諦는 此娑婆世界中에 或名無諍이며 或名離塵이며 或名寂靜이며 或名無相이며 或名無沒이며 或名無自性이며 或名無障碍이며 或名滅이며 或名體眞實이며 或名住自性이니라

"여러 불자들이여, 고멸(苦滅)성제는 이 사바세계 가운데 있는 무쟁을 말하는 것으로 혹은 이진이라 하고, 혹은 적정이라 하고, 혹은 무상이라 하고, 혹은 무몰이라 하고, 혹은 무자성이라 하고, 혹은 무장애라 하고, 혹은 멸이라 하고, 혹은 체진실이라 하고, 혹은 주자성이라 하는 원인을 말하는 것입니다."

[고도성제의 설법]

諸佛子야 苦滅道聖諦는 此娑婆世界中에 或名一乘이며 或名趣寂이며 或名導引이며 或名究竟無分別이며 或名平等이며 或名捨擔이며 或名無所趣이며 或名隨聖意이며 或名仙人行이며 或名十藏이니라 諸佛子야 此娑婆世界中에 說四聖諦가 有如是等四百億十千名하니 隨衆生

心하야 悉令調伏케 하시니라

"여러 불자들이여, 고멸도(苦滅道)성제는 이 사바세계 가운데 있는 일승으로, 혹은 취적이라 하고, 혹은 도인이라 하고, 혹은 구경무분별이라 하고, 혹은 평등이라 하고, 혹은 사담이라 하고, 혹은 무소취라 하고, 혹은 수성이라 하고, 혹은 선인행이라 하고, 혹은 십장이라 하느니라. 불자 여러분, 이 사바세계에서 사성제를 말하는데 이러한 사백 억 십 천 가지의 이름이 있으니 중생의 마음을 따라 이를 풀어 복을 받게 하느니라."

어떤 고난과 고통이 왔을 때 사성제로 풀어나가면 마음이 편해진다. 그리고 안 될 땐 팔정도(八正道)로 풀어나가면 된다. 팔정도는 생각이 바른가, 언어 구사는 어떤가, 행위는 옳았는가, 바른 생활을 해왔는가, 용기 있는 노력을 하는가, 바른 의식을 가졌는가, 깨끗한 마음이었는가를 따져 깨달음과 열반에 이르는 길을 말하는 것이다.

실패의 원인은 마음의 병 때문이다. 육체의 병보다 마음의 병이 있으면 모든 일이 잘 안 풀린다. 마음이 병을 사성제로 풀고 나면 마음이 편해지고 당신의 사업은 성공할 것이다.

어려운 고비를 넘기면 쉬운 일이 생기니 뜻만 견고하면 이루어지지 않는 일이 없고, 의심만 하고 있으면 되는 일이 없는 것이다.

－「사성제품(四聖諦品)」에서

027

장미는 아름답지만 가시엔 독이 있다

물을 한 그릇에 오래 담아두면 썩고, 칼날을 갈아 칼집에 넣어두면 녹이 슨다. 금과 옥이 집 안에 가득히 있지만 영원히 지킬 수 없고, 부귀가 원대해지면 교만해지고 불행을 자초하니, 공을 이루어 이름이 나면 물러나는 것이 하늘의 도리다. – 노자

독일의 시인 라이너 마리아 릴케는 장미의 가시에 찔려 패혈증으로 죽었다. 1926년 9월 릴케가 이집트를 여행할 때 그를 좋아한 여인 니메트 엘루이가 그와 동행하여 나일 강을 여행하는데 언덕 위에 빨간 장미가 아름답게 피어 있었다.

"릴케, 장미가 아름다워요."

"내가 따다 줄게요."

릴케는 언덕으로 올라가서 장미꽃을 꺾다가 그만 가시에 손가락을 찔려 피가 솟았다. 그런데 그 피가 멈추지 않았다. 그 이유로 병석에 눕게 되었고 1926년 12월 29일 새벽, 릴케는 51세의 나이로 세상을 떠났다. 죽음의 원인은 장미가시에서 나온 독이었다. 이듬해 친구들의 도움으로 라롱의 교회묘지에 안장되었다. 묘비에는 릴케의 유언에 따라 다음 시구가 새겨졌다.

'아름다운 장미여, 오 기쁨이여, 잠을 이루게 하는 모순이여!'

그러나 훗날 그의 죽음은 백혈병 때문이라고 알려졌다.

오직 장미꽃의 아름다움에 취해 가시에 독이 있는 줄 몰랐던 것이다. 장미는 아름답지만 독이 있다는 것은 유혹의 미소엔 독이 있다는 말이다. 즉, 이치를 모르고 덤비면 화를 입는다는 말이다.

「광명각품(光明覺品)」에서는 진정한 이치를 가르쳐주었다. 광명각품은 60권본 화엄경의 제5장 「여래광명각품」으로, 부처님의 10신 지위를 가르쳐 광명에 달하는 것을 알려주는 것이다. 이는 부처님의 사성제의 광명이 현상으로 나타나 허공세계의 대중에게 화엄의 본모습을 나타낸 것이다. 사자좌에 앉은 부처님의 광명이 동방의 열 세계를 두루 비치며 수많은 보살이 인과의 깨달음 작용으로 나타나 부처님을 닮아가려 하는 것이다. 불경에서 말하고자 하는 것은 큰 자비로 중생을 구제하는 찬탄인 것이다.

광명변조(光明遍照)란 광명이 동방에서 와서 무량무변한 백천세계를 두루 비추었다는 말이다. 대승불교에서 부처님은 석가모니 부처님을 포함한 우리 마음속의 불성과 우주 삼라만상에 존재하는 본성의 원리를 다 포함하는 것이다.

"중생들이 애욕의 바다를 헤매면서 비단옷을 입고서도 부족하다니 허영과 욕망에 가득한 마음을 끊으려 하나 오욕에 깊게 물들어 옳고 그름마저도 분별 못하여 고통 받거늘 부처님의 법을 받들어 행하라."

문수보살이 중생에게 게송하는 설구 중에 나오는 말이다.

"이치를 어기면 손실을 보게 되고 이치를 알면 이익을 얻게 되나니 부처님과 중생은 평등하다. 오온(五蘊, 정신과 물질)이 평등하니 마음을 내려놓으려고 하나 내려놓을 것이 없으니 중생은 본래 생도 없고 멸도 없는 무량도심이다. 깨달음은 인과(因果)로 나타나고 깨달음은 여러 가지 상(相)으로 나타나며 깨달음은 체성(體性)으로 나타나고 깨달음은 인행(因行)으로 나타난다. 이렇듯 부처님의 깨달음이 큰 자비와 덕으로 중생을 구제하는 것이다."

– 「광명각품(光明覺品)」에서

028
나태하고 게으른 집시는 평생이 고달프다

✽

다뉴브강변의 보헤미아 집시촌은 숲 속에 있는 작은 슬럼가였다. 천막촌 도시는 온통 쓰레기 하치장 같았다. 중앙의 넓은 도로를 두고 양쪽으로 늘어선 집시촌의 창가엔 원색의 야한 남녀 속옷이 걸려 있고, 누더기 같은 빨래가 바람에 휘날리고 있었다. 창은 깨지거나 아예 없어서 밖에서 내부의 풍경이 다 들여다보이는 것이었다. 방 안에선 거의 발가벗고 지내는 모습이 보였다. 집밖 골목이나 대로엔 아이들이 신나게 자전거를 타고 뛰놀고, 어른들도 거리에 나와 놀고 있었다. 원색의 옷에 풀어헤친 머리카락이 자유분방하지만 그들 나름대로 질서는 있었다.

사람이 사는 집들이 마치 짐승의 우리 같은 느낌이 들었다. 대로엔 생활용품 가게가 즐비하게 늘어섰고, 골목엔 소규모 공장들이 들어차 있었는데 모두 수공으로 물건을 만들고 있었다. 그중에서도 가장 이색적인 것은 땜장이 가게였다. 늙은 집시 노인이 구멍 난 냄비나 솥 등을 모아놓고 구멍을 때우고 있었다. 땜장이다. 그리고 거리의 가게에선 중고품을 팔고 있었다. 양말 한쪽, 구두 한쪽도 팔았다. 식료품 가게에선 완제품도 팔지만 중간제품과 원료를 팔고 있었다.

이곳저곳에서 노래와 춤을 추는 거리의 악사들이 많았다. 관광객들이 그들과 술과 노래를 같이 마시고 부르며 춤을 추고 있었다. 음악이 고조되자 아름다운 집시음악이 서곡으로 나왔고, 모두 춤을 추기 시작하였다. 집시의 춤은 율동이 느리고 음탕했다. 무대에서 춤을 추는 무희들이 상의를 하나씩 벗어던지고 어느새 발가벗은 모습으로 춤을 추었다. 출렁대는 젖가슴이 원초적인 성징을 유발케 하였다.

난 그녀들의 몸짓에 시선을 집중하고 있었다. 관광객들은 짓궂은 장난으로 무희의 몸을 어루만지며 젖가슴에 키스를 하였다. 그때마다 돈을 요구했다. 돈을 버는 상술이라 부끄러움이 없었다. 무희들은 하나같이 풍만한 몸매에 날씬한 체격을 갖고 있었다.

"세상에서 가장 자유로운 삶을 사는 사람들 같아요. 저 모습 보세요. 저들에게 걱정이 있을까요?"

난 의아해서 물었다.

"맞아요. 걱정 근심 없이 사는 사람들이에요. 당장 하루 먹을거리가 없어도 걱정 안 해요. 구걸해서 먹으면 되니까요. 이곳에 온 관광객들은 저들의 먹잇감이랍니다."

사실 집시들은 유랑 생활을 하지만 그들에게도 고향이 있었다. 떠돌다가 힘들면 고향으로 돌아온다. 그들에게 고향이 무슨 의미냐고 묻지만 그들은 자기 종족 외에 다른 종족은 구성원으로 끼어주지 않고 그들 나름대로 독단적인 생활을 하고 산다.

집시들이 정상적인 사회 구성원으로 어울리지 못하고 사회 주변에서 떠돌이 생활을 계속할 수밖에 없는 것은 교육을 받지 못하고 나태한 습관을 가졌기 때문이었다. 이들은 정상적인 직업에 종사할 수 없었다. 그래서 항상 천한 일만 하고 살았다. 남자들은 가축 중개인이나 목동·동물조련사·흥행사·땜장이·거리의 음악가로 일했고, 여자들은 점쟁이·약장수·걸인·예능인으로 살았다. 주로 목동이나 가축 기르는 일이나 농업에 종사하였고, 가축 중개업자는 집시들의 최고 직장이었다.

집시 가족은 원래 대가족으로 부부, 미혼 자녀 그리고 최소한 한 명의 결혼한 아들과 그의 아내 및 자식들로 구성되었다. 보통 집시들은 십여 가구 또는 몇 백 가구씩 무리를 지어 산다. 이들은 자신들의 수호를 위해 수령 제도를 두었다.

집시들은 지역의 주민들로부터 학대와 박해를 받았다. 때문에 집시가 머물고 있는 나라의 당국 간에 반목이 계속되었다. 아리아인을 보존하려 했던 나치도 제2차 세계대전 동안 약 40만 명의 집시를 학살했다. 프랑스 법은 집시촌을 만들어 집시들이 경찰의 감독을 받도록 규정하였고, 집시들은 일반 시민들처럼 세금을 내고 징병되기도 하였다. 스페인과 웨일스에서는 집시들을 완전히 정착시켰고, 동유럽 사회주의 국가들은 집시들의 이주를 막기 위해 강제적인 정착 프로그램을 마련하고 시행했었다.

집시는 영원한 이방인이다. 조상이 그랬고, 그 자식이 그렇고, 후세도 그렇게 산다.

모든 사람은 집시들과 어울리길 싫어한다. 민족이 다르다거나 피부색이 달라서가 아니다. 게으르고 나태하여 평생을 걸인으로 살겠다는 더러운 습관이 싫기 때문이다. 내일이 없는 그들은 걸인으로 살아도 마음이 편하다는 것이다.

집시들을 보면서 가난이 무엇인가를 알았다. 노력은 가난을 이기고, 부지런함은 화를 이기며, 신의는 해함을 이기고, 계획은 재해를 이긴다.

029

아는 만큼 보이고 보는 만큼 안다

잘못을 고치지 아니하는 것은 그 자체가 잘못이다. ─『논어』

「보살문명품」은 열 명의 보살이 모여 학습하면서 상좌보살인 문수보살에게 질문하고 서로 답하는 내용이다.

文殊問目首菩薩 爾時 文殊師利菩薩 問目首菩薩言
(문수문목수보살 이시 문수사리보살 문목수보살언)

佛子 如來福田 等一無異 云何而見衆生 布施 果報不同 所謂種種色 種種形 種種家 種種根 種種財 種種主 種種眷屬 種種官位 種種功德 種種智慧 而佛於彼 其心平等 無異思惟
(불자 여래복전 등일무이 운하이견중생 포시 과보부동 소위종종색 종종형 종종가 종종근 종종재 종종주 종종권속 종종관위 종종공덕 종종지혜 이불어피 기심평등 무이사유)

─ 문수보살이 목수보살에게 물었다. 불자여, 여래의 복음이 평등하게 하나 나 다름이 없거늘 어찌하여 중생이 보시함에 과보가 같지 않음을 보나이까. 이른바 갖가지 빛과 갖가지 형상과 갖가지 집과 갖가지 근(根)과 갖가지 재물과 갖가지 주인과 갖가지 권속과 갖가지 벼슬과 지위

와 갖가지 공덕과 갖가지 지혜가 다 평등하다고 합니까?

目首菩薩 以頌答曰 一喩總答 譬如大地一 隨種各生芽 於彼無怨親 佛
福田亦然
(목수보살 이송답왈 일유총답 비여대지일 수종각생아 어피무원친 불복전역연)
- 그때 목수보살이 게송으로 답하였다. 비유하건대 대지는 하나인데
씨앗에 따라서 각각의 싹을 내게 되는데 거기에는 원수와 친함이 없듯
이 부처님의 복전도 또한 그러합니다.

각수보살이 말하는 의미는 세상의 이치를 설명한 것이다. 깊고 넓
은 연기의 이치, 고화의 이치, 업과의 이치, 설법의 이치, 복전의 이
치, 정교의 이치, 깊은 수행의 이치, 부처님의 경계의 이치가 다 포함
되어 있었다. 80권 화엄경에서 「문명품」은 질문과 답이고, 60권 화엄
경은 「명난품(明難品)」이라고 하는데 명은 가르침이고 지혜이며, 난은
바른 도리라는 뜻이다.

여러 보살이 문수보살에게 물었다.
"불자시여, 원컨대 여래께서 소유하신 경계를 말씀해주십시오."
이때에 문수사리보살이 게송으로 대답하였다.

如來深境界 基量等虛空 一切衆生入 而實無所入
(여래심경계 기량등허공 일체중생입 이실무소입)
- 여래의 깊고 깊은 경계는 그 분량이 허공과 같아 일체중생들이 들
어가되 실로 들어간 바가 없도다.

아는 만큼 보이고, 보는 만큼 안다는 것은 식견과 도량에 따라서 사물을 보는 각도와 무게가 달라진다는 말이다. 장님이 코끼리의 다리만 만져보고 기둥 같다고 하였고, 그것을 들은 사람은 코끼리가 기둥 같다고 전해준다. 안다는 것은 보는 만큼 알고, 보는 만큼 말할 수 있다는 것이다. 세상의 이치를 잘 파악하고 이해하려면 많은 식견을 가져야 하며, 식견이 많은 사람은 하고자 하는 모든 일이 성공에 이른다.

— 「보살문명품(菩薩問明品)」에서

030
먼저 할 일과 나중 할 일에 융통성을 부려라

사고(思考)는 그것이 산출하는 것만큼의 비례로 가치가 있다. – 벌리 리튼

장자는 사람들이 흔히 습관적으로 저지르는 여덟 가지 잘못이 있다고 말하였다. 즉, 자기 할 일이 아닌데 덤비는 것은 주착이라 하고, 상대방이 청하지 않았는데 의견을 말하는 것은 망녕이라 하고, 남의 비위를 맞추려고 말하는 것을 아첨이라고 하며, 시비를 가리지 않고 마구 말하는 것을 분수(푼수)적다 하며, 남의 단점을 말하기 좋아하는 것을 참소라고 하고, 남의 관계를 갈라놓는 것을 이간질이라고 하며, 나쁜 짓을 칭찬하여 사람을 타락시킴을 간특하다 하고, 옳고 그름을 가리지 않고 비위를 맞춰 상대방의 속셈을 뽑아보는 것을 음흉하다 한다.

이 여덟 가지 잘못은 밖으로는 남을 어지럽히고 안으로는 자기 몸을 해치기 때문에 군자는 이런 사람을 친구로 사귀지 말고, 성군은 이런 사람을 신하로 삼지 말라고 하였다.

아무리 바빠도 먼저 할 일이 있고 뒤에 할 일이 있다. 비록 뒤에 난 순서라도 급한 것을 먼저 하고 앞에 선 순서를 뒤로 하는 요령과 운영의 묘가 필요하다. 그런데 정직한 사람은 곧이곧대로 순서를 정하여

깔끔하게 하나씩 마무리해가는 것을 좋아한다. 그래야 일을 한 것처럼 느껴진다는 것이다. 순서가 지어진 일을 중간에서 이빨 빠지듯이 빼내 한다는 것은 질서와 순리에 어긋난다고 생각한다. 융통성이 없는 사람은 응당 순서대로 처리하는 것이 정도라고 생각한다. 물론 순서와 질서를 요하는 일은 절대적으로 필요하다. 그러나 기한이 정해져 있고 스피드를 가해야 할 일이라면 순서를 제치고 속전속결로 처리하는 것이 이상적이다. 이런 사고를 가진 사람은 시기와 때를 잘 잡아 성공하는 것이다.

카네기는 신입사원을 불러놓고 업무처리 능력을 실험하였다. 노끈으로 복잡하게 싸맨 상자를 놓고 열어보라고 하였다. 어떤 사원은 꼼꼼하게 묶인 끈을 풀고 있었고, 어떤 사원은 어떻게 할 줄을 몰라 쩔쩔매고 있었다. 이때 한 사원이 칼로 노끈을 싹둑싹둑 잘라버리고 상자를 열었다. 이를 본 카네기는 칼로 노끈을 자른 사원을 간부로 승진시켜 평생 옆에 두고 일을 시켰다. 바로 일의 능률을 시험하는 것이었다. 바쁜데 노끈을 순서대로 풀어가는 사람보다는 자르는 사원이 업무적으로 능률이 크다는 것이다.

따라서 언제나 이권이 생기는 일에 순서를 당기는 것은 잘못된 판단이지만 때로는 요령대로 하는 것이 좋을 때가 있는 것이다.

때와 시간과 속도를 요하는 긴급한 사항은 순서를 바꿔서라도 처리하는 사람이 원만하게 일을 처리하는 능력을 가진 사람이라고 볼 수 있다. 시간은 금이다. 성공하려면 시간을 최선으로 활용하라. 그러기 위해서는 일의 순서를 바꾸어 하는 요령도 필요하다.

031
때론 정도보다 변칙이 필요하다

탐난다고 사지 말고, 오직 필요한 것만을 사라. – 카토

압구정동에 가면 돈 많은 졸부의 자녀들이 명품 옷으로 치장하며 성인문화를 즐긴다. 이들은 유흥장을 드나들며 퇴폐문화에 젖어 사는 젊은이들이다. 그런 오렌지족들의 문화가 일반 대중 속에 파고들어 강남이라는 특수한 문화를 형성하여 서울 속의 이질문화를 만들고 있다. 그들은 하나같이 남의 간섭을 안 받고 사는 자들이다. 누가 보아도 그들은 정상적인 사람들이 아니었다. 그들의 양상을 알아봤더니 별별 희한한 족속들이 많았다.

쎄씨족은 돈 많은 자식들이 경제적인 여유를 자신에게 투자하여 멋지게 인생을 즐기는 화려한 싱글들이며, 딩크족은 결혼하여 정상적인 부부 생활을 하는 맞벌이 남녀인데 자녀를 갖지 않고 사는 족속들이며, 보보스족은 보헤미안과 부르주아의 합성어인데 예술적 취향에 취해 돈을 물 쓰듯 하는 무리이다. 명품족은 작은 볼펜 하나에서부터 가방, 액세서리, 옷 등 명품을 휘감고 다니는 자들이며, 디카족은 디지

털 카메라에 심취하여 디카로 찍고 싶은 대로 사진을 찍으며 스트레스를 푸는 자들이다.

프리터족은 경기 불황에도 취업을 하지 않고 부모만 뜯어먹고 사는 족속들이며, 낑깡족은 혼자 낭만주의에 빠진 사람들이고, 패러 싱글족은 결혼하여 독립할 나이가 되었지만 결혼도 하지 않은 채 부모 집에 얹혀사는 사람들이다. 네오 싱글족은 탄탄한 경제력과 디지털 활용능력을 갖추고 자신들만의 독신문화를 만끽하는 자들이고, 화이트족은 할 일이 없으면서 화려한 생활을 하는 백수를 말한다. 코쿤족은 방에 틀어박혀 남과의 관계를 끊고 자신만의 안락함을 추구하는 개인주의자들이다.

이들은 모두 정행(正行)에 역행해서 자기 멋대로 사는 무리이다. 남들이 보면 이들의 행동은 객기라고 생각할지 모르지만, 그 내면에 그들 나름대로 인생의 멋을 추구하려는 일종의 유행 같은 것이다. 그리고 한편으론 시대에 대한 반항과 반박일 수도 있다. 여유가 있고 자신감이 있다면 이런 생활도 각박한 세상에서 남에게 해를 미치지 않는 한 행복한 인생이라고 할 수 있다.

무슨 일이고 잘 안 될 때는 변칙(變則)이 필요하다. 변칙은 마음을 전환하는 각성제가 되기도 하고, 개성을 살려주는 힘이 되기도 한다. 그러나 이 변칙은 영원할 수는 없다. 마음이 안주하면 원칙과 본래의 정도로 돌아가는 것이다.

032
마음이 괴로울 땐
화엄의 바다에 빠져보라

❋

길들이지 않은 말엔 박차를 가하지 말고, 새 땅에는 쟁기를 너무 깊이 꽂지 마라. — W. 스코트

마음이 심란할 땐 화엄경의 바다에 풍덩 빠져보라. 상쾌한 기운이 돌 것이다. 마음이 맑고 깨끗해져서 세상을 다 얻을 것 같아질 것이다. 걸어온 길을 되돌아보면 지름길이 있는데 힘들게 돌아온 것을 느낄 것이다. 심란한 마음은 갈피를 잡지 못한 탓이다. 화엄의 바다에 빠져보고서야 정행이 뭔지 알게 될 것이다. 채워지지 않으면 빈자리가 보이고, 미숙하면 실수하기 마련이다. 정행(正行)은 바르게 살아가는 행실이며 성자의 길이다. 그리고 아미타불의 정토에 왕생하는 바른 행실을 정행(淨行)이라고 말한다.

「정행품(淨行品)」은 지수보살이 110가지 의문을 문수보살에게 묻자 문수보살이 마음을 정화하는 140가지 답으로 해결해주었다는 내용이다. 정행품은 깨끗한 마음으로 수행하여 깨끗한 행동을 만드는 것이다.

사람은 신체의 컨디션에 따라서 마음 깊이 간직한 근심이나 걱정 그리고 외부 환경 때문에 바르고 건강한 사고가 흐려지거나 본심 아

닌 나쁜 마음을 갖게 되는 때가 많다. 신이 아닌 이상 실수는 있게 마련이고, 실수로 인해서 갈등을 일으키는 일들은 일상 속에서 매순간 생긴다. 이때는 하던 일을 멈추고 조용히 눈을 감고 명상의 시간을 가지면 자신이 한 일과 걸어온 길을 되돌아보고, 잘못을 뉘우치게 된다. 그래서 일상에서 명상의 시간은 필요하다. 그런데 마음에 뉘우친 그것이 악한 것인 줄 알면서도 악한 일을 다시 하거나, 잘못을 고치지 못하고 타인에게 피해를 주는 사람에게는 화엄경을 들려주어 오욕의 몸을 씻어야 한다.

나 좋다고 남에게 불편한 일을 해서는 안 된다. 사람의 마음이란 분위기나 처한 환경에 따라서 심란해지고 오심을 가질 때가 많다. 이때는 정행(淨行)의 이치를 독경하면 마음의 위안을 찾을 것이다. 정행이란 허물이 없고 해롭지 않으며 훼손할 수도 없고 동요가 없으며 불퇴전하는 삼업(三業)이다. 삼업은 몸으로 짓는 신업(身業)과 말로 하는 구업(口業)과 생각으로 짓는 의업(意業)이 있다. 신업과 구업은 신체적 활동이며, 의업은 정신적 활동이다.

화엄의 가르침에서 문수보살은 삼업으로 인간의 청정한 마음을 갖게 하였고, 보현보살은 삼업을 손수 실천하여 깨달음을 얻는 모습을 보여주었다. 마음의 정행(正行)은 정행(靜行)으로 바로 하는 것은 부처님의 신심이다. 정(淨)은 이치요, 행(行)은 지혜이고, 걸림이 없는 것을 원(圓)이라고 한다.

바르게 살아가려는 행동은 마음을 청결하게 하고, 그런 청결한 마음이 바른 인격을 갖게 한다. 따라서 마음이 맑아지면 하는 일이 밝아진다.

－「정행품(淨行品)」에서

033
해우소에서 버리듯
모든 중생의 오심(惡心)을 버려라

버릴 때는 완전하게 버려라. 아무것도 없는 상태가 행복하다. 마음에 간직한 오심을 남겨두면 근심은 항상 있게 마련이다. 해우소(解憂所)에서 그 진리를 배워라.

해우소는 사찰의 화장실로 '근심을 푸는 장소' 라는 뜻이다. 사람의 마음이란 화장실 갈 때와 올 때가 다르다. 급할 땐 세상만사 귀찮고 조급하고 불안해서 오직 배설하려는 마음뿐이다. 그러나 화장실에서 시원하게 배설하고 나면 마음이 편해진다. 근심을 내려놓고 나면 여유가 생긴다. 사색의 시간이기도 하다. 어떤 이는 이 시간에 해우소 벽에 낙서를 하기도 한다. 가장 좋은 카타르시스라는 것이다.

화장실에서 근심을 풀면 만사가 편하다. 그러나 누다가 말면 똥끝이 무거워 불안과 근심이 남는다. 세상만사는 해우소에서 근심을 풀어버리듯 가끔 명상의 시간을 가져 마음의 짐을 버리는 것이 좋다.

그런데 화장실 갈 때와 올 때는 사람의 마음이 확실히 달라진다. 오로지 목적은 하나, 오물을 버리겠다는 마음으로 서둘고 덤빈다. 욕구 불만을 해소하려는 그때 마음은 간절하기에 어떤 무엇도 수긍한다. 그러나 배설을 하고 나면 여유가 생기고, 언제 그랬느냐는 듯이 마음가짐이 달라진다. 갈 때와 올 때가 180도로 달라지는 사람은 경계해야 할 사람이다. 이런 사람은 배신을 밥 먹듯이 하는 사람이다. 화장실 갈 때와 올 때가 한결같아야 한다.

사람의 마음속엔 언제나 악심과 선심이 같이 존재한다. 그런데 악심과 선심은 사람의 기분에 따라 달라진다. 그 표정과 눈빛에서, 웃음에서도 선악을 분간할 수 있다. 같은 인사로 '안녕하십니까' 라고 말할 때 선한 마음으로 말할 땐 표정이 곱지만, 악한 마음으로 말할 땐 표정이 굳고 눈빛이 달라진다. 눈빛이 자주 바뀌는 사람을 경계하라.

웃는 얼굴에 침을 못 뱉는다는 말이 있다. 항상 싱글싱글 웃어주면 화를 내다가도 풀어진다. 같은 말도 표정과 눈빛과 미소에 따라 억양이 달라진다. 그 표정과 눈빛이 너무 다른 사람을 경계하라는 것이다.

세상사는 복잡하고 미묘한 점이 많다. 그것은 사람마다 성격과 취향이 다른 데서 오는 육체적·정신적 작심일 것이다. 한결같은 정심(正心)으로 사는 것이 행복하게 사는 것이다.

사람의 마음은 변덕이 많아서 일을 하기 전과 마친 후, 고생하던 때와 출세한 후, 몸을 씻기 전과 씻은 후, 산을 오를 때와 내릴 때, 비뚤어진 길을 갈 때와 곧은길을 갈 때, 나무를 볼 때와 숲을 볼 때, 꽃이 필 때와 질 때, 갇혔다가 풀려날 때 시시각각으로 달라진다.

항상 일관된 성품으로 처세하면 다른 사람들의 신뢰를 받고, 그런 성품을 가진 사람이 출세하고 성공하는 것이다. 해우소에 갈 땐 모든 오심을 버리고 오라. 그것이 정행(淨行)이다. 정행은 초지일관된 부동심을 갖는 것이다.

– 「정행품(淨行品)」에서

034
시작은 미미하지만 최선을 다하면 결과는 융성하다

一切無碍人 一道出生死 (일체무애인 일도출생사)
– 일체의 거리낌이 없는 사람이 한 길로 삶과 죽음에서 벗어난다

해동보살 원효의 「무애가(無碍歌)」 가사 내용이다. 무애는 '구애됨이 없는 자유로움' 이라는 말이다.

원효는 승복을 벗고 민중불교를 제창하며 걸인처럼 속세행각을 하였다. 어느 날 저잣거리에서 표주박을 두들기며 춤추고 노래하는 걸인을 만났다. 그는 한참 걸인을 바라보았다. 성자였다. 세상에 저보다 한량없이 자유로운 영혼은 없다는 생각이 들어서 걸인과 같이 놀았다. 그리고 직접 무애가를 지어 불렀다. 순식간에 원효의 무애가가 민중에게 널리 전파되었다. 원효는 무애가를 부르면서 불경의 오묘한 진리에 빠져들었다.

80권 화엄경에서 「현수품(賢首品)」은 부처님의 지혜가 만물의 체성으로 나타나는 것을 말한다.

문수보살이 행의 공덕을 설명하고 현수보살에게 물었다.

"불정각(佛頂覺)이 무엇인지요?"

현수보살은 이렇게 답했다.

"어느 때나 중생들을 즐겁게 하고 국토를 장엄하게 하며 부처님의 공양으로 바른 법을 받아 지혜를 닦으며 보리를 증거하며 믿고 터득하여 깊은 마음을 청정하게 하는 것입니다. 그것은 부처님을 공경하고 존중하며 교법을 깊게 깨우치는 공양의 발심에서 나오는 것입니다."

문수보살이 게송한 현수품은 부처님의 묘과(불가사의한 원인에서 나오는 결과)를 얻어 복과 이익을 받는다는 것이다. 묘과는 믿음의 수행에서 나온다.

修因契果生解分(수인계과생해분)

– 수행을 닦으면 어떤 어려운 일도 해결할 수 있다. 즉, 좋은 수행은 좋은 결과를 얻는다.

문수보살이 현수보살에게 물었다.

我今咸蝛提報薩 說佛往修淸淨行 仁亦當於此會中 演暢修行勝功德

(아금이위제보살 설불왕수청정행 인역당어차회중 연창수행승공덕)

– 내 이제 모든 보살을 위하여 부처님의 청정한 행동을 말하였으니 바라건대 이 회중에 해당하는 좋은 수행과 공덕을 말씀하십시오.

현수보살이 문수보살에게 대답하였다.

若常信奉淸淨僧 則得信心不退轉 若得信心不退轉 彼人信力無能動

(약상신봉청정승 칙득신심불퇴전 약득신심불퇴전 피인신력무능동)

– 항상 소중한 법을 믿고 받들어 바로 능히 믿는 마음을 퇴전치 않고

만일 능히 믿는 마음이 변하지 않으면 그 사람의 믿는 힘은 움직일 수
없습니다.

  믿음에 거리낌이 없는 무애에 이르면 수행은 성공한 것이며, 수행
의 성공은 성불에 이르는 것이다. 이는 시작은 미미하지만, 최선을 다
하면 결과는 융성하다는 말이다.

- 「현수품(賢首品)」에서

035

지혜는 利他가 아닌
自利의 道를 개척한다

성공하는 사람은 송곳처럼 어느 한 점을 향해 돌진한다. – 보비

화엄경은 여래의 수행을 근거로 중생들에게 전파하는 경전이다. 무엇보다 자기 수행을 통하여 여래의 무진법계에 들어갈 수 있다는 것이다. 그래서 여래가 직접 중생에게 직설하는 것이 아니고, 보살을 통해서 게송하였다. 보현과 문수보살이 대표적인 보살이고, 그밖에 수많은 보살이 설교하므로 보살과 장소에 따라서 내용이 바뀔 수 있지만 궁극의 목표는 여래의 수행을 따르는 것이다.

문수보살과 보현보살은 여래의 수제자로 여래의 설법을 찬송했으나, 선재동자는 이를 부정하였다. 그래서 그는 부처가 수행한 장소를 직접 찾아 돌아다니며 사실을 규명하려고 했던 것이다. 그는 여래의 고행만큼이나 힘든 여행에서 부처의 내심을 습지하였다.

선재동자는 화엄경의 「입법계품(入法界品)」에 자주 나오는 보살로, 복성 장자의 아들이다. 그는 구도의 여행길에서 53명의 선지식인을 만나 선지식을 익히고, 불경 이야기를 들었다. 그리고 문수보살에게서 선지식의 십대원(十大願) 이야기를 듣고 구도의 길로 들어가서 마침내 아미타불의 정토에 왕생하는 법계를 완성하였다. 선지식은 사람을

인도하여 일체지(一切智)로 가는 길이다.

선재동자가 문수보살과 나란히 앉았다.

"보살님, 저는 남방을 순례하면서 여래의 법계를 이해하려고 수많은 보살을 만났습니다. 그런데 모든 보살의 생각이 다 달랐습니다. 누구의 말을 들어야 하는지요?"

"구체적으로 말해보라."

"선지식이 뭡니까? 누구는 보리심이라고 하더군요."

"맞다. 보리심이다."

"그런데 모든 보살은 보리심의 참뜻을 각기 자기 주관대로 말하고 있었습니다. 의문을 제기했더니 미륵보살을 찾아가서 물으라고 했습니다."

"미륵보살은 뭐라고 하더냐?"

"미륵보살은 보리심이란 깨끗한 법으로 세상을 밝혀주고 지탱하는 힘이며, 번뇌를 씻어주고 장애를 없애며 애욕을 사라지게 한다고 했습니다."

"그것이 바로 보리심의 진리가 아니더냐?"

"그런데 미륵보살은 미진한 내용이 있다면서 보현보살에게 가서 물으라고 했습니다."

"보현보살이 뭐라고 하더냐?"

"십대원(十大願)을 말했는데, 부처님을 받들어 찬탄하며 봉사와 공양을 하며 마음을 깨끗하게 하며 공덕을 베풀기를 기뻐하며 불법의 가르침을 실천하여 공양과 자비를 베푸는 구도자가 되라고 했습니다."

"그러면 됐구나."

"그런데 문수보살께선 십대원을 무엇이라고 생각하십니까?"

선재동자는 끈질기게 질문공세를 하였다. 문수보살은 빙긋이 웃으며 대답했다.

"과연 천재로다. 넌 하나를 가르치면 둘을 헤아리는구나. 십대원은 부처님의 지혜를 성취하여 원수를 사랑하는 마음과 속이거나 업신여기지 않는 마음과 박해정신을 갖고, 재물에 욕심 부리지 않으며, 보리심을 중생에게 회향시켜 육도중생을 교화하며, 원수를 사랑하며, 인연이 있건 없건 자비선사하며, 중생을 끊임없이 제도하여 정각(正覺)에 이르게 하는 것이다."

"그런데 말입니다. 왜 석가여래의 보리심이 보살님마다 다릅니까?"

"그거야 수행이 다르기 때문이다."

"저는 제가 만난 53명 보살님들의 선을 참고하여 제 나름의 53선지식을 만들었습니다."

"이제야 선재동자가 보살이 되었구나. 그것이 정각으로 가는 길이다."

선재는 구법여행에서 보살을 비롯하여 도둑, 간음녀, 뱃사공, 왕, 궁녀, 하인, 어린이 등 수많은 사람을 만나 선지식을 정리했다. 그는 다양한 인물을 만나 그들의 이야기를 토대로 선지식을 만들어 문수보살의 감수로 구법행계를 만들었던 것이다. 그것은 순수한 체험의 지혜였다.

선재는 '지혜는 利他가 아닌 自利의 道를 개척한다' 는 원리를 알아냈다. 선재동자가 체험한 53선지식은 미륵보살의 보리심과 문수보살의 깨달음 법계와 보현보살의 덕행 수행을 종합한 것이었다.

선재가 만난 선지식들은 자신이 하고 있는 일에서 높은 경지에 이른 사람이건 낮은 경지에 있는 사람이건 관계없이 누구나 큰 지혜를 스스로 얻을 수 있으며, 그것을 자기 혼자 가지고 있지 말고 널리 알

려 남을 이끌고 도울 수 있음을 알게 하였다. 그것은 이타(利他)의 회향
으로 돌아온다. 선재가 펼쳐 보이는 환상 세계에서 체험의 중요함을
느낄 수 있다.

– 「입법계품(入法界品)」에서

036
선재동자의 남방 여행,
구하면 열릴 것이다

어느 누구의 지식도 그의 경험을 넘지 못한다. – 잔 로크

선재동자가 남방으로 여행을 떠났다. 그는 의문 나는 모든 문제를 체험과 증명으로 풀어내는 열정을 보였던 청순하고 해맑은 청년이었다. 선재동자의 구도 여정은 깨달음을 얻고자 척박한 땅을 찾아가는, 피와 땀이 뒤엉킨 인고의 체험이었다. 그의 여행은 중생의 살냄새를 체험한 진리였다. 그의 장대한 순례 길을 따라가 보자.

맨 처음 선재동자는 공덕운(功德雲)에서 덕운 스님을 만나 염불하는 방법을 배웠다. 염불은 부처를 마음으로 생각하고 부처의 공덕이나 형상을 떠올리며 부처의 이름을 입으로 부르는 것이다.

"삼배를 한 다음 잡념을 내려놓고 일심으로 '나무아미타불 관세음보살'을 백 번 되뇌어라."

선재는 스님이 시킨 대로 하였다. 그러나 소리가 나오지 않았다.

"큰소리로, 더욱 큰소리로 외워라."

"소리가 나지 않습니다."

"그건 마음을 비우지 않았기 때문이다."

다시 마음을 비우고 해보았다. 소리가 제대로 났다.

"염불 하나만 잘 하면 됐다."

"불경을 가르쳐 달랬더니 겨우 염불 하나가 뭡니까?"

"염불이라도 제대로 해라."

"알았습니다. 스님으로부터는 더 배울 것이 없습니다."

선재는 염불 한 가지만을 배우고 공덕운을 떠났다. 염불이 진리였다.

다음으로 그가 찾아간 곳은 남방의 해문국(海門國)이었다. 넓은 바다가 눈앞에 전개되었다. 그는 바다의 광활한 넓음을 헤아린 해운(海雲) 스님으로부터 세상을 널리 보는 보안법문의 가르침을 받았다.

"정말 바다는 구름과 하늘을 포용한 넓고 광대한 곳이군요?"

"변화무쌍하고 불가사의한 곳이지. 난 저 바다를 12년간 바라보다가 그 바다 위에 핀 연꽃을 발견하였지."

"바다 위에 연꽃이 피었다고요?"

"그것은 눈에 보이지 않는 형체요, 색깔이었어."

"보이지 않는 형체?"

"마음으로 세상을 꿰뚫어보는 지혜를 배운 거지. 그것이 바다 위에 핀 연꽃이었어. 바로 부처님이라네."

"보안법문(普眼法門)이 바로 그거로군요."

선재는 또 다시 방편명(方便命)을 방문하여 바라문을 만났다. 그는 불보살이었다.

"무엇을 배우려고 왔느냐?"

"제가 알기로는 바라문께선 부와 권력으로 아름다운 여인들을 끼고 환락을 누린다고 들었는데, 어떻게 선주삼매를 얻었나이까?"

118

"칼산에 올라가서 불구덩이에 떨어지면서 느낀 거라네."

"칼산과 불구덩이라면 지옥을 말하는 것이 아닙니까?"

"음탕하고 간음하고 죄란 죄는 다 지었으니 그런 벌을 받음이 마땅하지. 다행히 선주삼매를 말했더니 구제해주더군."

"선주삼매(善住三昧)가 뭡니까?"

"더럽혀지지 않고 걸림이 없는 선을 말한다네."

"알았습니다. 오욕칠정에서 벗어나는 것을 말하는군요."

무염족(無厭足)의 대광왕은 죄를 지은 무수한 중생들에게 벌주는 광경을 바라보면서 왕 그 자신의 비행을 떠올렸다. 자신은 엄청난 죄악의 근원이면서 죄인을 벌하고 있었다.

"당신은 오욕의 만행에 물들어 있으면서 죄인을 다스린다는 것은 어불성설입니다."

"난 왕이니까 백성을 내 마음대로 다스릴 수 있다."

"가르치고 일깨우는 자는 스스로가 깨끗해야 합니다."

"어린 네가 나를 가르치려 드느냐?"

"모르면 어린아이에게라도 배워야죠."

그 후 대광왕은 행위를 벌로써 교화시키려면 보리심을 가져야 한다는 사실을 깨우치고, 대자비의 불국을 만들고, 베푸는 불교의 치국 이념을 만들었다.

선재는 장자를 만나 모든 사업을 성공시키려면 오직 향을 사름으로써 만족케 한다는 보안묘향(普眼妙香)의 도리를 깨우쳐주었다. 또 바시라(婆施羅) 뱃사공을 만나 배를 타는 모든 사람을 안전하게 목적지까지 태워주면서 중생을 이롭게 하는 가르침을 받았다.

선재가 바수밀다라는 창녀를 만났다.

"역시 들은 대로 예쁘고 색정적인 창녀로구나. 오늘 나와 하룻밤을 같이하면 어쩌겠느냐?"

"구도한다는 분이 참 한심하군요. 여자를 보면 사족을 못 쓰니 사이비 중이 아닌지요?"

"네가 창녀라서 그런다."

"좋아요. 같이 자겠어요."

그러나 그녀는 옷을 벗지 않았다. 그리고 그를 걱정하는 눈초리로 바라보았다.

"하지만 난, 지금 창녀가 아닙니다."

"창녀가 아니라고? 그런데 왜 모든 사람이 너를 창녀라고 하느냐?"

그러자 바수밀다가 이렇게 답하였다.

"선재님, 나는 지금 보살의 해탈을 얻어 애욕의 근본을 여의었습니다. 사실 전엔 온갖 중생들이 좋아하는 애욕을 따라 몸을 팔았지요. 지위가 높은 분이건 하층민이건 색을 원할 땐 언제나 천사처럼 미소를 띠며 그들이 요구하는 제각기 다른 욕망을 채워주었어요. 중생들은 애욕에 끌려 나의 몸을 보고 불타는 애정을 참지 못해 술 취한 듯 덤볐고, 나는 그들을 위해 육체의 환희를 느끼게 해주었어요. 그런데 지금은 그런 애욕을 버리고 경계에 애착하여 삼매를 얻었습니다."

"수행자가 되었다는 말이냐?"

"애욕에 얽매여 있는 중생들에게 그 욕망의 불덩어리를 녹이는, 끊기 어려운 욕정을 삼매로 다스리는 방법을 알았습니다."

선재동자는 남쪽으로 더 내려가서 같은 또래의 덕생동자와 유덕동녀를 만났다.

꽃동산에서 덕생과 유덕이 즐겁게 놀고 있었다.

"구도를 찾는 남녀가 그렇게 같이 지내면 욕정을 견딜 수가 있을까요?"

"불도엔 남녀 차별이 없지요."

"육체를 부딪치면 욕정이 발산하는 것 아닙니까?"

"육체의 환락은 아름다운 것입니다."

"그러고서야 어떻게 보살의 행을 배우며, 어떻게 보살의 도를 닦는다고 하겠소?"

"우리는 사랑하는 사이입니다. 그래서 욕정은 오욕이 아닙니다. 우리는 해탈의 경지에 오른 불자입니다. 해탈에 이르면 욕정이란 문제가 될 게 없습니다."

"해탈을 했다고요?"

"네, 우리는 환술(幻術)로 해탈을 증득하였습니다. 환술은 인연으로 생긴 탓입니다. 모든 중생의 환술을 익히면 욕망 따위가 문제 될 게 없지요."

"해탈이 환술 같은 경계의 성품이라고요?"

"네."

선재동자가 구도여행에서 만나본 사람은 보살, 비구, 비구니, 동자, 동자의 스승, 해사(海師), 장자, 의사, 바라문, 외도, 왕, 도장지신(道場之神), 천(天), 야천, 선인, 여인 등이었다. 이들로부터 얻은 것이 53선지식이었다.

『화엄경탐현기』에서는 선재동자가 선지식을 이렇게 설명하였다.

'선지식은 궤범이 되고, 수행의 인연이 되며, 소견의 오만함을 피하고, 행을 이루며, 깊고 광대함을 나타낸다.'

선재동자가 진리를 찾아서 하염없이 발길을 재촉하는 모험과 체험

정신은 오늘날 젊은이들에게 원대한 꿈을 길러주는 모델이 될 수 있다.

– 「입법계품(入法界品)」에서

037
도덕적인 삶이 성공의 첩경이다

불교에서는 세상에서 제일 높은 산을 수미산이라 일컫는데, 중턱에 해와 달이 떠돈다는 것이다. 티베트의 카일라스 산을 말하는데 바위 하나로 된 산이다. 멀리서 보면 황금빛을 발하는 보석 같은 산이다. 해발 6,700미터로 일 년 내내 흰 눈에 덮여 있어서 '신의 천당'이라고 말할 만큼 힌두교와 불교에서는 성스러운 산으로 여기고 있다. 불경에서는 '우주의 연꽃'이라 하고, 힌두교도들은 수메루(Sumeru), 즉 '우주의 중심'이라 부른다. 모든 수행자는 생애 단 한 번이라도 순례하는 것을 소원으로 삼고 있는 산이었다.

부처님이 수미산 정상의 도리천궁, 야마천궁, 도솔천, 타화자재천궁에 나시어 사바세계에서 온 인간을 만나 천상설법을 하였다. 보살들은 도리천궁에 부처님의 설교를 들으려고 모여들었다. 그중에서 제석천은 과거의 제불(諸佛)이 내려와서 머무르시던 장소로, 한없이 길상한 터였다.

그때에 세존께서 보리수 아래를 떠나지 아니하시고 수미산에 오르시니 제석천의 궁전에 나타나셨다. 보살들은 자리를 펴고 부처님을 향하여 허리를 굽혀 합장하고 설법을 들었다. 이윽고 부처님이 나타나시자 백천억 개의 묘색 광명이 시방의 일체세계를 두루 비추었고,

보살들은 차례로 부처님의 위신력을 받아 게송하였다.

迦葉如來具大悲 諸吉祥中最無上 彼佛從來入此殿 是故此處最吉祥

(가섭여래구대비 제길상중최무상 피불종래입차전 시고차처최길상)

  — 가섭(迦葉) 여래께서는 큰 자비를 구족하시니 모든 길상 가운데 가
장 높은 자리이며 부처님께서 이 궁전에 일찍이 오셨기에 이곳이 가장
길상입니다.

拘那牟尼見無礙 諸吉祥中最無上 彼佛曾來入此殿 是故此處最吉祥

(구나모니견무애 제길상중최무상 피불증래입차전 시고차처최길상)

  — 구나모니(拘那牟尼)께서는 보리심이 걸림이 없으시니 모든 길상 가
운데 가장 높으며 부처님께서 일찍이 이 궁전에 오셨기에 이곳이 가장
길상입니다.

迦羅鳩馱如金山 諸吉祥中最無上 彼佛從來入此殿 是故此處最吉祥

(가라구타여금산 제길상중최무상 피불종래입차전 시고차처최길상)

  — 가라구타께서는 금산과 같으시니 모든 길상 가운데 가장 높으사
부처님께서 일찍이 이 궁전에 오셨기에 이곳이 가장 길상입니다.

然燈如來大光明 諸吉祥中最無上 彼佛從來入此殿 是故此處最吉祥

(연등여래대광명 제길상중최무상 피불종래입차전 시고차처최길상)

  — 연등여래께서 큰 광명을 가지셨으니 모든 길상 가운데 가장 높으
사 부처님께서 일찍이 이 궁전에 오셨기에 이곳이 가장 길상입니다.

  그때 법혜보살이 나서서 물었다.

"세존이시여! 범행(청정한 행위)을 어떻게 닦고 익힐 것이며, 초발심 공덕은 어떤 것이며, 어떻게 중생을 제도해야 합니까?"

부처님이 말씀하셨다.

"그것은 열 가지로 설명하겠다. 초발심주(初發心住)로 보리심을 내어 진무루지(眞無漏智)로 모든 번뇌와 허물을 버리고 청정한 지혜로 들어 가는 것이며 보살이 일체중생을 보고 열 가지 마음을 일으켜 청정하 게 다스리는 것이다. 이것을 쉽게 풀이하면 범행이란 몸을 청결하게 유지하는 도덕적인 삶을 말하는 것이다."

초발심주는 수행주(修行住), 생귀주(生貴主), 정심주(貞心住), 불퇴주(不 退住), 동진주(童眞住), 법왕자주(法王子住), 관정주(灌頂珠)를 말한다.

"구체적으로 쉽게 말씀해주십시오."

부처님이 다시 설명하였다.

"열 가지 범행을 쉽게 설명하면 몸을 순결하게 하며, 살생을 하지 말고, 도둑질을 하지 않으며, 부도덕한 성관계를 맺지 말 것이며, 거 짓말을 안 하고, 술에 취하지 않으며, 오락을 금하고, 기름진 식사를 하지 않고, 보석이나 화장품으로 치장하지 않으며, 간소한 침실을 꾸 미고, 뇌물을 받지 않는 것이다."

수미산의 야마천궁에 모인 보살들은 열 가지 범행을 수행하여 세상 을 맑고 밝게 만들었다.

– 「승수미산정품(昇須彌山頂品)」에서

038
재능보다는 잠재능력을 계발하는 자가 성공한다

＊

　성공은 뛰어난 재능에 끝없는 노력과 자기계발로 나타나는 영광이다. 무한경쟁 시대에 새로운 변화를 꾀하지 않고 현실에 안주하면 도태한다. 급변하는 시대에 적응하려면 새로운 변화를 소화하는 능력이 절실하다. 20세기 사고로 21세기를 살아가려는 생각은 도태의 늪에 빠지는 지름길이다. 흔히 머리 좋고 능력 있는 사람들은 실력만 믿고 노력하지 않고 임기응변으로 변조하는 습관이 있다. 그들은 도전하는 자에게 이렇게 말한다. '아무리 네가 노력하고 연구한다고 해도 나를 능가할 수 없고, 설령 네가 노력하여 나를 따른다고 해도 내가 마음만 먹으면 금방 따라갈 수 있다.' 라고 말이다.

　그러나 세상사는 그렇게 답보적인 생각을 가진 천재를 두둔하지 않는다. 경쟁사회에서는 새로운 변화에 적응하지 못하면 도태한다. 특히 정보를 요하는 분야에서 일하는 사람일수록 그렇다. 천재보다는 노력하는 자가 성공한다. 그것은 새로운 변화에 동행하면서 자기 나름의 개성 있는 아이템을 창조해나가기 때문이다.

　노력하지 않고 보수적인 관념에 사로잡힌 사람들은 실패하기 마련이다. 경쟁사회에서 생존하려면 자기계발과 새로운 지식 획득에 최선의 노력을 다해야 한다. 공부하지 않은 사람에겐 기회가 없다. 끝없는 연구와 노력과 그리고 변화를 추구하는 자만이 경쟁에서 이길 수 있고, 사업에 성공을 거둘 수 있다.

　우리는 흔히 초등학교나 중등학교 시절에 공부를 못하고 별 볼일 없었던 급우들이 먼 훗날 대성하는 것을 볼 수 있다. 성공한 친구를 만나면 그 앤 공부도 못하고 처진 놈인데 조건이 좋고 운이 좋아서 성공했다고 말한다. 그러나 그 급우는 공부는 못했어도 남에게 없는 잠재능력을 가졌거나 사회에 적응하는 부단한 노력과 남다른 사업수완이 있었기에 성공에 이른 것이다. 과거의 모습만 보았지, 그가 변하는 과정을 보지 않고 고정관념으로 친구를 평가한 것이다.
　사람은 누구나 한 가지씩 남다른 재주를 가지고 있다. 그것을 계발하지 못하고 묵혀두면 빛을 못 보지만, 계발하면 그 빛을 볼 수 있는 것이다. 누구나 자기 나름의 숨은 재주가 있다. 자신에게 남다른 면이 어느 한 구석이라도 있다고 생각하면 당장 계발해야 한다. 물론 잠재능력이란 쉽게 발견할 수 없다. 어떤 계기가 될 때 발견할 수 있는 것이지만 자신을 계발하려고 노력하는 사람은 그것을 빨리 찾아낼 수 있는 것이다. 취미, 특기, 취향 중에 그 소질이 숨어 있을 수 있다. 이것을 계발하는 것이다. 성공하는 사람은 숨은 잠재능력을 계발하여 발전시킨 사람이다.
　준마는 하루에 천 리를 달리지만, 느린 노마도 열흘을 계속 달리면 따라갈 수 있다.

039
천륜을 어기면 천벌을 받는다

✳

남을 저주하면 당신도 저주를 받는다. 앙코르와트는 어떻게 망했을까? 불도의 역행과 비슈누의 저주로 망했다.

자야 바르만 7세는 부처님의 불상 앞에 엎드려 하소연하였다.

"여래시여, 당신이 내게 힘을 주신다면 당신의 불국정토를 만들어 중생을 구제하겠사옵니다."

"어떻게 힌두교의 나라에 불교를 국교로 하겠다는 것이냐?"

"허락해주신다면 전 해낼 수 있습니다."

앙코르와트는 수리아 바르만 2세가 지은 힌두교 사원인데 자야 바르만 7세가 불교사원으로 바꾸어버렸다. 사원의 가운데 꼭대기에 우주의 신인 메두사가 존재하고 있었다. 건축가 푼순 노반은 힌두교의 비슈누 여신의 힘을 빌려 이 사원을 만들었다. 앙코르와트를 건국한 수리아 바르만 1세의 아들 수리아 바르만 2세는 힌두신을 받들어 사원을 만들었고, 바르만 3세가 그 위업을 완성함으로써 앙코르 왕국의 초석을 닦았던 것이다.

그런데 자야 바르만 7세가 칼을 내세워 힌두교를 불교로 전환하였다. 힌두교의 시바 여신을 믿는 자는 피의 형국을 맞게 되었다. 그는 모든 힌두 사원의 비슈누상을 제거하고 그 앞에 불상을 세우라고 명령하였다. 존엄한 국왕의 명령에 백성들은 마지못해 집 안에 안치된 시바 여신상까지 치우고 불상으로 대치하였다.

정복자 자야 바르만 7세는 무서운 카리스마로 백성을 사로잡은 군주였다. 그는 불교로 앙코르의 새 역사를 펼쳐나갔다. 그가 추구하는 국가는 온 백성이 잘 먹고 잘 살며 문화와 예술을 사랑하는 불교국가였다. 그리고 그는 코끼리 기병단을 만들어 이웃 나라를 정복해나갔다. 그는 부처님의 힘을 믿고 끝없는 정복 야욕에 불탔다.

그는 앙코르와트를 지었던 건축가 푼순 노반을 불러 일렀다.

"앙코르와트 같은 불교사원을 지어라."

"네, 폐하가 원하는 대로 불교사원을 만들겠습니다. 그러나 한 가지 부탁이 있사옵니다. 석가모니상 옆에 시바의 여신상을 같이 있게 해 주십시오."

"뭐라, 시바의 신상을 불상과 같이 두자고? 그건 안 된다. 이 나라는 불교의 나라다. 불상으로 만들어라."

"그렇다면 불교사원을 짓지 않겠습니다."

"네 목숨이 몇 개인데 내 말을 거역하느냐? 당장 시행하라."

"앙코르 궁전을 짓는 데만 13년이 걸렸습니다. 새 궁전을 지으려면 10년은 걸릴 것입니다."

"그렇다면, 좋다. 내가 이웃 나라에서 전문 건축사를 불러줄 테니 앙코르톰 궁전을 짓고, 그 부속 사원 10개를 더 짓도록 하여라. 내 평생 과업은 불교의 나라를 만드는 것이다."

푼순 노반은 앙코르톰을 지으라는 왕의 명을 받고 매일 술로 세월을 보냈다. 시바의 여신을 모독한다는 자의식에 빠졌다. 불교사원을 만든다는 것은 시바 여신을 거역하는 행위였기 때문이다. 그러나 그는 명령에 따라 앙코르톰을 지었다. 사원은 궁전으로 왕의 집무실과 더불어 왕의 모든 가족이 모여 살 수 있는 엄청난 규모였다. 신하들의 사저를 짓고, 대신들의 집무실과 궁녀들이 살 거처까지 지었던 것이다.

자야 바르만 7세는 힌두교 국가를 불교국가로 만들면서 수많은 사람을 죽였다. 앙코르와트는 피로 얼룩진 나라가 되고 말았다. 그런데 왕이 문둥병에 걸려버렸다. 그는 비슈누의 저주라면서 괴로워했다. 앙코르톰 사원의 입구 해자로의 다리 양 난간에는 108개의 나가상이 좌우로 나열되어 있다. 오른쪽은 선한 나가상이고, 왼쪽은 악한 나가상이 버티고 서 있다. 이 나가상은 108번뇌를 형상화한 것이었다. 자야 바르만 7세는 불교 정토를 만들고 끝없는 고뇌에 시달리다가 108번뇌 해자교에 나가상을 세웠던 것이다. 그리고 해자교를 건너 앙코르톰으로 들어서면 거대하고 웅장한 불상이 미소를 짓고 서 있다. 얼굴이 세 개인 석가상이다. 앞에서 보면 인자한 석가모니상이고, 옆으로 보면 문둥병으로 얼굴이 뭉개진 자야왕의 상, 그 뒤엔 비슈누 여인상이다. 푼순은 한 불상에 세 개의 얼굴을 만들고 왕을 괴롭혔다.

자야 바르만 7세는 앙코르와트 힌두사원 옆에 앙코르톰의 불교사원을 만들고, 힌두교 국가인 앙코르를 불교국가로 만들어 크메르 캄보디아의 번영을 누렸다. 그는 수미산의 메두사를 앙코르톰에 옮겨 우주의 중심을 만들었던 것이다. 그러나 잘못된 욕망 때문에 그와 모든 왕족이 문둥병에 걸려 죽었고, 앙코르와트는 비슈누의 저주를 받아 불에 타서 영원히 역사 속에서 사라져버렸다. 그렇게 앙코르와트는 저주받은 나라로 숲 속에 묻혀버렸다. 자야 바르만 7세는 타종교를 묵살하고 그를 믿는 백성을 학살한 죗값을 받은 것이다. 그리고 그와 그의 종족이 멸망하는 화를 입었던 것이다.

－「승수미산정품(昇須彌山頂品)」에서

040
수미산의 영광을 지상에서 꽃피우다

후세의 불자들은 드높은 수미산에 오르지 못함을 아쉬워하며 지상의 수미산 제석천궁을 염원했다. 그래서 황금불상을 지었다. 미얀마 랑군의 쉐다곤엔 1,000여 개의 황금불상을 모신 파고다 사원이 있다. 특히 아난다 사원엔 부처님의 수제자 아난존자의 육골이 안치되어 있고, 수파운피 파고다 사원엔 만달레이의 시신이 묻혀 있고, 마하무니 파고다엔 마하무니의 시신이 묻혔다는 것이다.

불교는 네팔에서 인도로 와서 버마와 캄보디아, 태국, 인도네시아에서 번창하였다. 세계 3대 불교 성지는 미얀마의 바간, 캄보디아의 앙코르와트, 인도네시아의 보로부두르이며, 이들은 네팔과 가까운 나라였기 때문에 불교가 크게 번창하였다.

태국의 에메랄드 황금사원은 불교의 천국을 방불케 한다. 세 개의 탑을 지나 대웅전에 이르면 신발을 벗고 안으로 들어선다. 눈앞에 휘황찬란한 금빛 불상이 강한 위압감을 준다. 지상에서 가장 아름다운 사원이 미얀마의 랑군시에 있는 쉐다곤 파고다 황금사원이지만, 태국의 방콕 황금사원도 그에 못지않다. 이 사원들은 마치 수미산 정상이 눈[雪] 속에서 화려한 황금 꽃을 피우는 제석천궁과 같은 형상을 옮겨

재연한 것이었다.

태국의 에메랄드 사원(왓 프라깨우)엔 금불상이 대웅전 안에 안치되어 있다. 거대한 불상과 주변 불상들이 모두 황금으로 되어 있다. 이곳에 수많은 사람이 신발을 벗고 들어가서 소원을 빈다. 주로 부자가 되게 해달라고 빈다는 것이다. 그런데 이 불상 앞에서 소원을 빈 사람은 돈을 벌지만 생전에 먹을 만큼만 복을 받는다는 것이다.

왕궁에 딸린 왕실 전용사원은 라마 1세부터 라마 8세까지 안치되어 있었다. 여기에 스리랑카에서 옥으로 만든 불상을 가져왔는데, 왕이 매일 불상의 옷을 갈아입히는 예를 갖추었다. 높이 60센티미터의 불상이다. 금빛으로 장식한 웅장한 사원의 모습은 태국 불교의 상징적인 유산이다. 그 규모의 웅장함도 웅장함이지만, 세련된 디자인 장식 등이 나그네의 입에서 감탄의 찬사를 나오게 한다. 역시 태국에 외국 관광객이 많이 모이는 이유가 이런 유적 때문이 아닌가 하는 생각이 든다.

궁중수비대의 삼엄한 감시와 보호를 받으며 사원으로 들어서서 불교의 엄숙한 예도를 갖추어야 한다. 민소매 옷이나 미니스커트, 반바지는 정숙하지 않은 모습이라 출입이 제한된다. 입궁하려면 우리 돈 천 원에 긴치마, 긴소매 옷을 빌려 입을 수 있다.

엄정한 심사를 거쳐 사원 안으로 들어서면 금불상이 안좌한 대웅전을 두고 좌측으로 금탑 뿔을 지닌 세 개의 파고다 사원을 볼 수 있다. 첫 번째는 석가모니 사원이고, 두 번째는 불경을 연구하는 고승 사원이고, 세 번째는 왕의 불심을 모신 사원이다. 그리고 앙코르와트를 형상화한 모형사원도 있다. 사원을 빙 둘러보면 군데군데 작은 정자로 된 쉼터가 있다. 태국 불교의 정수를 탄미할 수 있는 곳이다. 기복하는 신자들의 모습이 엄숙한데 나그네는 즐겁게 발길을 돌린다.

사람은 태어날 때부터 자기 그릇을 타고 난다. 작은 그릇을 가지고 난 사람은 돈이 많아도 넘쳐 담지 못한다. 큰 그릇을 타고난 사람은 그릇만큼 채우고 산다.

수미산 정상에서 법혜보살, 일체혜보살, 승혜보살, 공덕혜보살, 정진혜보살, 선혜보살, 지혜보살, 진혜보살, 무상혜보살, 견고해보살 들이 주옥같은 법계무애(法界無碍)의 도리를 찬탄하였다. 보살들은 각각 특이한 법명을 갖고 있었다. 이른바 지상의 자연을 형체로 한 법명이었다. 그들은 자신들이 피워낸 꽃을 가지고 부처님 앞에 나타났다. 인다라꽃, 파두마꽃, 보배꽃, 우발라꽃, 금강꽃, 묘향꽃, 열의꽃, 아로나꽃, 나라타꽃, 허공꽃 등이 모여 궁전은 커다란 꽃 세계를 이루었다.

여러 보살이 부처님 계신 무릉도원에서 높게 앉은 비로자나 사자좌를 바라보며 부처님 발에 정례하고, 각 방위를 따라 제각기 사자좌 앞에 결가부좌하고 앉았다. 수미산 꼭대기에 보살들이 와서 모인 것처럼 일체 세계가 모두 그러하였으며, 보살들의 이름과 세계와 부처님 명호도 모두 같아서 차별이 없었다. 그때 세존께서 백천억의 묘한 빛을 발하니, 그 광명이 꽃에 비추어 시방 일체 세계가 화려한 형상으로 변하였다. 그 빛은 수미산 꼭대기로 올라가서 제석천 궁전을 비추니 우주의 중심 수미산이 부처님의 계도장이 되었다.

파고다는 불멸의 이상향이다. 수미산의 광명을 미얀마의 쉐다곤 파고다에서 볼 수 있었다.

— 「수미정상게찬품(須彌頂上揭讚品)」에서

041
정직한 마음이 정직한 물건을 만들어낸다

마음에 없는 승낙보다 우정에 찬 거절이 낫다. – 독일 속담

상품은 값이 싸면서 품질이 좋아야 한다. 그런데 싼 게 비지떡이란 말을 듣는다. 그래서 사람들은 비싼 것, 고급스러운 것을 선호한다. 사치와 허영심이라고 생각할지 모른다. 그런데 비싼 것은 제값을 하기에 오히려 싸다고 말한다. 그런데 꼭 그런 것만은 아니다. 제조업자나 상인들은 소비자의 그런 약점을 이용하여 저가품을 고가로 눈속임하여 파는 비양심적인 작태로 우리를 실망시키곤 한다.

생산 공장에선 부가가치를 따지며 품질검사와 생산성 향상에 주력한다. 빨리빨리 주문시간을 맞추거나 출하시기를 맞추는 경우에도 불량품이 나오지 않게 품질검사는 철저히 하는 편이다. 10개를 만들어 2개의 불량품이 나오는 것보다 8개를 만들어 1개의 불량품이 나오는 것이 경영 차원에선 이익이다. 제품 생산에서 품질을 좋게 하는 기술과 불량품이 안 나오는 것이 첫째다.

불량품이 없다는 것은 생산 기술에도 관계되지만, 사람이 하는 일이라 성실성과 정직성도 무관하지 않다. 그런데 불량품을 많이 내는 사람이 있다. 불량품을 내는 사람은 기술이 모자라거나 성실하지 못

하거나 정직하지 않은 사람이다. 그래서 경영자는 불량품의 양상에 따라 금방 이유를 알아낸다. 그래서 제품 하나만 보고도 일 처리하는 능력을 알 수 있다.

사원을 뽑을 때 실력도 실력이지만 같은 중량이라면 성실한 사람을 고용한다. 일단 성실한 사람은 정직하다는 것이다. 일을 처리할 때 실력만 믿고 요령을 부리는 사람이 있다. 그러나 성실한 사람은 초지일관 똑같은 생각으로 일에 임한다. 그런데 원칙대로 가려는 정직한 사람이 답답할 때가 있다. 때론 업무엔 요령이 필요하다. 곰처럼 꼼꼼하지만 속도감이 없어 일에 차질을 일으키는 사람은 좀 더 스피드를 내는 요령이 필요하다. 꾀를 부리는 요령이 아니고, 빠르고 정확하게 처리하는 기술적 요령인 것이다.

생산 현장에서는 역동성과 기동력이 필요하다. 정확하고 정직한 마음으로 성실하게 속임수 없이 일하면 일단은 신뢰를 얻을 수 있다. 그러나 성실한 사람은 꾸밈과 거짓이 없어서 신뢰는 주지만, 업무처리에서 환영을 받지 못하는 경우가 있다. 성실하게 업무를 완성시켜 불량품이 없다는 그 자체만으로는 환영을 받지만, 생산효과에서는 손해를 볼 수 있다는 것이다.

일을 속결로 관철시킬 힘과 능력이 없는 성실의 결과는 무능하고 답답하다. 마음씨만 좋으면 뭘 하겠는가, 업무에 실수가 연발인데. 요령 있게 업무를 관철시킬 지혜가 없다면 성실한 믿음은 깨지고 마는 법이다.

영국의 소설가 스테인은 "성실은 가장 좋은 처세술"이라고 말했다. 그러나 생각 없이 곰탱이처럼 상황을 둘러보지 못하고 결과를 생각지 못하면 성실한 사람이 아니라 미련한 사람이다. 성실은 밖으로 행동하고 표현하는 믿음이라고 했다. 성실은 간판일 뿐, 실행하지 못하는 사람은 요령이 부족한 사람이다. 근면한 성실성과 재치 있는 속도감과 정확성이 있다면 최고의 생산자가 될 수 있다.

일상에서도 마찬가지다. 회사는 정직하고 성실을 간판으로 하는 사람만을 요구하지 않는다. 재치와 지혜를 발휘하는 순발력 있는 사람을 요구한다. 그런 사람에게 성실과 정직한 심성이 있다면 더 이상 바랄 것이 없다.

화엄경에서는 성실한 심성에 지혜가 고인 것을 삼매경에 달했다고 한다. 공장에서 제품생산은 수행삼매에 속하는 것이다.

三昧 心一境性 (삼매 심일경성)
– 마음을 하나의 대상에 집중하면 최고의 실재와 하나가 될 수 있다.

삼매(三昧)는 절대자에 완전히 몰두하여 깊은 명상에 잠긴 상태로, 욕망과 분노를 비롯하여 자아가 낳는 어떠한 생각이나 감정도 마음의 평온을 깨뜨리지 않는 상태이다. 삼매는 정신적 기민함과 날카로움을 그대로 유지하면서 느끼는, 기쁨으로 가득 찬 평온한 상태, 더 나아가 환희와 아름다움의 상태이다. 삼매는 모든 정신활동과 지적활동의 절정이며, 삼매에 도달할 수 있는 능력을 가진 사람은 죽음까지도 삼매로 간주한다.

법혜보살이 보살무량방편삼매(菩薩無量方便三昧)에 들었다가 일어나서 여러 보살에게 말씀하였다.

"불자여, 주삼세저불가(住三世諸佛家)로 보살이 머무는 곳이 넓고 커

서 법계와 허공과 같다. 삼세의 여러 부처님 집에 머무나니 이른바 초
발심주(初發心住)에 주력하라. 중생들의 갖가지 이해와 마음의 좋아
함이 각각 다르니 이런 무한한 욕망을 다 알고 보살이 처음 발심하
노라.”

　이렇게 정직한 법삼매를 업무에 적용한다면 일은 요령 있고 실수가
없으며 불량품이 나오지 않을 것이다.

– 「십주품(十住品)」에서

042
중도 포기는
시작 안 하느니만 못하다

사랑하는 사람아, 사랑하는 사람아

나 산사에 묻혀 세상을 다 잊으려고 했는데

세속에 두고 온 임이 그리워 잠 못 이룬다

아름다운 봄날 경천대로엔 만상의 꽃들이 피어나

향기가 그윽한데 불가에 입문한 이내 신세

이 아름다운 청춘을 썩히고 있으니

아, 나 이 모든 것 다 뿌리치고 세상에 나서리다

– 설요, 「반속요(返俗謠)」

파계승 설요(薛瑤), 세상이 싫어서 중이 되었다가 승복을 벗어던지고 속세로 환속한 그녀를 사람들은 파계승이라고 욕했다. 신라의 미녀로 당나라에서 시성을 떨친, 설요라는 비운의 여류시인의 승가행적을 찾기 위하여 중국 천문산에 올랐다. 여류시인 설요는 사랑에 상처를 입고 방랑하다가 비운의 생을 마친 시성이었다.

설요의 묘비는 천문산에 있었다. 장안의 신라방 혜선사에 있던 설요의 묘비를 그의 남편이 복사해서 이곳에 옮겨놓았다. ‘관도곽공희설씨묘지명(館陶郭公姬薛氏墓誌銘)’이라 적은 묘비는 당나라의 유명한 시인 진자앙이 쓴 것이다. 난 묘비를 어루만지며 살아생전 그녀의 체취를 더듬었다. 그녀의 모습에서 이루지 못할 사랑 앞에 절규하는 비통한 눈물을 볼 수 있었다. 사랑에 상처받고 세상이 싫어서 속세를 떠났건만 산사의 음탕은 세상보다 더 더러웠다. 여색에 굶주린 승려의 눈빛에서 수도자의 길은 멀고 험했다. 밤마다 찾아드는 요승의 유혹을 물리치고 다시 그녀는 세상으로 도망쳤다. 그러나 파계승을 바라보는 세간의 눈빛은 냉혹했다.

그녀는 사촌 오빠인 설총을 사랑했었다. 설총은 당나라로 유학 와서 작은아버지 집, 그러니까 그녀의 집에서 기숙하면서 학문에 큰 뜻을 이루었다. 같이 공부하는 사이에 그들은 사랑의 열병을 앓게 되었다. 결코 이루어질 수 없는 사촌간의 금지된 사랑이었다. 그 사실을 알고 설총의 어머니 요석공주는 당장 두 사람을 신라로 불러들였다.

“뭐라. 네가 설요를 사랑한다고. 너희는 사촌지간이야.”

“신라의 왕족은 지척 간에 결혼을 하는 줄 압니다.”

설총이 어머니를 설득하였다.

“그렇지만 설요는 안 된다.”

“왜 안 되는 것이옵니까? 왕족은 다 지척 간에 결혼을 하지 않습니까?”

설요가 되물었다.

“너는 왕족이 아니기 때문이다. 당장 돌아가라. 그리고 설총은 유학을 포기해.”

설총의 어머니 요석공주는 설요를 호되게 나무랐다.

“숙모님, 전 설총을 사랑합니다.”

"요망한 계집 같으니. 너흰 사촌이야."

그녀의 안타까운 모습을 지켜보고 있던 작은아버지 원효가 그녀를 얼싸안았다.

"모르고 하는 것과 알고 하는 것은 다르다. 이루어질 수 없는 사랑이란다."

원효는 안타까운 심정으로 조카 설요의 모습을 바라보았다.

신라를 떠나오면서 설요는 한없는 눈물을 흘렸다. 마침내 그녀는 당나라로 돌아왔고, 설총은 유학을 포기했다. 그것은 영원한 이별이었다.

설요는 이별의 아픔을 절규하며 속세를 떠나 수도의 길을 택해 천문산 황룡대굴로 들어갔다. 수도생활은 하루도 편하지 않았다. 세월이 갈수록 더 허전해지는 마음을 어디다가 다스릴 수 없었다. 더군다나 요승의 유혹을 견딜 수가 없었다. 그녀는 그곳에서 6년이라는 세월 동안 불문에 입도했으나 속세에 두고 온 설총을 잊지 못해 방황하다가 끝내 마음의 정화를 이루지 못하고 승복을 벗고 다시 세상으로 환속하였다.

속세로 돌아온 그녀는 문연각을 짓고 시문객들과 어울려 지냈다. 천하절색에 글씨는 명필이요 문장은 시성이니, 장안의 식자들이 그녀를 찾아들었다.

권불십년(權不十年)이라고 했다. 지속적이고 끈기 있는 노력이 성공에 이른다. 불공을 십 년만 드리면 부처가 된다고 한다. 그런데 권불십년에 도로아미타불이 되는 사례는 얼마든지 있다. 조금만 더 참지 못한 탓이다. 중도 포기하면 아니 감만 못하다는 말이 그 말이다.

고산 등산을 할 때 흔히 느끼는 모습이다. "저렇게 높은 산을 어떻게 가나? 난 못해."라고 말하는 사람은 도중에서 포기한다. 그러나 "산은 정상까지 가야 해."라고 말하는 사람은 힘들고 어렵지만 끝까지 가서 정상에 오른다. 정상을 탈환하는 자에게는 통쾌한 스릴과 흥분이 있다.

눈을 감고 발로 가라. 그러면 정상에 오른다. 그곳이 목적한 성공이다.

설요는 「반속요」로 자신의 슬픈 생을 노래했다. 이성에 앞서 감정에 치우친 결과가 시작을 안 하느니만 못한 비극을 초래했다.

043

말속에 뼈가 있으니 말은 깊이 새겨들어야 한다

*

　말해도 좋고, 안 해도 좋고, 가볍게 웃어넘기면 되는 말을 농담이라고 한다. 그렇게 농담을 즐기는 사람이 있다. 그냥 재미있게 즐기려고 하는 것이 농담인데, 농담을 빙자하여 상대를 공격하는 묘한 언변을 가진 사람이 있다. 언중유골이다. 말속에 뼈가 있다는 것이다. 이런 말은 농담이 될 수 없다. 아무리 농담이라도 그 사람을 공격하면, 농담을 받는 사람은 깊은 생각을 하게 된다. 보통 농담은 농담으로 받아들여 잊어버리지만, 생각이 깊은 사람은 상대방의 말에 상처를 받는다. 그래서 농담이 진담이 되고 말기에 농담이라도 주의해야 하는 것이다.

　같은 말이라도 몇 번을 되풀이하여 말하는 것은 말하는 기술이 서툰 사람이다. 어순에 질서가 없거나, 줄임말도 아닌데 순서 없이 중구난방으로 말하는 사람은 상대를 피곤하게 한다. 말은 뱉으면 주워 담기 힘들고 그 말로 시비와 싸움의 원흉이 된다. 직접 하면 될 것을, 둘러치고 빙빙 돌려서 비꼬듯 다시 제자리로 오는 말 역시 상대방을 짜증나게 한다.

　말을 할 때 표현을 잘못하면 바보 취급을 당할 수도 있다. 세상이 분주한데 너스레 같은 말은 사람의 가치를 떨어뜨린다. 문어체 말은 가급적 삼가야 하지만, 너무 구어체로 말하는 것도 문제가 있다. 말할 때 가장 중요한 것은 말하고자 하는 말뜻을 정확하게 전달하는 것이다.

사람들은 본담과 여담을 구별하지 못한다. 본담을 말해야 할 때 여담을 말하곤 한다. 여담보다는 본담을 먼저 말해야 한다. 그리고 본담에 관계되지 않는 여담은 본담 후에 말하면 좋다. 즉, 용건을 마친 후에 시간이 많을 때 여담을 해야 한다.

그리고 말은 몇 번이고 되풀이하지 말아야 한다. 말하기 좋아하는 사람은 처음부터 끝까지 혼자 떠들어대고 상대방에겐 말 한마디 못하게 한다. 어떻게 보면 의기양양하고 식견이 많은 것처럼 보이지만 그것은 오만이다. 그런 사람은 불만이 많고 변명을 잘 한다. 이런 사람과 사회생활을 같이 하면 피곤하다. 보통 이런 사람은 한번 기회를 잡으면 놓지 않고 끝까지 자기 이야기만 한다. 큰 장애를 안고 사는 것이다.

말을 잘하는 사람은 상대방의 말을 잘 들어주는 사람이다. 누구나 자기가 말하고자 하는 것을 들어주길 바란다. 듣는 사람이 잘 들어주면 말하는 사람은 더욱 신이 난다. 그렇다고 자기 말만 하는 사람은 상대방에게 거부감을 일으킨다. 들어줄 때는 신중하게 고개를 끄덕이는 등 같이 호응하는 반응을 보여주어야 상대방이 진지해진다.

말은 간결하게 끊어서 상대방도 말하게 해주는 것이 좋다. 문답식의 대화가 좋다는 것이다. 화두를 혼자 쥐고 떠드는 것은 하소연이나 신변보호나 변명이다. 그런 화술을 가진 사람은 약점이 많은 사람이다. 남의 말을 잘 듣고, 할 말만 하는 대화의 장을 만드는 사람이 화술의 대왕이다. 말하는 처세는 성공의 비결이다.

상대방을 재미있게 해주는 사람은 호감이 간다. 그렇다고 말을 많이 하면 실수가 있기 마련이다. 말의 이치가 정확하고 거짓이 섞이지 않으면 그 사람은 말에 책임을 지는 틀림없는 사람이라고 정평이 난다. 그러나 '저자의 말은 통 믿을 수가 없어.' 이런 낙인이 찍히면 아무리 좋은 말을 해도 누구 하나 신용하려 들지 않는다.

이것은 보살이 중생을 인도하는 것과 마찬가지다. 중생을 계도하면서 혼자서 말하는 것은 절대 안 된다. 상대의 반응에 따라 설교하는 것이 바른 설법이다. 화엄경은 "바른 언어가 바른 범행의 도에 오른다"고 말하고 있다.

수미산에 모인 보살들이 각기 자기가 체험한 세계를 이야기하면서 자기주장만 펴는 것을 본 문수보살은 문답식으로 화제를 풀게 하였다.

정념천자(正念天子)가 법혜보살에게 여쭈었다.

"불자여, 온 세계의 모든 보살이 여래의 가르침을 의지하여 범행이 청정하게 되었으나 보살의 지위로부터 어떻게 보리의 도(道)를 가르칩니까?"

법혜보살이 답하였다.

"불자여, 보살마하살이 범행을 닦을 때에는 마땅히 열 가지 법으로 반연을 삼고 뜻을 내어 관찰하였는 바 몸과 몸의 업과, 말과 말의 업과, 뜻과 뜻의 업이 부처님과 교법과 스님과 계율이니 마땅히 실천하는 범행을 보이시오."

말보다 실천이 수행의 근본이라고 가르친 것이다.

– 「범행품(梵行品)」에서

044

돈은 써야 벌어지고, 돈으로 명예를 사려면 돈은 사라진다

열의 없이 성취된 위업이란 아무 가치가 없다. – 에머슨

돈은 인생이라는 여정을 살아가는 데 절대적인 힘이다. 돈으로 행복하고 돈으로 기쁘고 돈으로 편리하다. 또 돈으로 사람 구실을 하며 돈으로 화목한 가정과 건강한 사회생활을 할 수 있다. 그래서 사람들은 돈을 모으고 재산을 늘리려고 한다. '왜 돈을 벌어야 하느냐'고 묻는 것은 생을 포기하지 않은 자만이 할 수 있는 질문이다. 돈의 위력 앞엔 모든 것이 무력하다. 돈으로 행복한 인생을 누릴 수 있다고 생각하기에 돈을 벌려고 노력하는 것이다.

세상에 돈이 없으면 어떤 결과가 나올까? 세상에 재미가 사라질 것이다. 돈이란 빙글빙글 돌기에 한곳에 머물지 않는다. 돈은 쓰려고 버는 것이다. 그런데 그 흔한 돈을 쉽게 벌 수가 없고, 필요할 때 반드시 벌어지는 것도 아니다. 절실하게 필요할 땐 돈이 없다. 그래서 그런 위기에 쓰려고 돈을 악착같이 모은다. 그러니까 돈에 탐욕이 적을 때 벌어두는 것이다. 낭비하지 않고 저축하는 것은 필요할 때 쓰려는 것이다.

재산은 힘이다. 재산을 모을 땐 계산하지 마라. 생각 없이 모으기만

하면 재산은 불어난다. 쓸 생각을 하면 재산은 모아지지 않는다. 흔히들 재산을 모으는 비결로 '모은 돈, 모인 돈, 모이는 돈'이라고 말한다. 무슨 말인가? 백 원, 천 원 저축을 했더니 점점 액수가 많아졌고, 몇 년 지나니 큰돈이 되었다는 것이다. 그래서 큰 재산으로 모아지기 전에는 없는 돈으로 생각하라는 것이다. 계산하면 재산은 줄어들기 시작한다. 재산은 절대 계산하지 마라.

재산을 모을 수 있는 힘은 수완이다. 몸에 한 푼을 지니지 않고 일을 성취해나가는 실력이 수완이다. 재산을 모으는 수완은 숨겨진 재산이다. 수완가는 작은 것을 크게 만드는 능력이 있다. 그런 일을 발견하여 외길로 가면 몇 천 몇 만의 재산을 모을 수 있나. 그땐 모으지 않으려고 해도 돈은 모아진다. 그런데 사람에겐 돈보다 명예를 택하는 욕망이 있다. 그래서 돈으로 명예를 사려고 들면 돈은 사라진다. '그 사람 돈이 많아요.'라는 말을 듣는 순간 그 돈은 탕진되기 시작한다.

아무리 절약해도 돈은 벌어지지 않고 재산이 늘지 않는 사람이 있다. 그런데 당당하게 돈을 험하게 쓰는 사람이 망할 것 같은데 오히려 돈을 잘 벌고 재산을 잘 모은다. 인색한 사람이 부모가 남겨준 재산을 잘 지킬 것 같은데 탕진하는 수가 있다. 왜 그럴까?

사람은 재물을 담는 그릇을 타고난다고 한다. 그릇이 큰 사람이 있고 작은 사람이 있다. 그릇이 크든 작든 간에 채워지면 더 이상은 없다. 그릇이 작은 사람은 큰돈이 생겨도 그릇만큼 차고 날아간다. 그릇이 큰 사람은 그릇만큼 차기에 재산이 많다. 타고난 밥그릇은 항상 채워지기 마련이다. 밥은 먹어야 채워진다. 헌 밥이 있으면 새 밥을 넣을 수가 없다. 그래서 밥그릇은 항상 비워야 새 밥을 담을 수 있는 것이다. 금전의 출납계수는 수에 관계없이 채워지고 비는 것으로 계산된다. 따라서 돈은 써야 벌어진다는 것이다.

돈은 힘이다. 그래서 큰 됫박을 찬 사람이 힘이 있다고 한다. 큰 됫
박이건 작은 됫박이건 채워지고 비워지는 횟수가 많아야 돈을 버는
데, 작은 됫박을 가진 사람이 비우지 않으면 평생 그렇게 사는 것이고
그릇이 작아서 쓸 것도 없다. 그런데 큰 됫박을 가진 사람은 써도 써
도 그릇이 커서 재산이 줄지가 않는다. 많이 쓰면 다시 찰 것이다. 그
래서 부자는 더욱 부자가 되는 것인가 보다.

불가에서는 타고난 그릇을 수행의 덕으로 키울 수 있다고 하였다.
수행자의 덕은 주어진 운명을 바꾸는 것이다. 공덕은 광대하고 무한
하므로 그 이익은 허공 같은 것이어서 공을 들이면 잡을 수 있다는 것
이다. 공은 영원함을 뛰어넘고 덕은 먼지나 모래알만큼 많으니 수행
으로 공덕을 받으라는 말이다.

제석천왕이 법혜보살에게 여쭈었다.

"보살이 보리심을 내면 그 공덕이 얼마나 되나이까?"

법혜보살이 말하였다.

"이치가 깊고 깊어서 말하기 어렵고 이해하기 어려우니 행하기 어
렵고 통달하기 어렵고 생각과 헤아림이 어렵고 들어가기 어렵습니다."

"불자여, 그대는 공덕을 어떻게 생각하십니까?"

"사람의 공덕은 오직 부처님만이 아실 것이니 다른 모든 사람은 측
량할 길이 없습니다."

"공덕은 어떤 사람이든 누릴 수 있는 것이다. 동방의 아승기 세계에
있는 중생들이 공양하여 얻은 것처럼 오염된 심신을 깨끗이 하며 남
방, 서방, 북방, 상방과 하방에서도 누릴 수 있는 것입니다."

공양 없이 공덕을 노리는 것은 노력 없이 대가를 기다리는 것과 같
다. 공덕은 베푼 자에게만 온다는 말이다.

－「초발심공덕품(初發心功德品)」에서

045
과욕으로 상처 입은 이웃을 보듬어 살피다

남의 돈으로 불룩해진 주머니는 빈 주머니와 같다. - 토머스 폴리

세상엔 상처받은 사람들이 많다. 상처는 자의로 받는 것도 있고, 타의에 의해 생길 수도 있다. 타의건 자의건 상처를 받는다는 것은 가련한 슬픔이 담겨 있는 것이다. 사랑에 상처받고 말에 상처받고 자기가 한 실수에 상처받고 가족 간에 상처받고 돈에 상처받고 우정에 상처받고 배신에 상처받는다. 마음이 여린 사람과 정직하고 깨끗한 인생을 사는 사람들이 상처를 많이 받는다.

자기 능력 밖의 것을 꿈꾸다가 좌절되는 경우인데, 노력에 비해 출세가 달하지 않는다거나 돈이 없어서 학대를 받는다거나 하는 것 중에 과욕으로 부른 상처도 있다. 왜 내가 그런 취급을 받아야 하며, 왜 내가 그 정도밖에 안 되는 걸까? 내가 생각하는 능력의 가치만큼 위치를 확보해야 하는데 왜 난 늘 실수와 패배의 잔을 마셔야 하는가.

욕망이라는 열차는 영원히 가는 것이 아니고 종착역이 있다. 그 종착역이 어딘지 모르고 무턱대고 욕망이라는 전차를 탔던 상처가 대부분이라는 것이다. 모든 것을 지나쳐보니 그것이 잘못이라는 것을 알게 되는데 그것을 모른다는 것이다.

모든 사람은 노력한 대가를 기다리고, 노력 이상의 대가를 노리는 사람이 많다. 그러나 후에 그것이 비로소 헛수고라는 것을 알면 왜 좀 더 일찍 집어치우지 못했던가 후회한다. 그러나 단념하는 마음이 약한 것은 자기를 너무 높게 평가했기 때문이다. 자기의 힘을 너무 높게 평가하거나, 남이 좋다고 하는 바람에 으쓱해져서 과시적 망상에 젖은 탓이다. 남의 칭찬을 자기의 잘남 때문으로 생각하지만 남들은 비웃고 있다. 과대망상적 자기과시는 아무리 좋은 약이라도 고칠 수가 없다.

헨리 포드는 자동차 공장에서 의기소침하게 일하는 종업원들을 보고 생산에 임하는 자신에 대한 다섯 가지 신념을 훈계하였다.

첫째, 자기 자신의 주변을 항상 깨끗하게 정돈하라. 질서와 정돈이 되어 있으면 일을 차분히 할 수가 있지만, 주변이 지저분하면 하는 일에 집중할 수가 없다.

둘째, 새로운 일을 할 때는 먼저 지금까지 그 일을 해온 경험자들의 일을 살펴보라. 타인의 실수에서 자신을 재발견하고 능력을 발휘할 수 있는 모티브가 생기기 때문이다. 그런 사람은 과거에 해냈던 사람보다 더 창의적으로 효율성을 높일 수 있다.

셋째, 연구에만 몰두하는 사람이 있는데, 연구한 것은 실행에 옮겨 제품으로 만들어내야 한다. 연구된 창의품은 내버려두면 종이 쓰레기가 될 것이다. 지식은 최대한 활용하는 것이 자신과 남을 위하는 길이다.

넷째, 자기가 결심한 것에 대하여 자기 능력을 의심하지 마라. 모든 사람에게 능력의 한계는 있지만 그 능력이 어디에 있는지 아무도 모른다.

다섯째, 자식의 교육에 투자하는 것은 재산을 주는 것과 같다. 자식에게 돈을 물려주는 것은 자멸을 자초하는 것이다. 교육은 스스로 살아갈 길을 열어주는 것이기에 영원한 재산이 될 수 있다. 그러나 교육은 능력의 한도를 알고 투자하는 것이 좋다. 그 이상은 낭비일 뿐이다.

과욕은 금물이다. 과욕은 늘 불행을 자초한다. 그 불행은 늘 상처로 남곤 한다. 그러나 욕망을 버릴 수는 없다. 욕망은 시기와 장소와 주변 환경이 성숙할 때만 이룰 수 있다. 과욕은 금물이지만 욕망이 있기에 성공도 있다.

욕망의 좌절은 상처를 남기기도 하는데, 그 상처를 어루만져주는 이웃이 필요하다. 주변에 자신의 상처를 따뜻하게 감싸주는 힘이 있다면 그 상처는 쉽게 아물 수 있다. 이렇게 상처받은 이웃을 따뜻하게 보살펴주면 새로운 희망을 갖고 새로 탄생하는 영광을 안게 되는 것이다.

부처님은 상처받은 중생을 위한 수행으로 많은 중생에게 공덕의 영광을 얻게 했다. 상처가 클수록 회복은 느리지만 그 상처를 벗어날 땐 엄청난 환희를 맛볼 수 있다. 부처님은 만 중생을 기쁘게 하기 위해서 고해의 바다에서 수행하였다. 그 모든 수행이 광명으로 나타나서 세상을 훤히 비추었다. 결과에 걸맞은 형상을 명(明)이라 하고, 묘한 실체를 법(法)이라고 한다. 명법은 공덕을 낳는다.

정진보살이 법회보살에게 물었다.

彼諸菩薩 以河方便 能令此法 當得圓滿

(피제보살 이하방편 능령차법 당득원만)

願垂哀愍 爲我宣設 此諸大會 靡不樂聞

(원수애민 위아선설 차제대회 미불악문)

― 저 보살들이 방편을 쓰고 이 법을 원만케 하올지 걱정하시는 마음으로 저에게 말씀하시는 것보다 여기에 모인 이들이 모두 듣게 하소서.

菩薩摩訶薩 初發求一切知心 (보살마하살 초발구일절지심)
成就如心 無量功德 具大莊嚴 (성취여심 무량공덕 구대장엄)
― 불자여, 보살마하살이 온갖 지혜를 구하려는 마음을 처음 내어 이렇게 한량없는 공덕을 성취하여 큰 장엄을 구족하니 이 어찌 반갑지 않겠소.

명법은 온갖 지혜를 얻는 법을 배워서 보살의 바른 지위에 들어가며, 모든 세간 법을 버리고 출세간법을 얻으며, 과거·미래·현재의 모든 불찰을 부처님이 거두어주신다.

― 「명법품(明法品)」에서

046
화(火)를 잘 풀면 만병을 치료할 수 있다

＊

화(火)는 마음의 병이다. 육체는 마음을 다스릴 수 없지만 마음은 육체를 다스린다. 화는 심리적 충돌로 일어나는 불이다. 불은 모든 것을 태워버리듯이 화도 모든 것을 태워버린다. 그래서 화를 담아 품으면 마음의 병이 되고, 화를 배출해서 풀면 매사가 잘 풀린다.

화라는 병은 엄청난 아픔을 안겨준다. 사랑과 이별의 아픔, 육체가 병든 아픔, 부모를 여읜 아픔, 사업에 실패하고 배신당하고 폭행을 당한 아픔, 재산을 사기당하고 망할 때의 아픔 등 사람에게는 숱한 아픔과 그 아픔으로 절규하는 사례가 많다. 그 아픔은 병이 된다.

암에 걸린 환자를 바라보는 의사의 마음은 아프다. 죽어간다는 것이다. 그러나 의사는 환자에게 용기와 희망을 준다. 그때 어떤 환자는 의사의 말에 귀를 기울여 어쨌거나 살아야 한다는 신념을 마음에 담고 노력하지만, 어떤 환자는 의사의 말에 믿음이 안 간다며 포기하고 절망하기도 한다. 절망하는 환자는 마음에 화를 버리지 못한 사람이다. 통계학적으로 병을 치유하는 데 환자의 정신건강이 병을 이겨낸다는 결과를 자주 본다. 의사와 환자는 그런 마음으로 희망을 갖게 된다. 의사가 환자에게 희망을 갖게 하는 것보다 절실하고 정결한 마음은 없을 것이다.

화는 떨칠수록 좋다. 상사병을 앓는 사람에게는 시간이 약이라고 한다. 그러나 의사는 시간과는 다른 개념의 치료자로 환자를 대해야 한다.

화는 마음의 병이지만 장애로 인해서 일어난다. 장애는 방해를 말한다. 마음을 상하게 하는 장애가 화를 불러일으킨다. 성내는 것보다 마음의 장애를 일으키는 것은 없다.

석가모니는 보살들에게 이렇게 말하였다.

"다른 사람에게서 어떤 허물이 있어도 성내지 마라. 성을 내면 다른 사람에게 상처를 주는 것이다. 성내는 마음은 백만의 장애(障碍)를 일으키는 원인이 되는 것이니 삼가라."

화는 만병의 근원이니 화를 내는 장애를 만들지 말라는 뜻이다.

그렇다면 화를 만드는 장애란 무엇인가? '보리를 보지 못하는 장애, 바른 법을 듣지 못하는 장애, 부정한 세계를 보는 장애, 나쁜 길로 가고 비방을 들으며 우둔한 길로 가고 바른 생각을 못하고 지혜가 모자라며 눈, 귀, 코, 혀, 육신의 감각에 해를 끼치는 것이 장애이다.

보현보살은 장애를 없애는 방법으로 십문을 열어 백문을 만든다는 이해심을 강조하였다.

"두루 살펴 평등하게 교화하며 미혹도 없는 행함을 다한다."

의상대사는 원교일승의 철학에서 이렇게 말했다.

一障一切障 一斷一切斷 (일장일체장 일단일체단)

一中一切多中一 一卽一切多卽一 (일중일체다중일 일즉일체다즉일)

- 한 가지 일에 장애가 생기면 모든 것에 장애가 생기고 한 번뇌를 끊으면 온갖 번뇌가 끊어지고, 하나 속에 여러 일체가 있고 여러 일체

의 하나에 다른 일체가 있다.

이는 하나의 화를 참으면 백 일이 편하고 백 일을 잘 하려면 하나의 화를 참으라는 논리인 것이다. 화를 잘 다스리면 만사가 잘 풀린다. 인간관계가 두터워지고, 사업이 잘 되며, 모든 일이 잘 풀리는 것이다.

화는 내부로 삭이고 기쁨은 밖으로 표하라. 화를 잘못 풀면 화병으로 인생을 망친다. 종로에서 뺨 맞고 을지로에서 눈 흘기지 말고, 화는 화가 생긴 곳에서 풀어라. 화가 뭉쳐서 가슴앓이가 되고 스트레스가 되고 결국 사람을 해친다.

마음의 병화는 누구에게나 하루에도 몇 번씩 스쳐간다. 화는 정신과 육체의 전기가 불균형하여 충돌하는 현상이다. 즉 몸속의 +, − 이온이 불균형을 이루어 +와 +, −와 −가 충동하여 밀어내는 기 충돌현상이다. +화가 치밀면 −화가 중화를 시키는데, 이온전기의 불균형으로 같은 전기 이온끼리 충돌을 일으켜 일어나는 현상이다.

그러나 일단 충돌한 화가 문제다. 이 현상은 불같은 분노와 울분, 슬픔, 포악한 상황으로 내닫는다. 이 발산된 에너지를 어떻게 삭이는가가 중요하다.

화가 날 땐 노래를 부르자. 마음껏 소리치면 분노가 진정될 것이다. 깊이 명상을 하거나 불경을 독경하라. 그리고 창작활동에 매진하라. 작품 속에 화를 묻어라. 절대 화풀이는 남에게 하지 마라. 화를 잘못 풀면 엄청난 독이 될 수 있다.

—「보현행품(普賢行品)」에서

047
불심을 따라 행하면 세상은 아름답다

부처님은 마음씨 좋은 화가처럼 갖가지 오(五)음의 색과 수와 상으로 아름다운 세상을 만들어냈다. 이 그림 속에 일체의 세계 중 어느 것도 빠진 것 없이 그려져 있었다. 야마천궁의 화원에 부처가 있으니 부처와 같이 있는 중생은 얼마나 행복한지 모른다.

— 야마천궁(夜摩天宮) 10회설법 중에서

수미산 야마천궁 법회에 모인 보살들은 제각기 세상에서 보고 들은 이야기를 늘어놓기만 하고, 중생들의 힘든 삶과 고통을 해결하는 방법을 말하지 않으니 정말 답답한 법회였다. 물론 자기 수행만을 말하는 자리이긴 하지만 말보다 실천의 수행을 기대한 부처님께선 보살들의 모습이 달갑지 않았던 것이다. 자신은 모든 시방세계를 두루 살펴 깨달음을 이루었지만, 중생들에겐 그런 혜은이 미치지 못했다. 부처가 바라는 것은 믿음인데 그 믿음을 증명하는 것이 먼저였고, 그것을 본 보살들이 중생을 살피길 기다리고 있었다.

세존이 보리수 밑을 떠나 야마천궁으로 향한 것은 백만 가지 장엄한 광명을 보여주기 위함이었다. 세존은 보살들에게 법의 꽃으로 피어난 장엄한 모습을 그림처럼 궁전에 내걸었다. 보살들은 그것을 농부가 과일나무에서 과일을 수확하는 기분으로 바라보고 있었다.

'야마천왕이 부처님이 오시는 것을 보고 신통한 힘으로 그 전각 안에 보련화장(寶蓮華藏) 사자좌를 변화하여 만들었다.'

궁전에 백만의 황금 휘장이 그 위에 덮였고, 백만의 장엄한 황금 꽃이 만산에 드리웠다. 꽃과 향, 보석이 백만 광명으로 찬란하게 비치고, 백만의 인파가 모인 야마천왕엔 보살들이 공경의 정례를 갖추고, 범천왕은 환희에 찬 춤을 추었고, 백만 보살들은 소리 높여 찬탄할 때 백만 가지의 풍류가 각각 백만 가지 법으로 음악을 연주하였다.

법회는 계속하여 끊이지 아니하여, 백만 가지 꽃과 백만 가지 구름과 백만 가지 장엄한 빛이 백만 가지 색을 드리우고 있었다. 너무나 장엄한 광채로 빛나는 궁전이었다. 이 모든 것은 부처님의 광명으로 이루어진 혜은이 보여주는 것이었다.

법회는 백만 부처님의 두루 하심이며, 백만 가지 복덕으로 나타난 것이며, 백만 가지 깊은 마음과 백만 가지 건원으로 장엄함이며, 백만 가지 행으로 일어난 것이며, 백만 가지 법으로 건립한 것이며, 백만 가지 신통으로 변화하여 나타난 것이므로 항상 백만 가지 음성을 내어 모든 법을 보이셨다. 이렇게 부처님은 삼라만상을 장엄한 그림으로 나타내셨다.

선재동자가 보현보살에게 물었다.

"야마천궁의 대광 장엄한 그림들은 대체 무엇을 의미하는 것이며, 무엇을 보이려고 하심입니까?"

보현보살이 말했다.

"장엄한 풍경을 보인 것은 부처님의 세상을 보인 것이며, 스스로 깨우치면 이런 영광이 있다는 것을 보여주는 것이다."

"보여주면 뭘 합니까? 깨달음이 없으니 그런 광명이 올 수도 없는 것이 아닙니까?"

"그래서 세존께서 고민하고 있는 것이다."

"알겠습니다."

선재동자는 연화장에 높이 앉으신 여래께 합장하고 외쳤다.

"세존이시여! 잘 오셨습니다. 여래 등정등각으로 나시고 바라옵건 대 저희를 바른 정각으로 인도하소서."

부처님이 청을 받으시고 빙긋이 웃으시며 보석 궁전에 오르니, 모 든 시방에서 온 사람들과 같이 광명을 음미하였다. 수미산 연하천궁 은 모든 불자와 중생들의 파라다이스를 이룬 천국임을 보여주는 교도 장이었다.

– 「승야마천궁품(昇夜摩天宮品)」에서

048

숲은 보이는데 나무가
안 보이니 나무로 서라

＊

사람이 생존하는 것은 식물의 성장과도 같다. 땅에 과일나무의 씨를 심어 싹을 틔우고, 그 싹은 그 자리에 있는 흙 속의 자양분을 얻어먹고 나무로 자라 이곳에 뿌리를 깊숙이 내려 스스로 잘 자란다. 농부는 이들이 자라도록 주변 여건을 잘 갖추어준다.

과일나무는 흙 속의 자양분을 빨아올리는 능력을 스스로 터득했다. 삼투압이 나무에 수분과 양분을 공급하는 원리이지, 나무 스스로가 그런 힘을 가진 것은 절대 아니다. 그러나 나무는 자라면서 자기 스스로 성장하는 법을 체득해간다. 뿌리에서 수분과 양분을 끌어올려 잎사귀에 공급하면, 잎사귀는 하늘의 햇빛을 향해 잎을 벌리고 햇빛을 받아 탄소동화작용으로 영양분을 만들어 뿌리로 내려 보낸다. 햇빛은 공기 속에서 질소를 흡입하여 산소와 질소와 햇빛으로 탄수화물을 만들어낸다. 이것이 탄소동화작용이다. 탄소동화작용으로 만든 자양분은 뿌리에 저장했다가 다시 꽃을 피우고 열매를 맺게 하며 큰 과일로 자라게 되는 것이다. 과일이 잘 익게 농부는 보살펴줄 뿐이다.

식물마저도 스스로 살아가는 지혜를 가지고 있다. 식물이 탄소동화작용을 하는 것은 사람으로 치면 산소와 햇빛에 접촉하는 사회성을 가지는 것이다. 바람이 흔들어 운동을 시켜준다. 자극을 받으면 식물은 스스로 부딪치면서 자생의 길을 찾아간다. 사람도 자생의 길에서 숱한 사회의 자극에 시달린다. 그런 것이 성장의 힘이 되는 것이다. 사람은 서로를 필요로 하고 서로 이익을 도모하며 그런 교제 속에 자기를 풍요롭게 하고 남을 풍족하게 해준다. 식물이 자라는 순리대로 산다면 사람에게는 근심과 걱정이 없을 것이다. 그러나 순리를 역행하기에 문제가 생긴다. 이것은 잘못된 생각에서 오는 것이다.

과일나무가 땅에 심어져서 자라 과일을 맺는 것은 부처님의 계시다. 보살은 농부일 뿐이다. 보살은 중생을 두루 살필 줄 알아야 하는데 보살이 멍청하니 이를 어찌하랴.

그렇게 만들어진 나무들이 모여서 과일나무 숲을 만들었다. 보살들이 각기 만든 수풀을 자랑하며 나타났다. 그리고 자기들이 만든 숲에 자기 이름을 붙였다. 그런데 숲만 보이지 나무는 보이지 않는 것이다. 나무가 모여서 만든 수풀인데 나무는 안 보였다. 고대 인도의 불교 시인 아슈바고샤(Aśvaghoṣa)는 절규하였다. 그런데 그 숲 속에서 큰 나무로 결가부좌한 어떤 정체를 발견하였다. 그때 미투리를 신은 동자가 숲 속에서 나와 합장하고 '나무 문수사리보살'이라고 염불하였다. 보살들은 그곳을 바라보았다. 그곳에 부처님이 있었다.

그것을 보고 부처님의 신력을 얻으려고 시방에 각처에서 온 보살들이 모여들었다. 부처님은 그들의 이름을 한 명씩 불러주었다. 그 이름은 공덕림보살, 혜림보살, 승림보살, 무외림보살, 참괴림보살, 정진림보살, 역림보살, 행림보살, 각림보살, 지림보살 등이었다. 보살들은 자신이 태어나고 자란 고장을 이야기하였다. 그들의 세계는 친혜세계, 당혜세계, 보혜세계, 승혜세계, 등혜세계, 금강혜세계, 안락혜세계, 일혜세계, 정혜세계, 범혜세계 등이었다. 모두 자연을 사랑하고 숲을 키운 보살들이었다.

그때 숲이 나무와 같이 보였다. 나무가 숲으로 보이고, 숲이 나무로 보였다. 공덕림(功德林)이 된 것이다.

공덕림 보살이 부처님의 위신력을 받들어 시방을 두루 관찰하고 말하였다.

"부처님이 큰 광명이 시방을 두루 비추시니 지상의 인간이 높은 어른을 뵈옵기에 환히 트이어 걸림이 없나이다. 여래는 무량의 도인이시니 진실한 법을 알지 못하고는 아무도 보지 못하나이다."

– 「야마궁중게찬품(夜摩宮中偈讚品)」에서

049

기름과 물은 섞일 수 없는 걸까?

＊

기름과 물은 섞이지 않지만 물 위에 기름이 떠 있다. 그것은 친유성과 친수성 때문이고, 표면장력 때문이다. 과학적인 용어라서 어려울 수도 있다. 물은 물과 친하려는 화학적인 속성을 가지고 있고, 기름은 기름과 친하려는 속성을 가지고 있다. 친유성과 친수성은 상반된 힘이다. 서로 자기 것만 끌어당겨서 자기들만 뭉친다. 그래서 기름과 물은 섞이지 않는 것이다.

표면장력은 액체의 표면이 스스로 수축하여 가능한 한 작은 면적을 취하려는 힘으로, 둥근 모형을 만든다. 예를 들면 연꽃잎에 물방울이 떨어지면 고이지 않고 둥근 막을 만들어 물방울이 된다. 이런 원리로 물과 기름이 서로 표면장력을 만들어 대응하기 때문에 섞이지 않고 뜨는 것이다.

그런데 기름이 물보다 무거운데 왜 물에 뜨는 걸까? 그것은 물이 기름보다 양이 많아서 표면장력이 그만큼 크기 때문이다. 만약에 기름이 많고 물이 적다면 기름 위에 물이 뜰 것이다. 우리는 물 위에 뜬 기름은 많이 보는데 기름 위에 뜬 물은 자주 보지 못한다. 그러나 기름이 물보다 많으면 표면장력이 커서 물이 기름 위로 뜬다.

이것은 쉽게 말하면 다수가 소수를 지배한다는 논리이다. 이런 논리 때문에 세상은 어지럽다. 화합할 수 없는 이질의 원리인 것이다. 만남에서 인연은 중요하다. 물과 기름 같은 인연이라면 절대 화합이 곤란하다. 그렇지만 물과 기름을 화합할 수 있는 방법이 있다. 화학적인 변화를 가져오는 요소를 첨가하는 것이다. 물리적 힘으로 분자운동을 파괴하든지 열로 분해해버릴 수가 있다. 장애를 없애는 것이다.

세상에 영원불멸한 것은 없다. 모든 만물은 변하게 되어 있다. 다만 시간과 속도가 문제인 것이다. 물질이 변하듯이 사람의 심성도 변한다. 심성을 변하게 하는 것을 불교에서 10주생이라고 말한다. 변화를 주는 것은 힘을 찾아 그 방법을 세상에 알려주는 것이며, 그것은 보살의 할 일이고 중생이 변하는 형태이다.

잘못을 반성하고 잘 되길 염원하면 뜻이 이루어진다. 그것을 '일체의 지혜를 증장함'이라 한다. 진리는 하나이지만 지혜는 무진무궁하다. 변화의 지혜를 발휘하여, 모든 장애를 떠나 집착을 영원히 여의는 세계에 들어가면 물과 기름이 섞이듯이 화합의 경지에 들어간다.

진실하게 사는 한량없는 방편을 얻기 위해 모든 진리를 받아들이고, 몸으로 행하기 위해 일체 중생은 자성(自性)이 없는 것을 자성으로 삼고, 일체의 것은 적멸을 성품으로 삼고, 일체 국토는 형체가 없음으로 형체를 삼아가면 변하는 것이다.

과거와 현재와 미래를 한곳에 모을 수는 없다. 그러나 삼세를 서로 비교할 수가 있다. 그것이 불도인 것이다. 불도는 기름과 물을 섞이게 할 수 있다.

- 「십행품(十行品)」에서

050
믿음과 신뢰는 힘의 원천이다

믿음과 신뢰를 주는 사람은 만인의 버팀목이다. 신용과 신뢰는 만인을 구원하는 구세주다. 신뢰는 한결같은 믿음에서 나온다. 신용을 지키고 신뢰할 수 있는 사람은 어느 곳에 가든 대우를 받지만 신뢰가 없는 사람은 어디를 가나 외면당한다. 신뢰가 없는 사람은 거짓말쟁이다. 거짓말쟁이는 결국은 거짓말로 망한다.

늑대와 소년의 일화는 바로 신뢰의 표상이다. 늑대가 나타났어요. 어디? 거짓말이에요. 늑대가 나타났어요. 어디? 거짓말이에요. 늑대가 나타났어요. 도와줘요. 거짓말이지. 결국 늑대에게 소년은 잡혀갔다.

세상에 믿음과 신뢰처럼 강한 힘은 없다. 상상해보라. 진중하게 논의하고 대화한 내용이 거짓말이라면 어떤 반응이 나올까? 신의와 약속을 지켜야 하는 사람이 약속과 신의를 지키지 않으면 엄청난 파장을 일으킬 것이다. 팔색조처럼 장소와 사람에 따라서 언행이 달라지는 사람과는 대화는 물론 거래가 성립될 수 없고, 믿음이 없는 사람에게서 진실을 기대할 수 없으며, 거짓말을 밥 먹듯 하는 사람은 건강한 사회생활을 할 수 없다. 한 번이라도 거짓말을 한다면 다음에 의심이 가고, 변명을 위하여 거짓말을 하고, 그러다 보면 그 사람은 거짓말쟁이가 되어 믿지 못하게 된다.

사람은 신의를 잘 지켜야 신용이 두터워지는 것이다. 신용과 신망이 두터우면 대인관계가 원만하고, 모든 것을 같이 할 수 있다는 생각으로 계약이 순조로우며 따라서 사업도 잘되는 것이다. 한 번이라도 믿음이 안 가는 일을 하면 차후에 꼭 걸림돌이 된다. 사업가에겐 신용이 절대적이다. 국가와 국가, 개인과 사회, 개인과 개인 간에 믿음과 신뢰를 주는 사람에겐 어떤 불합리한 것이 있을지라도 일단은 믿고 넘어가는 것이다.

역사를 통해 보면 국가도 위기에 처할 때가 많다. 위기에 처한 국민에게 용기와 희망을 주는 대통령들이 있었다. 이들은 상처받은 국민을 어여삐 보살펴 희망을 안겨주었다. 국민들은 대통령의 말에 신뢰를 가졌다.

미국의 제16대 대통령 에이브러햄 링컨은 흑백 인종갈등과 노예해방이라는 국가적 위기에 상처받은 국민을 위하여 명연설을 남겼다.

"누구에게도 악의를 갖지 말고 모두에게 자비심을 가집시다. 신께서 우리에게 옳은 것을 보도록 하듯이, 옳은 일에 대한 굳건한 신념을 바탕으로 우리가 맡은 일을 해내고, 나라의 상처를 아물게 하며, 힘겨운 전투를 치른 사람과 남편을 잃은 부인과 고아를 돌보고, 우리 모두와 모든 나라 사이에 정당하고 항구적인 평화를 수립하고 유지할 수 있도록 온 힘을 다합시다."

그리고 제32대 미국 대통령 프랭크린 루즈벨트는 경제공황으로 상처받고 늪 속에서 허덕이는 국민에게 희망의 메시지를 안겨주었다.

"우리가 두려워해야 할 한 가지는 두려움 그 자체입니다. 이름도 이유도 근거도 없는 그 공포는 후퇴를 전진으로 되돌리는 데 필요한 노력을 허사로 만듭니다. 여기 우리의 민주주의를 위협하는 일들이 있습니다. 수천만 명이 지금 가장 낮은 생활수준에서 많은 것을 충족받지 못하고 있습니다. 국민의 3분의 1이 살 곳을, 입을 것을, 먹을 것을 찾지 못하고 있습니다. 이들에게 두려움을 없애주어야 합니다."

그리고 미국의 제35대 대통령 존 에프 케네디는 미소 냉전시대에 전쟁의 공포에 휘말린 국민의 상처를 어루만져주었다.

"국민 여러분, 국가가 여러분을 위해 무엇을 할 수 있을지 묻지 말고 여러분이 국가를 위하여 무엇을 할 수 있을지 자문해보십시오."

미국인들은 대통령의 말에 믿음을 갖고 그의 정책에 동조해서 위대한 나라를 만들었다. 인생을 바르고 아름답게 살려면 신의와 신뢰가 절대적으로 중요한 것이다.

051
봉사와 보시의 결과는 장엄한 꽃으로 피어난다

세상엔 남모르는 봉사로 우리 사회를 훈훈하게 하는 사람이 많다. 나보다 힘들고 가난한 사람을 위하고, 병들어 나약한 노인이나 장애자를 위하여 기부하고 봉사하는 사람이 많다. 기부하고 봉사하는 사람은 돈이 많아서가 아니고 천부적으로 마음이 착한 사람이다. 어떤 이는 어려울 때 도움을 받아서 그것을 다시 되돌려주는 선행으로 봉사하는 경우도 있다.

각박한 세상이지만 가슴을 훈훈하게 하는 일들도 많다. 크리스마스 전야, 자선냄비에 익명으로 1억 원을 기부한 사람이 있었고, 평생 한 끼 밥을 먹으며 폐휴지를 모아 번 돈 1억 원을 기부한 할머니도 있었다. 이런 사람은 남을 돕는 그 자체를 인생의 보람과 즐거움으로 사는 사람이다. 그러나 돈이 많지만 욕심이 많아서 한번 닫은 지갑을 열지 않는 인색한 사람도 많다. 그들은 거리에서 배곯아 죽는 노숙자를 봐도 빵 한 조각 던져주지 않는, 피도 눈물도 없는 사람들이다.

그런데 거액을 기부하는 사람은 무슨 생각으로 그런 돈을 말없이 내놓는 걸까? 불쌍한 사람을 그냥 넘기지 못하는 천성이 고운 사람들이다. 그런 사람들이 있기에 우리 사회는 더불어 행복을 누리는 것이다. 이렇게 남을 돕는 것을 불교에서는 보시(布施)라고 한다. 십일조 성금이나 시주는 보시에 속하는 것이다. 보시를 하는 사람은 그 대가를 받고자 하는 일은 아니다. 보시는 자비심으로 남에게 재물이나 불법을 베푸는 행위이다. 보시를 할 때는 베푸는 자도 받는 자도 빈 마음으로 행해야 한다. 이것을 삼륜체공(三輪體空)이라고 한다.

보시는 불교에서 보살의 실천 덕목 중 육바라밀(六波羅蜜)의 첫 번째 덕목인데, 육바라밀은 보시로 시작하여 지혜를 얻는 것이다. 아무 조건 없이 자비심으로 베풂에는 재물로 베푸는 것과 마음으로 부처님의 진리를 가르치는 것과 고통과 두려움을 없애주는 보시가 있다. 그런데 오늘날 보시는 불자들이 일정한 금전이나 물품을 기부하여 법사에 사용하는 것으로 되어 있다.

바라밀은 열반에 이르고자 하는 보살의 수행을 이르는 말로, 보시로 지혜를 얻는 것이다. 보시로 바라밀을 실천하는 수행에는 엄청나게 길고 오랜 시간이 필요한데, 대승불교에서는 바라밀의 실천이 보시로부터 시작하여 지혜를 얻게 된다고 설명하였다.

그중 십바라밀은 「십무진장품(十無盡藏品)」으로 설명되는데 열 가지의 보시로 공덕을 이루었다는 것이다. 신장(信藏)은 믿음의 장이고, 계장(戒藏)은 계율의 장이며, 참장(懺藏)은 참회의장, 괴장(愧藏)은 부드러움을 아는 장, 문장(聞藏)은 듣는 장, 시장(施藏)은 보시의 장, 혜장(慧藏)은 널리 알려 이롭게 하는 장이다.

마하살은 십무진장품으로 얻은 보물을 원하는 사람에게 모두 나누어주는 보시를 하였다.

"불자들이여, 어떤 것을 보살마하살이 계행하는 보시장이라 하는가?"

"널리 이익을 얻어 받지 않으며 한곳에 머물지 않으며 뉘우침이 없고 약속을 어기지 않으며 시끄럽게 하지 않으며 섞임이 없고 탐구(貪求)함이 없고 허물이 없으며 변함이 없는 것을 말하는 것입니다.”

“무엇을 보살의 일체 보시라 하는가?”

“일체유심입니다. 일체의 법은 그것을 인식하는 마음이 나타남이고, 존재의 본체는 오직 마음이 지어내는 것뿐입니다. 일체유심은 화엄경의 중심 사상입니다.”

“불자들이여, 어떤 것을 보살마하살의 신장(信藏)이라 하는가?”

“보살이 일체 법이 공(空)과 무상(無相)과 무원(無願), 무작(無作), 무분별(無分別)임을 믿는 것입니다. 탐욕이 없는 마음으로 선을 베풀며, 몸과 마음을 두루 살펴 선지식을 가까이하고, 모든 부처님과 보살을 공경하고 공양하여 일체유심을 내게 하는 것입니다.”

보시는 자비심으로 다른 사람에게 조건 없이 주는 것이다. 즉, 봉사하고 기부하는 것을 보시라고 할 수 있다. 보시는 나로 인해 타인이 즐거워진다는 데서 그 참뜻을 헤아릴 수 있다. 가진 자는 더욱 베풀고 나누는 것이 진정한 보시이다.

-「십무진장품(十無盡藏品)」에서

052
인생이란 짧은 길을 멀리 돌아서 가는 여정이다

인생은 먼 여정이다. 생각해보니 내달려 금방 갈 길을 왜 이렇게 멀리 돌아서 왔을까?

인간으로 태어나서 우리를 둘러싸고 있는 모든 상황을 극복하며 살아가는 것이 인생이다. 행복과 불행, 성공과 실패, 가난과 좌절 등 우리 주변에 일어나는 이 모든 상황은 어떻게 일어나며, 그 원인이 무엇이며, 대체 무엇이 우리를 이끌어가는 걸까? 답은 하나다. 짜인 역사의 궤도를 갈 뿐이다.

인생을 살다 보면 편한 것만은 아니고 험난한 역경이 밀어닥친다. 그 역경을 이기려는 자만이 인생에서 성공한다. 원하고 노력한다고 다 좋게만 이루어지는 것은 아니다. 좌절과 절망과 위기에 닥칠 때 대부분의 사람은 포기 상태로 들어간다. 그러나 의연하게 일어서는 사람은 절반의 성공을 한 것이다.

같은 조건으로 태어났는데 잘사는 사람이 있는가 하면, 못사는 사람이 있다. 환경이 만든 상황에 적응을 잘 했느냐 못 했느냐의 차이다. 상황은 예견된 것처럼 언제나 바뀐다. 행복과 불행은 누구에게나 찾아온다. 다만 늦게 오느냐 빨리 오느냐에 차이가 있을 뿐이다. 기회는 모든 사람에게 주어진다. 운 좋게 잡는 사람은 성공하고, 잡지 못하면 성공은 피해 간다.

사람들은 성공과 실패로 인생을 가늠한다. 성공과 실패에는 기준이 있다. 공통된 기준에서 상위인 것을 성공이라고 한다. 그러나 그 성공이 일순간일 수도 있다. 부귀영화도 영원한 것은 아니다. 잠시 스쳤다가 가는 바람과 같은 것이다. 바람은 순풍이다가도 때론 돌변한다. 인생에서 순풍을 만난 사람이 있는가 하면 돌풍을 맞는 사람이 있다. 그러나 돌풍도 순간이다. 참고 견디면 순풍에 돛을 달 수가 있는 것이다. 이것이 인생이다.

인생을 살다 보면 눈앞에 인생이 보인다. 주어진 여정을 어떤 사람은 쉽게 왔는데 어떤 사람은 돌아서 왔다. 어리석게도 이 짧은 길을 왜 돌아서 왔을까. 그러나 그것이 인생이었다. 바르게 가면 될 것을, 돌아 오르고 내리고 되돌아가는 것이 인생이었다.

인생이 보인다. 그때 비로소 열반에 오른 것이다.

生死涅槃常共和 (생사열반상공화)
– 생사와 열반은 항상 함께 화합해 있다.
生死卽涅槃 煩惱卽菩提 (생사즉열반 번뇌즉보제)
– 생사와 열반은 다르지 않고 번뇌가 곧 깨달음이다.

열반은 생과 사의 험난한 인생행로에서 겪는 마음속의 고뇌와 모든 망념을 떨쳐버리고 깨달음의 해탈 세계로 들어가는 것이다. 열반은 생사를 떠나서 따로 존재하는 것이 아니고, 생사의 실상과 착각에서 벗어나면 그것이 열반인 것이다. 생사와 열반은 깨달은 자와 깨닫지 못한 자의 차이다.

공덕림 보살이 부처님의 신력을 받아 마음을 하나의 대상에 집중하여 삼매에 들자 시방세계가 광명에 도달하였다. 다른 보살들이 그에게 다가와서 물었다.

"훌륭합니다. 어떻게 하면 삼매에 들 수 있습니까?"

"보살의 수행은 법계와 허공계을 넘어야 합니다."

"무엇이 보살마하살이 말하는 열 가지 수행법(十行)입니까?"

"여러 부처님께서 배우신 것을 중생에게 깨달음을 전수하며 즐거움을 얻는 환희행(歡喜行)이 있고, 번뇌를 극복하지 못한 중생에게 번뇌를 극복하게 해주는 요익행(饒益行)이 있으며, 인욕과 겸손으로 남을 공경하며 남을 해치지 않는 무에한행(無恚限行), 오욕 때문에 고통받는 중생을 인도하는 무진행(無盡行)이 있습니다. 또 나쁜 소리를 듣고 그 소문의 실체를 파악하여 이해시켜 열반의 세계로 인도하는 이치란행(離痴亂行), 중생을 교화하여 중생에게 덕을 완성시키는 선현행(先現行), 대비심을 일으켜 덕을 성취케 하고 번뇌를 극복하게 하는 무착행(無着行)이 있습니다. 그리고 진리의 세계를 깨닫고 지혜의 마음을 갖게 하여 부처님의 진리 속에서 편안히 머물게 하는 존중행(尊重行), 청정한 진리의 연못에 부처님의 씨앗을 간직하게 하는 선법행(善法行), 진리의 말을 성취하고 말대로 행하고 보살의 대원을 만족한 후 보리와 열반을 얻게 하고 성불케 하는 진실행(眞實行)이 있나이다."

"부처님의 몸을 통한 수행이군요."

"맞습니다. 보살에겐 무량무변의 몸과 재생, 진리의 몸, 도리와 지혜의 몸, 과거와 미래도 없는 불괴(不壞)의 몸과 파계할 수 없는 진리의 몸, 일상(一相)의 몸과, 과거 현재 미래를 나타낼 수 없는 무상(無相)의 몸이 있습니다. 모두 우리가 지켜야 할 법계입니다."

- 「십행품(十行品)」의 열반에서

053
은혜를 받고 되돌려 갚으면 배가 된다

自他一時 成佛道 自利利他 (자타일시 성불도 자리이타)

– 나와 남이 함께 불도를 이루면 내가 이롭고 남도 이롭다.

자리이타(自利利他)는 대승불교의 기본 정신이다. 내가 이로우니 남에게도 이롭다. 더불어 사는 아름다운 모습이다.

회향(廻向)이란 되돌린다는 것으로, 보시와 같은 뜻이다. 쌓은 공덕을 모든 중생에게 되돌려 이익이 되게 하는 것은 회향이다. 회향은 정신적으로 할 수도 있고, 재물이나 음식으로도 할 수 있다. 보시는 내게 필요 없거나 남는 것을 남에게 돌리는 것이 아니고, 남이 필요한 것을 내가 좀 덜 쓰고 남과 함께 쓰는 것이다. 즉, 내가 쌓은 공덕으로 남도 복 받기를 비는 마음이나, 남도 함께 누릴 기회를 제공하는 것을 회향심이라고 할 수 있다.

경전에 보면 내가 쌓은 공덕을 혼자 가지면 그 공덕은 적지만 회향하면 매우 크다고 하였다. 공을 쌓아서 얻은 공덕을 남에게 돌려준다는 것은 당연한 것이다. 공을 들이지 않은 것이지만 남에게 돌려준다는 것은 아름다운 봉사다. 그러나 현대인들은 나누어 갖기보다는 내

것을 빼앗기지 않으려고 발버둥을 친다.

쌓은 공이 없는데도 재물이 쌓이는 것은 운이지만, 그런 자들은 오히려 남의 것을 더 빼앗으려고 든다. 그것은 걸인만도 못한 행위다. 걸인은 빌어먹지만 남의 것을 빼앗지는 않는다. 우리는 길을 가다가 천대받는 걸인을 종종 본다. 걸인은 남의 도움을 받지 않으면 살 수 없는 사람이기에 구걸을 직업으로 하며 산다. 그런데 그들을 마치 혐오스러운 짐승처럼 학대하는 사람들이 있다.

"동냥은 못 줄망정 쪽박은 깨지 말라."는 말이 있다. 가난은 나라도 못 구한다고 했다. 팔자가 사나워 노숙하는 걸인이 되었다. 비록 빌어먹고 사는 팔자가 되었지만 그들도 인간이다. 걸인에게도 꿈이 있고 미래가 있다. 더럽다고 혐오하며 침을 뱉는 사람이 있는가 하면, 구걸할 때 동냥은 안 주면서 욕설을 퍼붓고 동냥할 밥그릇을 깨버리는 사람도 있다. 천벌을 받을 행위다. 걸인은 세상에서 가장 힘없는 약자이다. 그래서 도움을 받아야 하고, 도움을 줘야 하는 것이다.

남보다 더 가졌다면 공덕을 받은 것이니 되돌려주는 것이 아름다운 심성이다. 가진 자가 더 가지려고 적게 가진 자의 밥그릇을 넘보아서는 안 된다. 그것은 걸인이 빌어 온 밥을 훔치는 격이다. 밥만 훔치는 것이 아니라 쪽박을 깨버리는 행위이다.

도솔타천 왕이 부처님의 위신력을 받들어 지나간 부처님들을 게송으로 찬탄한 것과 같이, 시방 일체 세계의 도솔타천 왕들도 모두 그렇게 부처님의 공덕을 찬탄하였다.

마니보장엄전의 사자좌에 결가부좌하시자 궁전이 광명으로 환히 밝혀졌다. 그리고 주변이 꽃과 향기로 피어났다. 찬란하고 아름다운 풍경이었다. 이른바 꽃과 의복과 향기와 금은보석이 보살들이 들고 온 깃발 아래 아름다운 가락의 풍류와 노래가 흘러나왔다. 이런 것들이 광명이었다. 이것을 낱낱이 셀 수 없거늘, 광대한 마음으로 공경하며 존중하여 부처님께 공양하여 얻은 것이다. 하늘의 공양이 기묘하게 무량 무수한 공양으로 나타났다. 부처님은 보살들에게 시방의 일체 도솔타 부처님의 법신 경계의 청정한 지혜를 말씀하시었다.

방방곡곡에서 온 보살들이 부처님의 청정한 법신 공덕을 익혀 대중에게 설파할 공덕을 찾기에 바빴다.

– 「승도솔천궁품(昇兜率天宮品)」에서

054
나로호가 도솔천궁의 영광으로 나타나다

　나로호가 꿈을 안고 하늘을 날았다. 온 국민이 불을 뿜고 차오르는 나로호를 바라보며 순간적인 환희에 젖었다. 고흥 나로호 발사대에서 위성을 궤도에 올려 수신까지 받는 데 성공하였다. 감동의 스토리였다. 두 번의 실패로 모두 의기소침한 상태에서 이번 발사 성공은 우리나라를 11대 위성발사국으로 올려놓으며 나라의 위상을 높였다. 위성이 궤도에 올라 송수신을 할 수 있다는 것은 그야말로 스릴과 감동의 스토리다. 그동안 얼마나 많은 과학자들이 머리를 맞대고 연구하며 숨을 조였는지 모른다. 하면 된다는 신념, 염원은 풀린다는 희망이 모든 국민의 가슴을 뭉클하게 하였다.

　발사대에서 점화가 되면서 1단, 2단 장착 로켓이 분리되는 과정에서 내는 불꽃은 하늘에서 광명이 내린 것 같았다. 최종으로 위성이 분리되어 하늘을 날아올랐을 때 과학자들의 마음은 환희 그 자체였다. 우리의 위성 3호가 하늘을 날아올랐을 때 모든 사람은 위성 이야기로 화제를 모으고 즐거웠다. 국민이 하나 되어 감격의 눈물을 흘리는 순간이었다.

　힘든 세상에 이 같은 영광이 자주 있었으면 좋겠다. 위성발사 성공은 우리나라가 우주개발의 선진국으로 부상하는 계기가 되었고, 국민들에게 자부심을 갖게 하고 희망과 행복을 안겨주는 순간이었다. 사람들은 모여 그 기쁨을 같이 나누며 즐거운 시간을 보냈다.

부처님은 중생의 아픔을 치유하려고 수행했고 그 수행의 결과가 광명으로 나타나 중생의 가슴에 울려 퍼져 감동을 일으켰다는 것이 화엄광명이다. 바로 위성은 국민의 가슴을 기쁘게 해준 부처님이다.

수미산 도솔천궁에서 부처님의 신력이 시방에 퍼지자 각처에 살던 티끌 같이 많은 보살이 부처님이 계신 도솔타천 궁으로 모여들었다. 그중에서 대표적인 보살은 금강당보살, 견고당보살, 용맹당보살, 광명당보살, 지당보살, 보당보살, 정진당보살, 이구당보살, 성수당보살, 법당보살이었다. 도솔의 타천궁에서 보살들이 모여 부처님의 공덕을 게송하였다. 그것을 본 다른 시방의 보살들이 도솔타천 궁에 있는 그들을 부러워하며 모여들었다. 이곳에 온 보살들은 청정한 여래의 삼세 일체의 무량 공덕장(公德藏)을 이야기하며 부처님의 광명을 널리 퍼뜨리며 그 광명을 축하하였다. 보살들은 서로 여래를 찬사하는 말을 하였다.

금강당(金剛幢)보살은 "여래는 세상에 나지도 않고 열반도 없지마는 본래의 큰 원력으로 자재한 법으로 나타나셨습니다."

견고당(堅固幢)보살은 "여래는 수승하기 비길 데 없고 깊고 깊어 말할 수 없으며 말로 할 길이 뛰어나 청정하기 허공과 같습니다."

용맹당(勇猛幢)보살은 "비유컨대 밝고 깨끗한 눈과 깨끗한 마음으로 부처님을 보았습니다."

광명당(光明幢)보살은 "인간과 천상의 모든 세계에서 여래의 청정하고도 미묘한 색신을 보았나이다."

지당(智幢)보살은 "온갖 지혜에 걸림이 없었던 사람들이 보리행을 닦아 마음의 측량을 하였습니다.”

보당(寶幢)보살은 “부처님 몸이 한량없지만 한량 있음을 보이시니 보는 중생이 쾌히 따르십니다.”

정진당(精進幢)보살은 “모든 부처님들 몸도 같고 이치도 같으니 시방 세계에 두루 살펴 마땅한 때에 여러 가지로 나타나셨습니다.”

이구당(離垢幢)보살은 “여래의 큰 지혜와 광명이 모든 세간에 두루 깨끗하게 퍼져 세간이 모두 깨끗해진 것은 부처님 법이 열렸기 때문입니다.”

성수당(星宿幢)보살은 “여래가 머무는 데가 없으면서 모든 세계에 두루 머물매 온갖 국토를 다니시며 보도를 하셨습니다.”

법당(法幢)보살은 “모든 세간의 고통을 달게 받을지라도 여래를 떠나지 않을 것입니다.”

이때 부처님이 보살들에게 “여러 보살이 받은 것은 중생들에게 돌려줘야 합니다.”라고 찬사하자 모든 보살은 부처님의 법계를 게송하였다.

“어리석은 사람은 부처님의 참된 경계를 알지 못하니 오랜 수행을 닦아야만 청정한 진리에 도달하니 오랜 수행으로 경계를 분명히 알게 하리라. 마치 척박한 땅에 뿌린 씨앗이 잘 자라게 하는 것처럼, 보살의 보살핌으로 중생들에게 깨끗한 마음이 불편 없이 부처님 마음을 심고 가꾸어 비옥한 땅을 만드나니, 그것은 온갖 병을 고친다는 아가타(阿伽陀)의 약이 되어 모든 독을 소멸하고 부처님 법도도 그와 같아서 모든 번뇌를 소멸·치료하노니 중생들은 부처님을 따를 것이라.”

이렇게 기쁨을 나누어 즐기었다. 이것이 회향이요, 보시인 것이다.

－「도솔궁중게찬품(兜率宮中偈讚品)」에서

055
기쁨은 나눌수록 배가 되고, 슬픔은 나눌수록 작아진다

*

받는 것보다 주는 것이 행복하다. 회향의 즐거움은 베풂에 비례한다. 은혜를 입으면 은혜로 갚는 것이 인간 사회다. 그것은 어려울 때 도움을 받고 남에게 도움을 주면 고통을 같이하는 것이다. 기쁨은 나눌수록 배가 되고, 슬픔은 나눌수록 작아진다. 부처는 중생을 구제하는 첫발을 보시라고 했고, 크리스트는 나눔이라고 했다. 나눔에는 주고받는 기쁨이 있다.

남을 돕는 일처럼 기쁜 일은 없을 것이다. 빈부 격차가 없고 문화 격차가 없는 사회가 행복한 사회라면 그 사회는 나눔의 사회인 것이다. 나누는 사회와 국가는 분배와 복지가 잘 된 나라이다. 은혜를 받으면 받은 만큼 돌려주거나 배가시켜 돌려주는 그런 미덕이 고루 퍼져 있으면 그 사회는 더욱 건강하고 행복한 사회이다. 회향의 미학이다. 받고 주는 인정 속에 사람 간의 인간적 교섭이 잘 이루어질 수 있는 것이다.

인간의 사회는 회향의 윤회를 가지고 있다. 부모는 자식에게 모든 것을 물려주고, 그 자식은 다시 다음 자식에게 물려준다. 은혜를 받으면 은혜를 갚아주는 것이 인간의 도리다. 그런데 은혜를 악으로 갚는 사람이 있다. 눈앞의 이익 때문에 은혜를 잊어버리는 것은 욕심 때문이다. 욕심은 동물적 근성을 자아내고 인간을 파멸시키는 악마다.

불가에서는 인간이 은혜를 입으면 되돌려 갚는 열 가지 회향, 즉 십회향(十廻向)을 말하고 있는데, 그것은 믿음을 바탕으로 하고 있다. 회향이란 회전취향(廻轉趣向)으로, 자기가 닦은 선한 공덕을 다른 사람에게 돌려 행하게 하는 것이다. 자기가 얻은 선한 공덕을 다른 이들에게 회향하여 이익이 되게 하여, 깨달음의 과위로 무위적정(無爲寂靜)의 열반으로 향하게 한다.

십회향은 지금까지 닦은 자리(自利)와 이타(利他)의 열 가지 행위로 일체 중생에게 되돌려주는 동시에 성불하여 깨달음을 얻는 경계를 말한다.

救護一切衆生離衆生相回向 (구호일체중생이중생상회향)
 ─ 일체의 중생에 구호하되 중생을 구제하는 마음으로 회향하라.

십회향의 하나인 불괴회향(不壞回向)은 굳은 믿음을 중생에게 돌려 중생이 이익을 얻게 하는 것이다.

'남을 해치는 말과 행동과 해치려는 생각까지 버리는 마음을 가져라.' 대승불교에서는 이런 바라밀의 실천이 특히 강조되고 있는데 통상 보시, 지계, 인욕, 정진, 선정, 반야의 육바라밀로 설해하였다.

"남방의 누각대성에 뱃사공 바시라가 있었다. 그는 나룻배를 저으며 강을 건너 오가는 장사꾼을 실어 날랐다. 비가 오나 눈이 오나 한결같이 나룻배를 움직여 손님을 실어 날라 그 배를 타는 상인들은 장사를 편히 잘 하게 되었다. 그는 뱃삯을 받은 만큼 장사꾼들에 되돌려 보살펴주었다. 그들이 서로 회향의 덕으로 이익을 주어 바시라와 뱃사공이 부자가 되었다."

등일체불회향(等一切佛廻向)은 골고루 중생에게 회향하는 것으로 인욕바라밀로 설명되는데, 아무리 적이라도 사랑하면 그 행동은 은혜로 돌아온다는 것이다. 상대방이 내게 불편하거나 불리하게 하더라도, 인내하고 여러 가지 어려움을 참아내면 복은 되돌아온다. 이것이 애민중생이다.

지일체처회향(至一切處回向)은 남녀평등의 회향이다. 비구니는 비구에게 욕정과 오욕을 불러일으키는 대상이기에 보살이 될 수 없다고 하였다. 그러나 남녀의 성을 초월하여, 성은 자연스러운 본능일 뿐 욕정이 아니라는 개념을 갖고, 남녀 서로가 성을 성스럽게 생각하는 회향이 있으면 문제 될 것이 없다. 정진바라밀(精進波羅蜜)로 한결같은 깨달음의 길을 향해 나아가면 은혜를 서로 회향할 수 있다.

- 「십회향품(十廻向品)」에서

056
인생의 108번뇌는 108배로 보상받는다

사람은 인생을 사는 동안 8,400번뇌에 시달린다. 번뇌의 망상은 순식간에 무수히 왔다 갔다 하면서 마음을 흩트려 놓는다. 그중에서도 가장 기본적인 번뇌가 108번뇌이다. 이 108번뇌는 6근(六根, 색깔·소리·향기·맛·감촉·법의)과 6진(六塵, 눈·귀·코·혀·몸·뜻)이 서로 만날 때 생겨난다. 그런데 6근과 6진은 서로 만날 때 3매, 즉 좋다(好)·나쁘다(惡)·좋지도 나쁘지도 않다(平等)라는 세 가지로 인식작용을 일으킨다. 그리고 다시 좋은 것은 즐겁게 받아들이고(樂受), 나쁜 것은 괴롭게 받아들이며(苦受), 좋지도 싫지도 않은 것에 대하여는 즐겁지도 괴롭지도 않게 방치하는 것이다.

6근과 6진의 하나하나가 부딪칠 때 6×6=36, 서른여섯 가지의 번뇌가 생겨난다. 이 36번뇌는 인생의 과거, 현재, 미래에 나타는 것으로 36에 과거, 현재, 미래의 3을 곱하면 108번뇌가 만들어지는 것이다. 이렇게 108번뇌는 우리의 흐트러진 마음을 뜻한다. 그 마음은 고정된 관념이 아니고, 끊임없이 전파되고 흘러서 유전(流轉)되는 것이다. 따라서 인간은 108번뇌에서 벗어날 수가 없다.

그러나 이와 같은 108번뇌는 108번의 절로 순화시킨다. 절하는 동안 흐트러진 마음을 하나로 모아 일심의 원천으로 거슬러 올라가는 번뇌를 삭이는 환멸(還滅)의 시간이 펼쳐지는 것은 삼매의 힘이다.

우리의 마음은 무한한 능력과 영원한 생명력을 지니고 있다. 하지만 그 마음이 번뇌를 따라 밖으로 뿔뿔이 흩어질 때는 무능에 빠지고, 끝없는 생사의 혼돈 속으로 전락하고 만다. 그리고 번뇌 속으로 흐트러진 마음을 하나로 모을 때 삼매는 다시 되살아나고, 원래의 무한한 능력이 우리에게서 한 번도 떠나지 않았다는 것을 깨닫게 되는 것이다.

절은 자신의 마음을 비우는 하심(下心)이다. 물건을 기울여봐야 속에 찬 것이 기울어지는 것처럼, 몸을 낮추어 겸손한 자세를 갖추면 야만심, 자존심, 이기심, 선입견, 고정관념을 쏟아낼 수 있다.

3배를 드리는 것은 3보(三寶, 불·법·승)에 귀의하여 3독심(三毒心, 탐심·진심·치심)을 끊고 3학(三學, 戒·定·慧)을 닦는 의지의 표명이다. 108배는 108번뇌를 쫓아 흘러 내려가는 삶을 일심의 원천으로 돌리겠다는 의지이다. 그러나 번뇌를 끊는 것이 아니다. 마음을 하나로 모을 때 번뇌는 저절로 사라진다. 108배의 절은 번뇌를 끊는 의식이 아니라 깊은 삼매 속으로 우리를 인도하는 방편이다. 우리가 매일매일 108배의 정진을 통하여 삼매 속으로 몰입할 때 우리의 모든 번뇌는 차츰 사라지게 된다. (출처: lgguil의 블로그)

057
행복지수는 욕심이 적을수록 높다

＊

행복은 현재의 누림이지 미래의 약속은 아니다. 행복한 사람은 부자가 아니다. 신들이 준 축복을 지혜롭게 이용할 줄 알며 극심한 빈곤을 인내할 줄 아는 자가 행복한 사람이다. 인간의 행복은 생활에 있고, 생활은 노동에 있다. 행복은 더 바랄 것이 없는 만족의 극치다.

방글라데시 사람들이 세계에서 가장 행복지수가 높다고 한다. 왜 그럴까? 방글라데시는 남한의 1.5배쯤 되는 작은 나라인데 인구는 2억 5천만 명이다. 제조업이나 생산시설이 없이 오로지 농사에 의지해서 살며, 하루 한 끼 정도의 식사를 하는 세계에서 가장 가난한 나라이다. 일 년 내내 홍수와 폭풍의 자연재해로 시달린다. 그런데 그들은 아무 걱정이 없단다. 이것은 대체 무엇을 말하는 것일까? 가난하고 무지하고 미개할수록 행복하다는 논리인가. 대체 그들은 정말 행복한 것일까? 자연재해 말고는 고민할 거리가 없다는 것이다.

용감한 사람은 불명예를 무서워할 줄 알며, 사랑하는 벗과 조국을 위하여 죽기를 두려워하지 않는 정의를 사랑하는 자들이다. 고대 로마의 시인 호라티우스는, "신은 내일 검은 구름으로 하늘을 가득하게 할 수도 있고 혹은 구름 한 점 없이 밝은 햇빛을 줄 수도 있다."라고 매일같이 말할 수 있는 사람은 일생을 통하여 자기 자신이 주인이며 행복한 사람이 될 것이라고 말했다.

최대의 행복은 착취하거나 반사적인 것이 아니라 행위에 일치하는 최대한의 개인적인 행동을 통해 달성되는 것이다. 행복은 우리가 현재 그것을 누리고 있다는 의식 속에 존재하는 것이지, 결코 미래가 행복의 약속을 지키려고 존재하지 않는다.

'무엇이 행복을 가져다주는가' 에 대해 말하긴 퍽 어렵다. 빈곤과 부유도 행복을 가져다주지 않는다. 장님들만 있는 나라에선 애꾸가 행복한 사람이다. 사람의 일생에서 번영의 끝을 볼 때가 행복하다고 말할 수 있다. 누구나 타인의 불행에 대해 동정을 한다. 그런데 그 사람이 그 불행을 어떻게 헤쳐 나오게 되었는지 알게 되면, 이번에는 이쪽에서 무엇인지 모르게 허전한 것 같은 기분이 든다.

행복하려는 것은 권리지만 인간으로서 할 수 있는 한 알고 싶은 것을 배우고, 자신에게 최고의 기쁨을 가져다 줄 재능과 능력을 연마해야 함은 분명하다. 인간의 행복은 세속적인 물건을 풍부하게 갖는 데 있는 것이 아니다. 적당한 재산이 있으면 좋다. 즉, 가득 채워진 작은 집, 잘 가꾸어진 작은 땅, 뜻대로 해주는 아내, 그것이 큰 행복이다. 진짜 행복은 아주 싼 데 있는데 우리는 가짜 행복의 모조품을 찾는 데 참으로 많은 대가를 치르고 있다.

장자는 "땅을 가진다는 것은 만물을 소유하는 것이다. 만물을 소유하는 자는 물건을 물건으로 알아선 안 된다. 물질적인 물건이 참된 물건이 아님을 아는 자라야 능히 물건의 주인이 될 수 있다."라고 말했다.

세상엔 두 가지 비극이 있다. 하나는 원하는 것을 못 얻는 것이고 또 하나는 그것을 얻는 것이다. 재물은 우물과 같다. 퍼 쓸수록 자꾸

가득가득 차지만, 이용하지 않으면 말라버린다.

　불가에서는 회향의 행복을 물질로 규명했다. 그것은 수행의 노력에 보답하는 장엄한 결과인 것이다.

　"안부지신이 발로당을 눌러 백천억이승지에 보배의 창고가 자연히 솟아올라 선재에게 고하기를, 지금 이 보배 창고가 너를 따라왔도다. 이것은 너의 옛날 선정이며 과보이며 복력으로 얻은 것이니라."

– 십회향의 하나인 '법계등무량회향(法系等無量回向)' 에서

058
성장통의 오이디푸스 콤플렉스

＊

누구나 기억 속에 잔상으로 남아 지워지지 않는 유년시절의 콤플렉스가 있다. 그 절망적인 고뇌는 나이가 들어도 생생한 기억으로 가슴 속에 깊이 점철되어 있는 것이다. 보통 4살에서 7살까지의 유년기를 맞으며 진솔하게 체험한 이야기가 누구에게나 있다.

그해 봄, 다섯 살의 나이에 체험한 사실이 이렇게 생생하게 기억되는 것은 도저히 그 나이 또래에선 상상할 수 없었던, 암울하고 흥미로운 사건이었기 때문이다.

보통의 아이들은 다섯 살이 되어도 엄마의 품에서 젖을 만지며 응석을 부리고 사랑을 듬뿍 받으며 자라는데, 난 엄마의 품이 아닌 자연의 품에 팽개쳐졌다. 그때부터 난 혼자였다. 엄마와 같이 놀아본 기억이 없었다. 엄마는 늘 들판의 일터에서 지냈다.

부모님은 아침 식사를 마치면 나 혼자 두고 일터로 나가신다. 일터에 나가면서 덜커덩 사립문을 잠가버리면 난 우리 안의 짐승이 되고 만다.

"기상아, 저기 대바구니에 개떡을 쪄놨으니 배고프면 먹어라. 그리고 집에 꼭 붙어 있어야 해."

골목을 돌아서는 엄마의 목소리가 사라지면 무서운 감금의 고통이 시작된다. 아무리 사립문을 열려고 해도 열리지 않는다. 마치 난 우리에 갇힌 짐승처럼 긴긴 여름의 한낮을 혼자 보내며 몸부림을 친다. 일터로 나를 데리고 갈 수도 있지만 시골의 들판은 다섯 살 난 소년에게는 위험한 요소가 너무 많았다. 논둑을 달리다가 물웅덩이에 빠질 수도 있고, 독사나 물뱀에게 물릴 수도 있기 때문이다. 그래서 집 안에 가두어버리는 것이다.

자유의 구속이 얼마나 불편하고 고통스러운가를 난 그때 이미 알았다. 논둑을 걸어도 넘어지지 않고 잘 놀 수 있는데 왜 집 안에 가두는가. 끝없는 들판을 달리며 뛰노는 것이 얼마나 재미있고 자유로운 것인데 왜 아버지는 날 죽음과 같은 집 안에 가두어버리는 걸까. 그러나 고통스러운 감금도 이제는 견딜 만한 습관이 되어버렸다.

집 안에 갇혀 무료한 시간을 견뎌내는 데 난 제법 익숙해졌지만, 되풀이되는 일상에는 권태와 짜증이 따랐다. 집 안에서 내가 할 수 있는 놀이란 앞뜰과 뒤뜰을 뛰어다니며 나비를 쫓는 일과 토끼를 쫓아다니는 일, 닭에게 모이를 주는 일, 돼지 등을 타고 노는 일, 높은 감나무에 올라가서 떫은 감을 따 먹거나 그냥 마당의 흙바닥에서 잠자는 일이었다. 그러다 난 재미있는 일을 발견했다. 바로 흙으로 조각품을 만드는 일이다. 마당의 흙을 파서 물로 반죽하고 나뭇잎을 썰어 넣어 찰흙과 섞어 생각나는 대로 조형물을 만드는 것이다. 흙으로 만물의 형상을 조형하는 작업을 하노라면 시간 가는 줄 모른다. 배가 고프다. 무서웠다.

그때였다. 담장 저쪽에서 반짝반짝 빛나는 어떤 움직임이 있었다. 한참 바라보니 집 안에만 사는 집구렁이였다. 그놈은 이웃집에서 우리 집 담을 타고 넘어오는 것이 아닌가. 그래, 넘어오기만 해봐라, 죽여 버릴 테다. 다섯 살 난 유년의 가슴에 도사린 살생의 기원이었다.

난 긴 장대를 들고 살금살금 그놈이 기어오는 쪽으로 숨어들었다. 담 밑에 바짝 엎드려 있다가 놈이 다가서자 사정없이 녀석을 향하여 장대를 내리쳤다. 한 방에 놈은 담 아래 마당으로 나가떨어졌다. 난 놀라 방으로 뛰어 들어갔다. 그런데 땅에 떨어진 구렁이가 돌담장 사이로 기어들어가 버리는 것이었다.

구렁이가 사라지자 난 다시 마당으로 나왔다. 암탉이 마침 알을 낳으려고 둥우리에 올라앉아 있었다. 난 두 손을 녀석의 배 밑에 넣어 달걀을 꺼냈다. 놀란 암탉은 꼬꼬댁 홰를 치며 울어댔다. 그때 어디서 날아왔는지 이웃집 장닭이 나의 얼굴을 찍어버렸다. 내 얼굴에선 시뻘건 피가 흘렀다. 그 수탉은 동네에서 가장 싸움을 잘하는 닭이었다. 난 아파서 비명을 지르며 울다가 배가 고파 마당에 쓰러져 잠이 들었다.

뜨거운 햇빛에 짐승처럼 자다가 깨어났다. 사립문 밖에서 내 또래의 아이들이 뛰어 노는 소리가 들린다. 그러나 나갈 수가 없다. 나는 탈출을 시도한다. 사립문 주위를 빙빙 돌아다녀도 탈출할 구멍이 없었다. 난 마루에 걸터앉아 곰곰이 탈출할 궁리를 해본다. 저놈의 사립문만 허물면 밖으로 나갈 수 있는데……. 문득 머리에 떠오르는 예리한 착상, 그것은 사립문 밑바닥을 파서 구덩이를 만드는 것이다.

난 호미를 들고 와서 사립문 바닥을 파기 시작하였다. 잘 파지지 않자 물을 떠다 붓고 팠다. 마침내 몸 하나 빠져나갈 구멍이 생기자 난 머리를 쑤셔 넣었다. 간신히 몸을 밖으로 내밀어 탈출에 성공할 수 있었다. 골목을 돌아 동구 밖으로 나갔다. 뙤약볕이 매섭게 쏟아지고 있었다. 뜨거운 햇빛 멀리 파란 들판이 보였다. 아, 저 들판. 얼마나 아름답고 포근한 자유인가. 집 안에 박혀 보는 세계와는 너무나 달랐다. 모든 것이 아름다움이었다.

난 곧장 파란 들판을 향하여 달렸다. 맨발의 행진이었다. 다섯 살 난 유년이 보는 파란 들은 정말 환상적인 풍경이었다. 한참을 걸었다. 가도 가도 가파른 논둑이 길고 끝없이 이어졌다. 난 어느새 개천가에 우뚝 서고 말았다. 개천엔 파란 물이 흐르고 있었다. 그 개천의 다리 위로 올라갔다. 다리 아래 파란 물이 거세게 흐르고 물고기가 놀았다.

엄마 생각이 났다. 이 들판의 어딘가에 엄마가 있을 텐데. 언젠가 한 번 와본 기억을 더듬었다. 난 오던 길로 되돌아갔다. 이 길로 다시 걸어가면 엄마가 있을 것만 같았다. 희망을 갖고 계속 걸었다. 다리가 아파왔다. 한참 가는데 두 갈래 길이 나왔다. 이 길인가 저 길인가, 걸어왔던 기억이 나지 않는다. 왼쪽 길을 택했다. 걷고 또 걸어도 들판은 끝나지 않았고, 내가 온 그 길은 아니었다. 엄마가 일하던 그 들판과는 너무 다른 들판이었다. 난 그만 우뚝 섰다. 논둑 아래 파란 연못이 있었다. 연못엔 작은 물고기들이 놀고 있었다. 난 그 물고기를 바라보며 기뻐했다.

"기상아, 기상아. 어디 있니? 엄마다." 하는 소리가 났다. 그때 날 깨우는 손길이 있었다. 눈을 떴을 때 아버지의 얼굴이 보였다.

"집에 있지 않고 어쩌려고 이런 곳에 나와 있어, 그래. 하마터면 연못에 빠져 죽을 뻔했잖아."

아버지는 큰 손으로 나의 볼기를 후려갈겼다. 난 그만 큰소리로 울어버렸다. 너무 아프고 쓰라렸다. 난 벌벌 떨며 아버지의 눈을 바라보았다. 아버지는 죽음에서 구한 자식이라는 듯 기뻐하면서 한편으론 화난 표정이었다. 난 지금도 그 기억을 잊지 못한다. 집 안에 갇혀 있는 세계와 집 밖의 들판의 세계는 다르다는 것이다.

059
교육의 힘은
위대한 창조자를 만든다

*

교육의 힘은 위대하다. 무에서 유를 찾아가는 인지의 개발을 교육이라고 한다. 가르치고 배운다는 의미의 공부다. 인간의 두뇌는 무량대수의 포용력을 가지고 있어서 배움은 끝이 없다. 공부는 교육으로 얻어지는 지혜의 화관이며, 교육은 인지 발달의 자양분인 것이다.

아무것도 모르는 백지 같은 인간이 교육을 통하여 인지를 개발하여 백지에 그림을 그리고, 생각을 글로 쓸 수 있다는 것은 교육의 힘이다. 교육을 받는다는 것은 인간이 받는 최고의 수혜일 것이다. 교육은 왜 받는가? 지혜로 인간이 누리는 영화를 누리며, 사람답게 잘 살려고 하는 것이다. 그래서 예부터 교육의 중요성을 말하곤 했다.

불가에서는 태어남 자체를 죄악이고 업보라고 했다. 윤회 과정에서 인간은 업보의 명을 받고 났기에 죄인이며 불행하다는 것이다. 그래서 고통스러운 생을 보람 있고 즐겁게 사는 것을 자비로운 삶이라고 하였고, 그 자비로운 삶을 위하여 인간은 먼저 깨달은 부처님의 힘을 빌려 다시 태어나는 것이라고 한다.

깨우치지 못한 야성은 고통스럽다. 인간은 배우면서 동물적인 야성에서 벗어나서 사람이 되어간다. 바로 이렇게 인간이 살아가는 과정의 양상을 바라밀(波羅蜜)이라고 한다. 바라밀은 현실의 괴로움에서 벗어나 피안의 경지에 이르고자 하는 보살 수행을 총칭하는 말이다. 부처님은 바라밀의 세계에서 인간을 교육시키려고 하였다.

혜명아난(慧命阿難)이 부처님께 질문하였다.

"세존이시여, 바라밀이 무엇이며 어떤 것이 있습니까?"

부처님께서 아난에게 답하였다.

"바라밀은 10가지가 있다. 첫째로 재물을 주고 진리를 가르쳐주며 공포를 없애고 마음을 편안하게 해주는 보시바라밀, 둘째로 율법을 지키는 지계바라밀, 셋째로 적개심에서 나오는 행동을 인내하고 여러 가지 어려움을 참아내는 인욕바라밀, 넷째로 한결같이 깨달음의 길을 향해 나아가는 정진바라밀, 다섯째로 명상으로 정신을 통일하고 안정시키는 선정바라밀, 여섯째로 대상에 대한 온갖 집착을 버리고 있는 그대로를 깨닫는 지혜바라밀, 일곱째로 상대방에 알맞은 방법으로 교화하는 방편바라밀, 여덟째로 깨달음을 이루려는 굳은 결심의 원바라밀, 아홉째로 온갖 사물의 실상을 여실하게 아는 지바라밀, 열 번째로 이런 열 가지 불가사의한 능력을 총괄하는 역바라밀이다."

아난이 부처님께 다시 여쭈었다.

"세존이시여, 어떻게 보시로 회향하는 것입니까?"

부처님께서 아난에게 답했다.

"단바라밀과 반야바라밀이 있는데, 단바라밀은 법으로 보시하는 것이고, 반야바라밀은 지혜로 회향하는 것이다."

이는 배워야 길을 안다는 것이다. 밤길을 걷는 자는 낮의 광명을 모른다. 광명을 알면 인생이 아름답다.

– 십바라밀(十波羅蜜)의 삶

060
부처님을 찾아서 다람살라로 가다

❋

지독한 우울증으로 고통받는 나날이었다. 만사가 귀찮다. 집 안에 갇혀 휴식조차 힘들다. 궁리 끝에 탈출구를 찾았다. 부처님을 찾아 인도로 가기로 하였다. 마침내 난 비행기를 탔다. 비행기를 타자 머리가 덜 아팠다. 인도에 도착하여 다람살라를 찾아갔다.

행복한 눈의 계곡(Happy Valley of Snow), 다람살라는 티베트 난민이 살고 있는 땅이다. 희망의 순례자, 이방인의 쉼터. 달라이라마의 유토피아. 그곳을 향하여 나비를 따라간다. 그런데 나비는 어느새 날갯짓만 하고 어디론가 사라졌다. 코라에서 만난 수행자와 남걀 사원(달라이라마가 거처하는 절)으로 부처님의 거룩한 화엄을 찾아 떠나는 여행길은 험하고 고달팠다. 그곳에 가면 부처를 만난다. 사랑의 강한 의지만이 사랑을 찾고, 고통의 수행만이 화원을 찾는다.

설산수행의 외로운 고행 길에 인연이 그립다. 지나가는 개에게 빵한 조각을 줬더니 개가 동반자가 되어주었다. 고행 길에 동반자가 있다는 것은 행복한 일이다. 산을 오르다가 힘들어 돌아섰는데 눈앞에 정상이 있었다. 나는 내 자신에게 크게 외쳤다.

'어리석은 의지로 무엇을 하려느냐? 사람을 감동시키는 인생을 연출하라. 소문은 바람을 타고 달리는 개소리다. 당신이 무엇인가, 현실에서 찾아라. 번민을 가져다주는 것은 타인이 아니고 바로 너다. 고봉설산 아래서 네가 얼마나 작은가를 알아라. 말은 필요 없다. 행동으로 보여라.'

나는 인도 북서부 히마찰프라데시주 서쪽에 있는 도시 다람살라(해발 1,800m)에서 오체투지로 코라를 도는 수행자를 보았다. 다람살라는 로워 다람살라, 간첸 키숑, 맥그로드 간즈로 나뉜다. 맥그로드 간즈엔 티베트의 망명정부가 있고, 달라이라마가 거처하는 남걀 사원이 있다. 다람살라는 슬픈 운명을 지고 머문 유랑지다.

2013년 1월, 중국 사천성 아바현 창족자치주 법원은 티베트 불교 승려 뤄랑궁추에게 사형유예를 선고했다. 그리고 그의 조카 유목민 뤄랑차이랑에게는 징역 10년형을 선고했다. 죄명은 티베트인 8명에게 분신을 교사해 이 가운데 3명이 숨졌다는 것이다. 티베트인들이 들고 일어났다. 티베트인들은 죽은 그들에게 '티베트 독립을 착취하는 영웅' 이라고 칭호하며 분신을 재촉했다. 그리고 분신을 자극하는 배후에는 망명 중인 티베트의 정신적 지도자 달라이라마가 있다고 말했다. 그러나 다람살라에 있는 티베트 망명정부는 티베트인의 분신은 달라이라마와는 관계가 없다고 선포했다.

그러나 지금까지 99명의 티베트인들이 독립을 외치며 분신했다. 앞으로 모든 티베트인은 분신할 것이라고 말한다. 왜 티베트인들은 분신하는가? 분신으로 사라지는 것은 성자의 죽음이다. 불교의 나라를 없애려는 만행에 대한 항거는 부처님의 나라를 지킨다는 것이다.

그들은 이것이 티베트가 중국으로부터 자주독립을 하기 위한 투쟁인 동시에, 티베트인에겐 육신이 불태워지는 것은 여래의 위상에 달한다고 믿고 있었다. 스님은 죽어서 육신을 불태우고 불교를 지킨다. 죽어서 부처님의 나라를 구하겠다는 강한 불교정신이다.

다람살라에 사는 티베트인들은 누구나 그런 최후를 생각하고 있는지 모른다. 이곳은 인도 땅이라 대부분 인도인들이 살고 있지만 공식적으로 6,000명의 티베트인들이 거주하고 있다. 그들은 자유롭게 드나들기에 이동하는 사람들이 많아 등록하지 않은 티베트인들이 만여 명이 된다고 한다. 부처님을 찾아 헤매는 보헤미안들이다. 맥그로드 간즈는 중국을 떠난 티베트 난민들의 망명 정부와 삶터가 들어선 애틋한 땅이다. 한여름에도 시원하기 때문에 인도 식민지 시기에는 영국군의 피서지로 유명했던 곳이기도 하다.

다람살라에서 보낸 10일의 여정은 내게 큰 변화를 가져왔다. 지독한 우울증이 사라져버린 것이다. 비로소 여행의 수행에서 얻은 결과였다. 심신이 아픈 사람은 여행을 떠나라.

– 수행자의 고뇌

061

바른 부모 밑에 바른 자식이 난다

*

큰 나무 밑엔 그늘이 두텁고, 깊은 샘의 물은 차갑다. 모름지기 바르고 정직한 삶은 바탕이 바른 뿌리에서 시발한다. 사람들이 가문을 중시하는 것은 근본이 좋아야 인성이 바르게 길러진다는 판단 때문이다. 아비를 보면 그 아들을 알 수 있고, 어미를 보면 그 딸을 알 수 있듯이 가정과 가문은 무시할 수 없는 청소년 교육의 장인 것이다.

오늘과 같은 산업사회는 부부가 맞벌이를 하면서 가정교육이 상실된 혼란에 빠졌다. 가정에 대화가 없고 가정에 교육이 없으니 자녀가 바르게 크지 못하는 것이다. 자식이 탈선하는 것은 일차적으로 부모 책임이다. 오늘날 탈선하는 대부분의 청소년은 가정이 불우한 아이들이다. 이혼한 부모, 결손가정, 정상적인 생활을 하지 못하는 부모, 할머니 할아버지 밑에서 자란 아이들, 이들이 탈선하는 첫째 이유는 가정이라는 구심점이 없기 때문이다. 무절제하게 사회의 악한 환경에 노출된 탓이다. 가정이 없으니 이들은 거리로 떠돌고 악의 유혹에 쉽게 빠진다. 한번 빠지면 사고 판단력이 없는 이들은 쉽게 버려지고 마는 것이다.

지금까지 청소년 문제를 다루면서 알았던 사실은 탈선한 아이들이 선도되는 경우가 거의 없다는 것이다. 이 아이들은 어른이 되어서도 사회의 악이 된다. 그렇다면 얼마나 청소년 교육이 중요한가를 알 수 있다. 가정이 책임 못 지는 청소년은 국가가 강력한 제도를 만들어 보호해주어야 하는 것이다.

아이들이 보고 배우는 곳은 가정이며 학교이며 친구이다. 그런데 가정이라는 곳이 그저 잠만 자는 곳일 뿐 부모에게서 배울 것이 없다면 문제다. 좋은 것은 하나도 볼 수 없고, 늘 싸움하고 부정적이고 범법하는 부모의 모습에서 뭘 배우겠는가. 나쁜 악을 배울 뿐이다. 그래서 가문을 중시하는 것이다. 건전한 사고와 온당한 도덕관을 가진 아이들은 바른 부모와 전통적인 가계의 율도가 자연스럽게 배워지고 익혀진 아이들이다. 당장 실수로 잘못을 했을지라도 근본이 착한 아이는 교정이 된다.

청년들이여, 결혼 상대자를 고를 때 물적인 풍요에 현혹되지 마라. 정신이 바르게 박힌 사람을 골라야 한다. 비록 가난할지라도 건강한 정신은 인생을 건강하고 가치 있게 살 재산이 된다. 복잡한 시대일수록 가장 가치 있는 것은 인간의 존엄과 삶의 가치를 바르게 인식하는 도덕적인 인간이다. 그런 사람들이 많이 사는 사회가 복지사회다. 가문이 어지럽고 불안정한 환경에서 자란 사람은 늘 마음속에 그늘진 암울이 상존하고, 그 우울은 사회를 병들게 한다.

가정도 마찬가지다. 정직하고 근면한 가정에서 자란 청소년은 바른 생각을 갖고 산다. 그리고 매사를 긍정적으로 해결하는 능력을 가졌다. 한탕주의적 행복이나 꿈꾸는 부도덕적인 부모에게선 사회의 악만 배우게 되는 것이다. 자식에게 사람답게 사는 법을 가르치려면 그 부모가 성실해야 한다. 그걸 자식이 배우고 바르게 큰다.

직업에는 귀천이 없다. 부모가 무슨 일을 하든 정직하게 살아가는 가문의 자녀들은 바른 가치관을 가지고 있다. 콩 심은 데 콩 나고 팥 심은 데 팥 난다. 심은 대로 거두고, 피는 속일 수 없으며, 좋은 씨가 좋은 싹을 틔우고 바른 재목이 되는 것이다. 잘못된 돌연변이로 열성 이 우성을 지배하는 사회는 배격되어야 하고 그런 사회는 무너진다.

자녀를 훌륭하게 키우려면 그 부모부터 교육을 받아야 한다. 부모 의 가치관이 바로 서지 않으면 청소년들은 암울한 미래를 바라볼 수 밖에 없다. 부모들은 자식 앞에서 행동을 조심해야 한다. 모범을 보여 야 하고, 자식의 고민과 고뇌가 무엇인지 대화할 줄 알아야 한다. 자 식과 대화하지 못하는 부모는 부모가 될 자격이 없다.

오늘날 청소년의 탈선은 이 사회의 미래를 어둡게 한다. 그것은 자 식을 잘못 기르는 가정교육 탓이다. 낳았으면 책임을 져야 한다.

062
힐링 수행의 오체투지

＊

　현대인의 지친 심신을 치유하는 것을 힐링(healing)이라고 한다. 의술로 치료할 수도 있지만 각박한 현대인의 피로한 심신은 휴식이라는 치유법을 쓰는 것이 좋다. 자연 속에서 자연과 더불어 자연에 순응하면서 살아가는 삶이 최고의 힐링인 것이다. 그래서 자연에 묻혀 살 수 없는 현대인들은 좁은 공간에 정원을 만들어 광활한 자연의 아름다움을 집 안으로 끌어들인다. 아름다운 자연의 운치를 축소한 상태에서 자연 그대로의 여유와 느낌을 갖자는 노력을 아끼지 않는 것이다. 따라서 정원의 아름다움은 자연 그대로의 풍치를 살리는 데 있다. 동서양을 막론하고 인간은 아름다운 정서를 자연에서 얻으려고 노력하였고, 그 바람이 정원 문화를 낳았던 것이다.

　나라마다 정원 문화가 다르다. 서양의 정원은 자연 상태를 절제된 조형으로 만들어 즐겼고, 동양의 정원은 자연 그대로를 옮겨 감상하는 것이었다. 대표적인 것이 중국의 정원이다. 중국의 정원은 방대한 자연을 활용하였고, 한국은 자연을 집 안에 축소화시켰다. 즉, 자연에 존재하는 돌과 식물을 옮겨다 놓은 함축미를 가진다. 그러나 일본의 정원은 자연을 축소하긴 했으나 조형화된 미를 즐겼다.

　그러나 자연 그대로에서 얻는 힐링은 더없이 좋은 것이다. 지구촌의 지붕 히말라야에 사는 승려들과 주민들은 대자연을 품고 살기에 대자연의 힐링을 만끽한다. 그러나 그곳에 사는 사람들은 자연의 숭고한 힐링에도 부족함을 느끼며 오체투지로 마음을 수행하는 힐링을 하고 있다. 그들은 더러운 정신의 피폐는 오욕에 찬 육체가 만들어준다는 부처님의 말씀에 따라 육체적인 고통을 체험하는 수행을 한다. 그들은 인간의 힘만으로는 안 되기에 욕구에 찬 육체를 자연에 내던져 고달프게 하여 정신을 맑게 하는 수행을 한다. 오체투지 수행이다.

몸을 낮추어 죄를 사하려 수행하는 것이다. 손을 모아 꿇어앉아 허리를 굽혀 절을 하고 엎드려 땅에 배를 대고 던지는 다섯 동작의 오체투지(五體投地)를 하는 것이다. 땅에 자신의 온몸을 던진다는 의미다. 몸을 굽혀 바닥에 엎드린 채 양 무릎과 양팔, 이마를 땅에 붙여 오체로 밀면서 나가는 것이다. 오체 절의 형태인데 자기 안의 교만을 버리고 어리석음을 참회하는 불교의 수행법이다.

네팔에 가면 오체투지 수행을 하는 승려들을 자주 본다. 말은 금물이다. 혼자 하는 것보다 대중이 무리지어 하는 수행이 더 좋단다. 묵묵하게 수행하는 성직자와 순례단과 같이 동행하다 보면 그들이 말하고자 하는 것이 무엇인지 느껴진다. 자세를 낮추고 느릿느릿 가는 고행의 길에는 속도와 경쟁의 일상에서 보이지 않는 것들이 보이고 평화와 상생, 화해와 참여, 생명과 존엄의 의미를 되새기게 된다. 육체는 고달프지만 정신이 맑아지는 수행이다.

코라의 명상과 오체투지는 불교 수행의 최고인데 이것은 힐링을 위한 일종의 기도인 것이다. 절에 들러 시계방향으로 사원을 돌며 진언을 외우고 오체투지의 순회 의식을 갖는다. 해 뜰 때부터 해 질 때까지 코라를 돌고 오체투지를 하는 티베트 승려의 모습은 너무나 평온하고 행복해 보였다. 오체투지는 힐링 수행의 정수인 것이다.

063
바다 같은 넓은 마음으로
이웃을 사랑하라

✳

能人海印三昧中 繁出如意不思議

(능인해인삼매중 번출여의부사의)

– 부처님이 해인삼매에서 무진법문을 쏟아내시니 지혜가 삼매에 이르렀다.

부처님의 양미간에 청정한 광명이 빛나 시방을 두루 비추어 바다를 이루었다. 금강보살은 그 빛을 대해(大海)라고 하였다. 바다는 살아 있는 것과 죽은 모든 것을 받아들인다. 강물은 바다에 오면 그 이름을 버린다. 바다는 여러 가지 맛으로 생물을 키우고 모든 것을 정화한다. 바다는 크고 무량하며 넘쳐나는 일이 없다.

「십지품(十地品)」은 세상에서 가장 훌륭한 부처님의 가르침을 열 가지로 구분하였다. 해인삼매에 빠져드는 십지품의 첫째 환희지에서 열 번째 법운지까지의 내용을 살펴 해인삼매의 경지를 체험·수행해보자.

화엄경의 십지품은 십바라밀의 가르침을 말하는 것이다. 즉, 보살 수행의 열 단계로 부처님의 가르침을 정리한 것이다. 환희지(기쁨에 넘치는 지위), 이구지(번뇌의 때를 벗은 지위), 발광지(지혜의 광명이 나타나는

지위), 염혜지(지혜가 매우 치성한 지위), 난승지(어려운 여건을 이기려는 지
위), 현전지(지혜로 진여(眞如)를 나타내는 지위), 원행지(광대한 진리의 세계
에 이르는 지위), 부동지(다시 동요하지 않는 지위), 선혜지(바른 지혜로 설법
하는 지위), 법운지(법의 큰빛을 내리는 지위)가 있다.

첫 단계 환희지(歡喜地)는 불교의 이치를 통달하고 희열을 느끼는 경
지이다. 보살이 이 경지에 들어서면 인간 세상에 대한 모든 의욕과 미
련이 없어지고, 혼잡한 마음과 시끄러운 생각이 없어지며, 언제나 안
온하고 편안하면서도 불도에 대한 깨끗한 신심과 끝없는 기쁨이 생기
게 된다.

둘째, 이구지(泥丘地)로 들면 모든 더러움을 씻어버리는 경지이다.
정직한 마음과 깨끗한 마음을 지녀 마음이 온순해져 남과 다투지 않
으며 거짓말을 하지 않고 남에게 악담을 퍼붓지 않으며 재물을 탐내
지 않고 도리에 어긋나는 행동을 하지 않도록 모든 사람을 잘 교화하
여 그들로 하여금 착한 행동만을 하고 나쁜 짓을 하지 않도록 이끌어
준다.

셋째, 발광지(發光地)는 지혜가 빛나는 경지이다. 깨끗하고 안정된
마음과 탐욕을 버리는 마음을 간직해야 부처님의 교리를 의심하지 않
고, 어리석은 사람들의 고통과 괴로움, 근심과 슬픔, 분노와 울분을
이해하고 구제하는 자비심을 베풀 수 있다.

넷째, 염혜지(染慧地)로 지혜가 더욱 원숙해지는 경지이다. 인간 세
상과 하늘 세계의 허무한 본성을 올바르게 살펴보고, 부처의 뜻에 순
응하여 불도를 닦고, 사람들을 구제하는 지혜를 더 원만하게 다지는
것이 보살의 끝없는 보람이다.

다섯째, 난승지(難承旨)는 모든 것을 통달하는 경지이다. 보살이 모

든 것을 통달하는 경지에 들어서려면 우선 세상의 모든 것은 같은 것이라는 생각을 가져야 한다. 과거와 현재, 미래에 걸쳐 부처의 교리는 변함없이 모든 사람에게 균등하다.

여섯째, 현전지(現前地)는 지혜로 진여(眞如)를 나타내는 경지이다. 이 세상의 모든 것이 허무한 것인데 돈과 토지와 명예를 가지려고 발버둥치는 것인가? 부귀영화도 피어오르는 아지랑이와 조금도 다를 바 없다. 세상 만물을 소유하는 것은 거울 속의 영상처럼 실체 없는 허상이다.

일곱째, 원행지(遠行地)는 광대한 진리의 세계에 이르는 단계이다. 인간 세상을 버리고 부처의 세계로 가는 경지이다. 보살이 부처의 경지에 가려면 모든 사람을 구제하고 부처를 섬길 수 있는 근본인 바라밀을 마음속에 지니고 있어야 한다. 그것은 보살로 하여금 남에게 재물을 주는 것으로써 자비심을 닦고, 모든 애착과 욕망을 없애며, 남의 고통을 대신하여 받고, 괴로움을 참는 마음을 닦고, 착한 일을 하면서도 자만하지 않으며, 부지런히 마음을 닦으며, 부처의 지혜에 안착하는 것으로써 명상에 잠기어 허무의 이치를 깨닫는 것이다.

여덟째, 부동지(不動地)는 마음의 동요가 없는 경지이다. 보살이 이 경지에 들어서면 몸과 마음이 안온하고 편안해진다. 이것은 마치 불 속에 뛰어들어도 뜨겁지 않은 경지이다. 그러나 꿈 같은 경지에서 깨어나면 고통을 느낀다는 수행이다.

아홉째, 선혜지(善慧地)는 부처의 지혜가 완성되는 경지이다. 보살이 부처의 지혜를 완성하면 우선 마음의 온갖 차별과 번뇌의 여러 가지 표현을 알게 되고, 모든 악의 근원을 알게 되며, 결국 세상의 모든 일을 통달하게 된다. 그러므로 보살은 모든 사람의 성품과 욕망 등 온갖 차별을 알고 그에 맞게 교화하여 부처를 믿도록 한다.

열 번째, 법운지(法雲地)는 큰 덕행으로 모든 사람을 극락으로 이끌어주는 경지이다. 보살이 이 경지에 들어서면 인간 세상의 모든 번뇌가 생기는 원인과 고통이 가져오는 화를 알게 되고, 사람을 구제하는 업에 정통하게 된다. 또한 자기의 생각대로 지혜를 불러일으켜 자비심을 베풀고 악마들을 제압한다. 그러나 이 신기한 힘은 부처의 덕행을 지닌 보살만이 할 수 있다.

십지품의 모든 경지를 통관하면 보살은 부처의 자비로운 마음을 그대로 나타내어 모든 사람을 교화하고 그들을 극락세계로 이끌 수 있다. 누구나 수행하면 부처가 될 수 있다는 교훈이다.

– 「십지품(十地品)」에서

064
살아 있는 부처님 이야기

✳

내 안의 부처라고 한다. 부처님은 믿는 것이 아니고 스스로 깨달음을 얻는 것이다. 스스로 깨달아 수행하면 내가 부처님이다. 자신이 지은 죄로 얻은 업보를 은혜로 갚아가는, 살아 있는 부처 이야기를 하고자 한다.

성배, 그는 1960년대 전남 여수와 순천을 무대로 떠돌던 노숙 걸인이었다. 부처님을 닮아서 사람들은 성배라고 불렀다. 전설의 성자, 큰 키에 잘생긴 얼굴, 부처님을 닮은 곱슬머리에 검은 구레나룻 수염, 크고 깊은 눈, 항상 미소를 띠고 다니는 모습이 꼭 부처님 같았다. 그는 철학자처럼 사시장철 무거운 외투를 입고 다녀서 사람들은 그를 미친 놈, 정신병자라고도 하였다. 그러나 세상에서 그처럼 양심적이고 인간적인 사람을 만나보지 못했다.

사실 1960년대 여수 순천 사람 중에 성배를 모르는 사람이 없었다. 한 손에 불경을 들고 한 손엔 뱀을 잡고 동구 밖 정자나무 밑에 앉아 '나무아미타불 관세음보살' 이라고 염불을 한 후 아이들을 모아놓고는 뱀을 꺼내 뱀 쇼를 보여주며 이곳저곳에서 주워들은 재미난 이야기를 들려주던 그의 모습은 마치 제자들 앞에서 설교하는 부처님 같았다. 그는 뱀을 자유롭게 다루었다. 장난기가 발동하며 지나는 여인들에게 뱀을 불쑥 내밀어 여인들을 소스라치게 놀라게 하곤 하였다. 그래서 동네 청년들에게 많이 얻어맞기도 하였다.

아이들은 그를 혐오하면서도 '부처님이 오셨다' 며 기뻐하고 그를 따랐다. 사실 우리가 성배를 친구처럼 놀리지만 그는 우리보다 서른 살은 더 먹은 중년 사나이였다. 성배는 주기적으로 우리 동네를 찾아와서 동구 밖 정자나무가 있는 동각에서 한 이틀 자고 가곤 했다.

그는 뱀 사냥꾼이었다. 뱀과 무슨 원수를 졌는지 모르지만 그는 뱀이 나타날 만한 곳을 찾아다니며 뱀을 잡았다. 우리는 성배를 쫓아다니며 뱀 잡는 묘기를 보곤 하였다. 뱀이 나타나면 순식간에 쇠갈퀴로 뱀 머리를 짓눌러 밟고 펜치로 이빨을 뽑아버리고 자루에 담는 것이었다. 아무튼 그는 논두렁이나 돌담에 기어가는 뱀까지도 보기만 하면 덥석 잡아서 자루에 집어넣어 버린다. 뱀을 좋아하는 건지 뱀을 싫어하는 건지 모르지만 뱀을 보기만 하면 잡아채 넣었다.

"성배야, 너는 왜 뱀을 잡고 다니니?"

"인간을 괴롭히는 사악한 악마니까 다 잡아 없애려고 하는 거야."

그는 한 번도 뱀에 물린 적이 없었다. 그러던 어느 날, 난 그가 언덕 아래서 모닥불을 피워놓고 뱀을 구워 먹는 것을 보았다. 그때부터 뱀은 그에게 단백질을 공급하는 최고의 식품이라는 것을 알았다.

고향이 어딘지, 나이가 몇 살인지도 몰랐다. 들리는 이야기로는 부잣집 아들이며 공부를 많이 한 유식한 사람인데 어떤 사연이 있어서 미친 척 방랑을 한다는 것이다. 그는 우리 동네에 오면 동각의 정자나무 밑에서 책을 읽거나 깊은 사색에 젖어 먼 산을 바라보며 뭔가 중얼거리곤 하였다. 그곳은 여순 반란 사건 때 반란군을 처형한 곳이라서 귀신이 자주 나타난다는 곳이었다.

그런 그가 1960년대 말 갑자기 사라져버렸다. 사람들은 성배가 죽었다고 생각했다. 그런데 그가 어디서 죽었는지 아무도 모른다. 뒤에 들은 이야기로는 그는 여순 반란 사건 때 진압군 장교였다고 한다. 본명은 이성수. 그는 1922년 강원도 춘천에서 태어나서 일본 육사를 나온 군인이었다. 해방 후 그는 국군 창설 멤버였고, 여순 반란 사건 때 군법무관으로 남로당과 반란군을 처형했던 재판관이었다. 그는 반란군에 협조했다는 이유만으로 무자비하게 수많은 여수 순천의 양민들을 처형하였다. 남도 사람들은 이성수 소령에게 치를 떨었다.

그러나 그는 무고한 양민을 처형했다는 죄의식 때문에 심한 정신분열증을 일으켰다. 마침내 군복을 벗고 요양소에 입원했지만, 선량한 양민을 죽였던 행위에 죄책감을 느끼고 괴로워하다가 요양소를 탈출하여 절에서 수도생활을 하다가 끝없는 유랑의 길로 들어섰다.

그는 여순 사건의 88개의 처형장을 주기적으로 찾아다니며 그가 죽인 영령들에게 사죄하였다. 바로 그가 오는 날은 위령제를 지내러 오는 날이었다. 그것은 죽은 영혼들에 대한 진정한 참회였다. 해방의 공간에서 이데올로기 이념에 휘말려 인명을 살상한 잔혹한 무리들이 인간의 탈을 쓰고 버젓이 행세하는 자들에 비해서 그는 지극히 인간적인 휴머니스트이며, 부처였다. 그는 자신이 저질렀던 시대의 비극을 평생 사죄하며 살다 간 사람이다.

이렇게 성배가 그리워지는 것은 그가 살아 있는 부처님이었기 때문이다. 자신이 저지른 업보 때문에 평생 속죄의 수행을 했다. 그런데 그가 어느 추운 겨울날 언덕 아래서 얼어 죽었다는 것이다. 그의 손엔 화엄경이 들려져 있었다.

065

풍랑이 그치면 바다는
고요한 평화를 찾는다

바다에 폭풍이 몰아치려면 징조가 보이고 폭풍이 몰아치며 거센 파고에 휩쓸리고 수면이 상하로 뒤집힌다. 그러다가 바다에 폭풍이 멎으면 언제 그랬느냐는 듯 삼라만상이 고요한 정적에 싸인다. 그리고 흙탕물의 바다가 정화되어 어느새 바다는 깨끗한 물빛을 드러내면서 바다 밑이 보인다. 바닷물에 비치는 것 같이, 폭풍이 멎은 바다는 번뇌가 끊어진 부처님의 정심(定心)같이 과거·현재·미래의 모든 법이 명랑하게 나타나므로 해인정사에 이른다. 오염이 깨끗이 사라지고 진실한 지혜의 눈으로 바라본 세계가 해인의 일심법계이다.

폭풍이 있었기에 해인정사를 느끼게 되듯이, 모든 번뇌가 깨달음의 경지에서 펼쳐진다. 깨달음의 눈, 부처의 눈으로 바라본 세계가 바로 일심법계이다. 일심법계는 바른 깨달음에 의한 지혜의 세계로 나타난다. 마치 바람이 그치고 파도가 잔잔해져 바다가 고요해지면 거기에 우주의 만 가지 모습이 남김없이 드러나듯이, 이러한 경지가 곧 해인삼매(海印三昧)이다. 해인삼매의 바다에 풍덩 빠지고 나니 깨달음에 눈이 뜨인 것이다.

우리 마음의 바다에서 번뇌라는 가지가지 물결이 일고 있는 것은 지혜의 눈으로 사물을 바라보지 못하는 어리석음이라는 바람이 불고 있기 때문이다. 그 어리석음의 바람과 번뇌의 물결이 잦아들면 참 지혜의 바다(海)에는 흡사 도장을 찍듯이(印) 무량한 시간, 무한한 공간에 있는 일체의 모든 것이 본래의 참모습으로 현현한다. 이것이 바로 해인삼매이자 부처가 이룬 깨달음의 내용이며, 우리가 돌아가야 할 참된 근원이요, 본래 모습이다.

보살은 중생구도를 해인삼매경에 달하여 구도해야 한다. 보살은 중생을 구도하는 선구자이며 스승이다. 보살의 잘못된 가르침은 불교를 망친다. 교육에 교육과정이 있듯이 중생구도도 교육과정에 의해서 가르쳐야 하고, 스승에게 사도가 있듯이 보살에겐 기본 사명이 있다. 보살의 십계신심, 이른바 정직한 마음, 부드러운 마음, 참을성 있는 마음, 조복하는 마음, 고요한 마음, 순일하게 선한 마음, 잡스럽지 않은 마음, 그리움이 없는 마음, 넓은 마음, 큰마음을 가져야 한다.

보살의 성품은 모든 살생을 멀리하고, 원한을 품지 않고, 부끄러움을 알고, 인자하고, 용서할 줄 알아 생명이 있는 모든 중생에게 항상 이롭고 사랑하는 마음을 낸다. 보살은 훔치는 성품이 사라져 자기 재산으로 자족하고, 남에게 인자하고 남을 사랑하여 남의 것을 탐내지 않는다. 타인에게 소속된 물건은 남의 것인 줄 알고 가로채려는 마음이 없다. 풀잎 하나라도 주지 않는 것은 갖지 않는데, 하물며 그 밖의 생활에 필요한 물건을 가지려 하겠는가.

성품이 음란하지 않으므로 자기의 아내로 자족하고 남의 아내를 탐내지 않으며, 남의 아내나 첩이나 타인이 보호하는 여자나 친족이 보호하거나 약혼했거나 법으로 보호하는 여인에게 탐내는 마음이 없는

데, 하물며 종사하며 도리에 어긋남을 탐내겠는가.

성품이 거짓말을 하지 않으므로 보살은 항상 진실한 말과 참된 말과 때에 알맞은 말을 한다. 꿈에라도 덮어두는 말은 하지 않으며, 하려는 마음도 없는데 하물며 일부러 범하겠는가. 보살은 성품이 아름다워 이간하는 마음이 없고 해치려는 마음도 없다. 이쪽 말로 저쪽을 해치기 위해 저쪽에 말하지 않고, 저쪽 말로 이쪽을 해치기 위해 이쪽에 말하지 않는다. 이간질을 하지 않고, 이간질을 좋아하지도 않으며, 이간할 말을 입 밖에 내지도 않는다. 이간질은 사실이거나 사실이 아니거나 간에 아예 하지 않는다.

성품이 악한 말을 하지 않으므로 해롭게 하는 말, 거친 말, 남을 괴롭히는 말, 남을 화나게 하는 말, 불손한 말, 버릇없는 말, 듣기 싫은 말, 듣는 이에게 기쁘지 않은 말, 분노에 찬 말, 속을 태우는 말, 원한을 맺는 말, 시끄러운 말, 좋지 않은 말, 달갑지 않은 말, 나와 남을 해롭게 하는 말은 죄다 버린다. 그 대신 항상 윤택한 말, 부드러운 말, 뜻에 맞는 말, 듣기 좋은 말, 듣는 이가 기뻐하는 말, 운치 있고 품위 있는 말, 여러 사람이 좋아하는 말, 여러 사람이 기뻐하는 말, 몸과 마음에 기쁜 말을 한다.

듣기에만 번드레한 말을 하지 않으므로 보살은 항상 잘 생각하고 때에 알맞은 말, 진실한 말, 이치에 맞는 말, 법다운 말, 도리에 합당한 말, 잘 조복하는 말, 때에 맞추어 결정한 말을 좋아한다. 보살은 한낱 웃음거리에도 진지하게 생각하고 말하거늘, 하물며 일부러 어지러운 말을 하겠는가.

보살은 남의 재물이나 물건을 욕심 내지 않고, 원하거나 구하지도 않는다. 보살은 모든 중생에게 항상 자비로운 마음, 이익 되는 마음, 가엾이 여기는 마음, 기쁜 마음, 화평한 마음, 포용하는 마음을 낸다. 미워하고 원망하고 해치고 시끄럽게 하는 마음을 아주 버리고, 항상 인자하고 도와주고 득이 되는 일을 생각하여 행한다. 또 사사로운 소견이 없으므로 보살은 바른 도리에 머물러 있지 않고, 못된 계율을 지니지 않고, 마음과 소견이 정직하여 속이거나 아첨하지 않고, 불·법·승 삼보에 굳은 신심을 낸다.(출처: 화엄경 법정스님의 동쪽나라)

— 해인삼매(海印三昧)

066
인연은 끈질긴 숙명이니
만남을 중시하라

❉

無量遠劫卽一念 一念卽是無量劫 (무량원겁즉일념 일념즉시무량겁)
　– 한량없는 긴 세월이 바로 일념이고 찰나이니 한 생각이 바로 무량
세월일세

　호수에 작은 물결이 없으면 파도가 없고, 파도가 없으면 작은 물결
도 없다. 화엄경에서는 온갖 법이 낱낱이 고립된 존재가 아니고, 낱낱
이 하나를 취하면 어느 것이든지 모두 전일(全一)의 관계가 있는 것을
열 가지 부문으로 관찰하여 말했다. 이것이 십현문(十玄門)이다.

　첫째, 동시구족상응문(同時具足相應門)은 우주의 한량없는 사물이 시
간적으로나 공간적으로나 모두 하나의 연기 관계에 있으나 제각기 앞
과 뒤가 분명해서 서로 섞이지 않는 것을 말한다.

　둘째, 일다상용부동문(一多相容不同門)은 만물의 상태가 하나와 다수
로 나누어져 있으나 서로 용납하고 받아들이면서도 조금도 장애가 되
지 않으면서 각기 자신은 서로 차별적인 다른 모습을 잃지 않고 그 본
성을 가지는 것을 말한다.

　셋째, 제법상즉자재문(諸法相卽自在門)은 만물이 일체로 서로가 융통

무애한 것을 말한다. 다시 말해서 하나가 없으면 일체가 없고, 일체가 없으면 하나가 없다는 뜻이다.

넷째, 인다라망경계문(因陀羅網境界門)은 제석천궁의 보배와 같이 그물코마다 달린 보주가 서로 비추어 중중무진한 그물을 만들어 비춘다는 것이다.

다섯째, 미세상용안립문(微細相容安立門)은 만물의 상(相)이 일즉다 다즉일(一卽多 多卽一), 즉 하나는 다수를 용납하고, 다수는 하나를 포용한다는 융통무애(融通無碍)를 말한다.

일곱째, 비밀은현구성문(秘密隱顯俱成門)은 연기문에서 한 방면으로 숨으면 다른 방면이 나타나는 상대성을 갖게 된다. 그것은 숨바꼭질을 하는 것과 같이 숨는 자와 찾는 자가 동시에 존재한다는 것이다. 서로 대립하여 은밀하게 드러나는 것이다. 금으로 만든 불상이 있다. 단순히 보면 불상이다. 자세히 살펴보니 금불상이다. 불상으로 보면 금은 숨게 되고, 금으로 보면 불상은 숨게 된다. 동시에 보면 금불상이다.

여덟째, 제장순잡구덕문(諸藏純雜俱德門)의 연기법은 단순한 행과 복잡한 행이 덕으로 갖추어져 구별되지 않는다는 것이다. 선행은 크든 작든 덕행이다. 인생은 생의 한 과정이다. 생의 과정은 과거, 현재, 미래가 있는데 생의 끝에선 삼세(三世)로 구분되는 것이 아니고 인생으로 말할 수 있다. 법은 시간이 떨어져 있는 것이 아니고, 현상에 같이 존재하는 상즉상입(相卽相入)하는 것이다.

아홉째, 유심회전선성문(唯心廻轉善成門)은 모든 여래장(如來藏)은 마음 하나하나 분자가 모여 하나의 형태로 변환된 것을 말한다.

열째, 탁사현법생해문(托事顯法生解門)은 현상계의 사물 그대로가 진리이며 지혜라는 것이다.

　세상의 모든 것은 인연 따라 원인과 결과가 상호 복합적으로 엉켜서 존재한다는 연기법에 의해서 설명할 수 있는데, 이것이 생기면 저것이 소멸하고 이것이 소멸하면 저것이 생기지만 인연이 다하면 사라진다는 것이니 무량한 것은 없고 이 순간이 무량일 뿐이다.

– 십현연기문(十玄緣起門)

067
위기를 모면하고 환골탈태로 거듭나면 성공한다

*

중국의 유명한 사학자 사마천은 국모를 모독한 죄로 사형을 받게 되었으나 황제의 후덕으로 궁형(거세)을 받고 환골탈태(換骨奪胎)한 삶을 살아서 위대한 『사기』를 써냈다는 이야기는 유명하다.

한(漢)나라가 서역 흉노의 침입을 받아 이릉 장군이 5천 병사로 3만의 적과 싸우다가 참패하고 항복을 하였다. 흉노는 장안까지 쳐들어왔다. 한무제가 전쟁에서 참패한 원인을 묻는 자리에서 사마천은 이릉 장군을 옹호하였다.

"전쟁의 참패는 이릉 장군의 무능 때문이 아니고, 작전을 지휘한 이광리 대장군의 무식한 작전 때문입니다. 어떻게 5천의 병사로 3만의 흉노를 치라고 원정을 보냅니까? 중과부적에다가 후원병을 보내주지 않았고 전쟁에 임하는 병사의 무용이 해이한 상태에서 참패는 불 보듯 뻔했습니다. 잘못은 대장군 이광리에게 있습니다."

"뭐라? 대장군 이광리의 실수라고?"

"그렇습니다. 이광리 장군이 흉노와 내통하여 작전을 노출시켰습니다."

"뭐라? 그 말에 책임을 져야 할 것이다."

한무제는 노발대발하였다. 이광리는 한무제가 사랑하는 애첩의 오라비였던 것이다.

한무제는 애첩과 이광리의 탄원을 받아들여 황제의 친척을 모독했다는 죄로 사마천에게 사형을 명하였다.

그러나 한무제는 사마천의 학식을 존경하여 면죄할 기회를 주었다.

"아니라고 해라. 그러면 사형은 면해줄 것이다."

"네, 폐하, 소신이 대장군을 모함했습니다."

"그렇다 하더라도 죄는 면할 수 없다. 궁형에 처할 것이다."

이릉 장군은 사형을 당하고, 사마천은 생식기를 잘리는 형을 받았다. 사마천은 뼈대를 바꾸어 끼고 태를 바꾸는 환골탈태의 정신으로 거듭났다. 훗날 황제는 그를 기용하여 한나라를 빛내는 역사가로 키워냈다. 사마천의 불굴의 환골탈태가 낳은 결과였다.

훗날 그는 친구에게 남근이 없다는 이야기를 전했다.

이 이야기는 죽음에 대한 가치관에 관한 것이다. 인간은 한 번은 죽는다. 사마천은 죽어 이름 없이 사라지는 것보다 이름을 남기고 죽는 것이 위대한 죽음이라고 생각하였다. 생식기를 자르면서도 삶에 대한 욕구 때문에 거대한 『사기』를 써서 이름을 빛냈던 것이다.

이현령비현령(耳懸鈴鼻懸鈴), 죄가 있으면 벌이 있고, 이 법이 아니면 다른 법으로, 이 죄를 다른 죄로 만들어 벌 받게 하는 것이 사람의 간사한 마음이다. 한무제는 사마천을 죽이려고 하였으나 재능이 아까워서 죽이지 않고 그 재능을 이용했다.

불가에서는 존재의 가치에 대하여 연기성(緣起性)의 법칙으로 설명하였다. 대승불교에서 연기성의 법칙은 원인과 결과의 관계성을 말하는 것인데, 다른 사람과의 관계에선 다른 조건이 발생한다는 것이다.

此有故波有(비유고파유) 이것이 있으면 저것이 있고

此起故波起(비기고파기) 이것이 생기면 저것이 생기고

此無故波無(비무고파무) 이것이 없으면 저것도 없다.

216

　　뼈를 갈아 끼워 거듭난다는 환골탈태는 어쨌든 살아서 오욕을 씻고
새로 태어나서 뜻을 이룬다는 말이다.

- 연기법(緣起法)

068
자연에서 나서 자연으로 돌아가는 것이 인간이다

산하대지가 어디에서 온 것이며 너는 어디서 왔느냐? 산하대지가 온 곳을 모르겠습니다. 그럼 너는 산하대지에 포함되지 않는다는 말인가? 그것도 모르겠습니다.

자연은 인간을 순화하는 가장 위대한 스승이다. 인간은 환경의 지배를 받는다. 푸줏간 옆에 사는 아이는 도살을 배우고, 숲에 사는 아이는 나무처럼 자연을 닮아 하늘을 볼 줄 안다. 도시에 사는 아이는 자기 존재만 알고, 농촌에 사는 아이는 위대한 자연의 소리와 냄새를 맡을 줄 안다.

사람은 자연에서 나서 자연으로 돌아가는 귀소본능을 지니고 있다. 인간이 나이가 들어서 농촌으로 돌아가려는 것은 자연으로의 회귀다. 농촌에서 태어나서 도시에서 살았으나 지금은 다시 농촌으로 가고 싶은 것은 흙으로 간다는 말이니 즉, 죽음에 가까워 자연으로 돌아가는 것이다.

1970년대에 농촌에서 자란 사람들은 먹고살기에 바빠서 거의 공부와는 담을 쌓고 살았다. 학교에서 돌아오면 책보자기를 팽개치고 일터로 나가 농사일을 돕거나 소꼴을 베고 땔감을 구하러 다녔다. 그리고 다음 날 그 책보자기를 들고 학교로 간다.

먹고살기가 힘들어 가족 모두가 일을 해야 했기에 한가하게 공부를 할 수가 없었던 것이다. 학교는 의무교육이니까 보내는 시대였다. 당장 먹고사는 것이 절박한 시대였기 때문에 학교는 다니는 둥 마는 둥 하여 결석하는 학생이 태반이었다. 따라서 공부에 관심을 둔 학생은 공부를 잘했거나 집안이 좋은 소수 학생이었고 대부분은 일하느라고 공부는 딴전이었다. 공부는 못했지만 그때가 가장 행복했던 시절이었다. 농촌에서 자란 사람들은 그만큼 정서적으로 풍요로운 사람을 삶을 사는 사람이라는 생각이 든다.

지난날의 추억들, 소년은 바다가 보이는 농어촌에 살았다. 마을 뒤편엔 높은 산이 드리워지고 마을 앞으로 넓고 푸른 들판이 전개되고 그 들판을 건너 넓은 바다가 끝없이 펼쳐져 있었다. 바다는 소년의 놀이터였다. 여름이면 발가벗고 갯벌에 나가서 해물을 뜯거나 고기를 잡으면서 놀았다. 그래서 바다가 좋았다. 달 밝은 밤이면 모래사장에서 긴 여름밤을 보내고 배가 고프면 갯벌에 나가 고동과 소라를 주워 삶아 먹고, 낙지와 새우와 바지락도 캐 먹었다. 노래하고 씨름하면서 긴긴 여름밤을 발가벗고 보냈다. 달밤에 해변을 돌며 물가에서 잠자는 물고기를 작살로 찔러 잡던 일들은 정말 귀중한 추억이다.

바다뿐 아니라 산도 소년에겐 좋은 놀이터였다. 아침이면 동네 아이들이 소 떼를 몰고 뒷산에 올라가서 풀어놓고 뛰어논다. 소들이 높은 산에 올라 풀을 뜯을 때 아이들은 산마루에서 전쟁놀이를 하였다. 속살이 비치는 베잠방이 사이로 불알이 출렁거려도 부끄러움 없이 남녀가 자연스럽게 놀았다. 저녁땐 석양을 등지고 소를 몰고 돌아오는 모습은 마치 서구의 목동 같았다.

겨울이 되면 동네 공터에 모여 편을 갈라 내기놀이를 한다. 내기라야 지는 쪽이 고구마 한 개쯤 가져오는 정도였다. 자치기, 제기차기, 공차기, 들판을 뛰는 병정놀이, 심할 땐 괜히 이웃 마을로 쳐들어가서 싸움을 벌이는 무례함으로 용기와 패기를 보였다. 여름날엔 수박서리와 참외서리, 겨울엔 닭서리와 토끼서리. 정말 신나는 일이 많았다.

어느 날 밤이었다. 소년은 아버지를 따라 멧돼지 사냥을 나갔다. 산비탈 천수답이 있는 논에 가을이면 멧돼지들이 내려와서 벼이삭을 다 먹어 치우기 때문에 아버지는 그곳에 움막을 치고 산짐승들을 쫓으며 밤을 지새우곤 했다. 움막 옆에 돌멩이를 많이 갖다 놓고, 산짐승이 내려오면 어둠을 향하여 돌팔매질을 하며 짐승을 쫓았다. 돌멩이가 바윗돌에 부딪치는 소리가 딱딱 하고 굉음을 낼 때 그 소리가 어찌나 크던지 소년은 깜짝깜짝 놀라곤 했다. 그리고 아버지는 깡통을 매단 줄을 흔들어댔다.

자정이 훨씬 지난 시간이었다. 나무숲이 흔들리는 소리가 났다. 아버지는 멧돼지가 내려온다면서 허리끈을 조이더니 짚신을 꼭 묶고 긴 죽창을 들고 일어났다.

소년은 궁금해서 아버지 몰래 살금살금 뒤를 따라갔다. 아버지는 조용히 걸음을 멈추고 멧돼지가 있는 곳의 상태를 주시하고 있었다. 그때 꿀꿀대며 멧돼지가 나타났다. 소년은 어둠 속에서 그 멧돼지 떼를 보았다. 갑자기 아버지는 멧돼지 앞으로 달려가서 죽창을 내리 찔렀다. 큰 돼지가 비명을 지르며 나가떨어졌다. 멧돼지를 잡은 것이다.

"멧돼지를 잡았다. 이놈이 우리 곡식을 다 먹던 놈이었어."

아버지는 기뻐서 날뛰었다.

다음 날 아버지는 죽창으로 잡은 멧돼지를 지게에 지고 와서 동네 사람들에게 나누어주었다. 농촌에서 살았던 사람만이 느낄 수 있는 정서였다.

　어린 날의 추억이 아버지의 모습에서 내 모습으로 나타난다. 연기의 숙명인가? 사람은 그렇게 살아온 사람의 길을 답습하며 사는 것이다. 노인은 추억을 먹고 산다. 추억이 많은 사람이 성공한 사람이다. 성공을 보려면 그 후반을 보라는 말이 있듯이, 아름다운 추억에 젖어 사는 사람은 행복한 사람이다. 노후가 편해야 성공한 인생을 산 것이라고 하지 않는가.

069
하나를 알고 열을 헤아리는 응용력을 가져라

예지력이 좋고 식견이 넓으면 머리가 좋은 사람이라고 말한다. 사실은 그렇지 않다. 머리가 좋은 사람은 식견이 높은 사람이 아니고, 응용력과 판단력이 빠른 사람이다. 천재는 하나를 알고 열을 헤아리는 사람이다. 사람의 인지는 무한한 예측력을 가졌다. 그래서 하나를 가르치면 둘을 알고 열을 헤아리는데, 그것은 지극히 주관적이라는 것이다. 알게 된 문제를 객관적으로 해석해서 풀어쓰는 예는 극히 드물다. 잘못된 예지력으로 실패하는 사람들을 많이 본다. 지혜는 한량없으나 응용이 잘못된 것이다.

선생님은 많이 아는 사람이 아니고, 알고 있는 사실을 응용하고 적용할 수 있는 능력이 뛰어난 사람이다. 하나를 알고 그곳에 식견을 보충하여 열을 헤아리는 것은 남보다 앞서 가는 힘이다. 하나를 알면 둘을 알고 열을 헤아리는데 주관적인 판단은 금물이다. 흔히 눈치 빠른 사람이 그런 짓을 많이 한다.

다양한 응용력을 가지려면 먼저 식견을 넓히고 판단의 포괄성을 지녀야 한다. 자연과학에서 원자 이론이 있다. 우주의 물성을 나타내는 가장 기본적인 미립자를 원자라고 한다. 원자는 양자, 전자, 원자핵으

로 되어 있다. 이 세 미립자 중에서 전자의 이론을 펴서 다양한 과학
제품을 생산하고 있다. 전자공학은 전자를 에너지로 이용한 것이다.
이렇게 전자이론으로 수만 종의 과학제품을 만들어냈다. 이것은 하나
를 알면 둘을 알고 열을 헤아리는 응용에서 나온 것이다. 이런 다양한
식견을 가지려면 우선 기본과 원칙에 충실해야 한다.

사람에게는 눈치라는 것이 있다. 지극히 막연한 짐작에 불과한 것
이지만 자를 재듯 정확할 수가 있다. 사람이 의사를 전달하기 전에 그
뜻이 얼굴과 몸짓으로 나타나는데, 그 표정과 몸짓에서 느껴지는 예
시 같은 것을 보고 가늠하는 것이다. 처음 보는 사람보다 오래 사귄
사람일수록 눈치의 정확도는 큰 것이다. 그것은 그 사람이 평소에 갖
는 습성과 표정을 알기 때문이다.

눈치가 빠르면 절에 가서도 고깃국을 먹을 수 있다는 말이 있다. 눈
치는 그만큼 상황을 잘 판단하게 한다는 것이다. 그런데 대인관계에
서 눈치만 보는 것은 음흉한 행위다. 눈치만 보는 사람은 피해의식이
많고 의심이 많은 사람으로 단정할 수 있어서 자칫 잘못하면 신뢰를
잃게 된다. 그러나 위험한 것은 눈치다. 눈치로 하나를 알고 둘을 아
는 것은 오류를 낳는다. 눈치가 사람 잡는다는 말이 있다. 잘못된 눈
치는 사람을 죽인다는 것이다.

불가에선 화엄삼매에 들면 만 일을 헤아린다고 하였다. 부처님의
가르침에 찰나제삼매(刹那際三昧)라는 말은 화엄삼매에 든다는 말이
다. 눈 깜짝할 사이에 산란한 마음을 다스리며, 그 마음이 전체 마음
에 전율되어, 바르게 다스려 망념에서 벗어나서 밝은 생각이 든다는
말이다. 그런 화엄삼매에 들면 자신뿐 아니라 이웃과 더불어 실천해

가는 과정에서 화엄의 꽃을 피우게 된다.

해인삼매는 화엄삼매에 드는 가장 순순한 정념일 것이다. 망념이 사라진 맑고 푸르고 잔잔한 마음의 바다에 비춰진 지혜의 모습들은 한없이 고요하고 정결할 것이다. 이렇게 마음이 잔잔한 바다처럼 되는 것을 해인삼매라고 한다. 해인삼매가 바다라면, 화엄삼매는 대지라고 말할 수 있다. 바다와 대지를 헤아린다는 말이 아니겠는가.

모든 일을 할 때는 삼매경에 들어야 성공한다. 망상을 버리고 오직 그 일에만 집념하면 그 일은 성공한다. 해인삼매의 바다에서 고기를 잡는 어부의 심정은 오직 이 고기를 잡아서 살아가야 한다는 신념뿐이기에, 고기 잡는 동안은 정신이 집중된다. 그런 노력의 끝이 만선의 기쁨을 누리게 한다.

그러니까 내가 공부하고 수행해서 얻은 지혜의 힘을 실천하지 않으면 쓸모없는 지혜가 되지만, 나를 위해 실천하고 내가 속한 사회에 봉사하여 나누어 가지면 가치가 있는 지혜가 되는 것이다. 하나를 가르치면 둘을 알고 열을 헤아리는 것은 헤아림으로 끝나는 것이 아니고, 그것을 응용하면 성공에 이른다.

－「십정품(十定品)」에서

070
신통(神通)에 의존하지 말고 자신을 믿고 행하라

세상에는 인간의 힘으로 할 수 없는 일이 많다. 예기치 않은 일들이 일어나기 때문에 인간은 어떤 절대적인 존재에 의탁한다. 우주 만물을 다스리는 힘이 신통력이다. 생명체는 신의 판단에 의해서 살아가고 특히 사람은 신통력 앞에 절대 복종해야 한다는 것이 종교적인 논리다.

운칠기삼(運七氣三)이라는 말이 있다. 성공에 이르는 길은 운이 7이요, 기술이 3이라는 말이다. 그렇게 인간은 나약한 존재여서 일의 7을 운명에 두는 것이다. 그만큼 신의 가호로 일이 이루어진다고 믿는다. 그렇다. 인간은 눈앞의 것을 예측할 수 없기 때문에 어떤 존재에 의존하는 것이다.

그렇다면 신이 내린 7이라는 수는 이미 누구에게나 내려진 수라고 하자. 그러면 3이라는 수가 개인의 기에 해당한다면, 그 3을 다 가지는 사람이 있고 둘이나 하나를 가지는 경우가 있다. 그렇다면 성공은 3이라는 수에 달려 있다는 것이다. 신이 준 7은 보너스이고, 3이라는 숫자를 잘 이용하고 다스리는 자가 성공한다는 것이다. 그러나 쉽지가 않다. 그 3이라는 수를 잘 다스려 이용하는 기술을 불경에서 배울

224

수 있다.

보현보살은 여러 보살에게 열 가지 신통력, 즉 십통품(十通品)에 대해 다음과 같이 설명하였다.

첫째, 선지타심지신통(善知他心智神通)은 다양한 부류의 마음을 아는 것인데 즉, 상대하는 사람의 속마음을 헤아리고 입장을 바꾸어 생각하라는 것이며

둘째, 무애천안지신통(無碍天眼智神通)은 사람들의 모습을 알고 그 마음을 헤아리는 것이고

셋째, 지과거제겁숙주지(知過去際劫宿住智)는 사람의 이름을 기억하고, 그 사람의 과거의 일들을 기억해내어 상대해나가는 것이며

넷째, 지진미래제겁지(知盡未來際劫智)는 미래를 예측하고 그에 맞는 방법을 대처해나가는 것이다.

다섯째, 무애청정천이지(無碍淸淨天耳智)는 일을 처리하고 그 사람을 대할 때 걸림과 장애를 제거하고 그 반대의 처세를 하는 것이며

여섯째, 무체성무동작왕일체불찰지(無體性無動作往一切佛刹智)는 나를 원하고 필요로 하면 어느 곳이라도 달려가서 그 사람이 원하는 일을 해주는 것이다.

일곱째, 선분별일체언사지(善分別一切言辭智)는 말은 실수가 많으니 가려서 말하고 무지한 말을 삼가야 한다는 것이고

여덟째, 무수색신지(無數色身智)는 인간은 자기 나름의 색을 갖고 있으니 그 색이 가진 취향을 살펴 행동하며, 육체의 색보다 마음의 색으로 대응하라는 것이다.

아홉째, 일체법지(一切法智)는 모든 것을 법에 따라 처신하라는 것이다. 법을 준수하고 법을 따르면 이익이 있다.

열째, 입일체법멸진삼매지(入一切法滅盡三昧智)는 법을 준수하는 것
은 마음의 걸림을 없애는 것이라는 것이다.

위와 같은 십통품은 인간의 지혜를 한층 높여주는 교훈이다. 이를
익히면 성공에 이르는 기술을 빨리 습득하는 것이다.

-「십통품(十通品)」에서

071

독서는 삶을
풍요롭게 하는 양식이다

＊

독서는 세상을 살아가는 지식과 지혜를 안겨주고, 세상사를 헤아리는 힘을 주는 것이다. 책 속에 길이 있고 책 속에 보물이 있으니 이 귀중한 보물을 얻는 사람은 인생이라는 여정을 편하고 행복하게 살 수 있는 힘을 가지는 것이다.

M. 몽테뉴는 "독서하는 습관처럼 값이 싸게 먹히는 투자는 없으며, 영속적이고 즐거움을 주는 삶은 없다."라고 말했고, 대철학자 토마스 아퀴나스는 "한 권의 책도 읽지 않은 사람을 조심하라. 그런 사람은 우물 안 개구리처럼 소견이 좁아 바깥세상과 다툼만 한다."고 하였다.

B. 디즈텔이라는 학자도 비슷한 말을 했다. "책을 안 읽은 사람은 도무지 배울 데가 없는 사람이니 사귈 필요가 없다. 책을 읽지 않으면 아는 것이 한정되어 있으니 사리 판단인들 제대로 할 턱이 없고, 외곬으로 빠지기 쉽고, 둘은 모르고 하나밖에 모르니 남에게 해독만 끼친다."

책을 안 읽는 사람은 정신적으로 영양실조에 걸린 사람이니 정상인 사고를 하지 못한다. 사람은 생명을 유지하기 위하여 하루 세끼로 영양소를 섭취한다. 육체는 영양을 골고루 섭취하여야 건강하지만, 식생활이 잘못되어 영양실조에 걸리면 생명의 위협까지 받게 된다. 이와 마찬가지로 우리의 정신도 적절한 자양분과 양식을 섭취하여야 건전한 생각을 할 수 있다. 정신적인 영양소는 무엇보다도 책을 통해서 얻을 수 있다. 책 속에는 우리가 섭취해야 할 온갖 지식과 지혜라는 영양소가 함축되어 있는 것이다.

책을 많이 읽는 사람은 그런 귀중하고 값진 정신적 자양분을 가장 값싸게, 바라는 만큼, 제때에 공급하여 받을 수 있다. 책은 동서고금의 지식과 지혜와 아름다움을 담은 샘이다. 이런 샘에서 자기 삶의 활력소가 될 자양분을 퍼 올려 섭취하는 사람이야말로 인생을 풍요롭게 살아갈 수 있다. 그러나 책을 읽지 않는 사람은 그런 지식과 지혜의 샘이 메말라 갈증 속에 헤매게 된다. 인생을 살아가는 힘과 미래를 위한 힘은 독서라는 체험을 통하여 충전된다.

책 속에 인생의 길이 있다. 책 속에는 인생이 걸어야 할 바른길이 간직되어 있다. 마치 첩첩산중에 앞서 간 발자국으로 길이 나 있는 것처럼 우리가 따라야 할 길이 책 속에는 드러나 있다. 우리보다 먼저 인생을 걸어갔던 인물들이 온갖 사색과 고뇌와 체험을 바탕으로 인생이 나아가야 할 참된 길을 책 속에 써놓은 것이다. 이처럼 책 속에는 인류가 수천 년 동안 쌓아온 사색과 체험과 연구와 관찰 기록이 백화점 상품같이 전시되어 있다. 이처럼 우리는 숱한 선각자나 스승들이 밝혀놓은 책의 등불을 벗 삼아 바르고 참되고 보람찬 사람의 길을 마음 놓고 걸을 수 있다. 그러나 책을 읽지 않는다면 그런 밝은 등불도 없이 어두운 밤길을 혼자 터덕거리고 걸어야 할 것이니, 얼마나 불행하고 가엾은 노릇이겠는가.

　- 서정수 교수의 ‘왜 책을 읽어야 하는가’ 글 중에서

이렇듯 인류의 문화는 독서에 기반한 지식의 충전에서 응용·창조되는 문명의 산물이었다. 책은 인류 문명과 문화를 전수·기록한 창조물인데, 독서를 하지 않으면 문명 기록사가 의미를 상실하는 것이다. 독서는 개인의 지식기반을 만들어 인류문화를 창조하는 기틀이며, 우리가 갖지 못하는 문화와 문명을 책을 통하여 체험하게 하는 것이다. 책은 인생을 변화시킨다.

그런데 요즈음 청소년들은 독서와 담을 쌓고 산 결과 두뇌의 동공 현상이 나타나 사고의 빈곤과 지식 창조의 활력을 잃었고, 인터넷 세상이 열리면서 특히 시간과 생각을 요하는 독서 문화는 퇴화되고 말았다.

청소년뿐 아니라 어른들도 책으로부터 얻어야 하는 지식을 거의 시청각 매체에 의존한다. 길고 복잡한 문장이나 사고를 요하는 문장은 싫다며, 재미있고 신나는 것만을 추구한다. 시간이 없다는 핑계로 독서를 하지 않지만 많은 시간을 비디오나 영상 오락물에 젖어 지낸다. 선정적인 인터넷이나 시청각 영상 매체가 주는 충동적이고 감각적인 문화에 흥미를 붙인 결과 독서의 즐거움을 잊어버리고 말았다.

따라서 도통 생각을 싫어한다. 책 속에 담겨 있는 자양분으로 마음을 살찌우는 노력은커녕 읽는 것 자체를 싫어한다. 그 결과 행동과 언어는 거칠어졌고, 사용하는 일상어도 인터넷으로 주고받고 메일에서나 볼 수 있는 서술이 없는 단어식 나열이나 저질 은유어법을 구사하고 있다.

시간과 정력을 소모하는 고리타분한 독서보다는 흥미진진한 영상물의 자극적 충동에 허우적이고 있다. 정말 책을 읽지 않고 음란하고 퇴폐한 시청각 영상에 매달린 시류의 자아상이 걱정스럽다. 좋은 책을 읽는다는 것은 그만큼 양질의 지식을 습득하여 질 높은 가치관을 형성시키는 것인데, 독서를 하지 않고 그 많은 지식과 교양을 어떻게 얻을 것인가?

책을 읽는 것은 지식과 교양을 전수받고 바른 판단력을 길러 풍요로운 인생을 사는 기술을 배우는 것이다. 따라서 좋은 책을 얼마나 읽느냐에 따라서 교양과 지식의 사고 변이가 성숙과 비성숙으로 나타난다. 즉, 독서를 많이 한 사람과 하지 않은 사람의 차이는 문명과 비문명, 문화와 비문화라는 양상으로 해석된다. 책은 마음의 자양분을 얻는 샘이며, 그것은 독서라는 노력으로 공급된다.

하루에도 수천 권의 책이 출간된다. 그러나 대부분 읽혀지지 않고 쓰레기로 버려진다. 정말 안타깝기만 하다. 독서는 독경을 게송하는 것과 같다.

072
참을 인(忍)자 세 번을 외치면 죽을 생명도 살린다

보현보살이 여러 보살에게 말하였다.

"불자여, 열 가지 인(忍)이 있으니, 이 중 한 가지 인(忍)만 얻어도 일체중생(一切衆生)에 걸림이 없는 길을 가게 될 것이다."

경찰이 범인을 심문할 때 담배에 불을 붙여준다. 담배를 피우는 동안 마음의 안정을 찾으라는 말이다. 법은 뒤에 있고 주먹은 앞선다. 생각보다 행동이 빠른 데서 일어나는 실수는 허다하다. 순간을 참으면 영원이 편하다. 사람의 마음은 어떤 문제에 직면하면 차분하게 문제를 해결하려 들지 않고 감정에 좌우하여 움직인다. 그 결과는 엄청난 데미지로 나타나고, 후회해본들 소용이 없다.

그만큼 감정은 눈먼 화살 같아서 시위를 떠나면 돌아올 수 없다. 사람의 감정도 화살 같은 것이어서 시위를 조절해야 화를 면할 수 있다. 눈앞에 문제 해결의 방법이 있는데 그걸 적용하지 못하는 것은 성급한 감정 때문이다. 눈앞에 불이 붙고 있을 때 등 뒤엔 푸른 물의 연못이 있다는 것을 알면서도 불을 끌 생각을 못해 방방 뛴다.

화가 났을 때 참자, 참자, 참자, 세 번만 외치고 마음을 다스리면 무지한 행동을 하지 않을 것이고, 다른 문제 해결의 방법도 알게 될 것이다. 절박한 실수를 이성적으로 해결해가는 지혜가 모든 일에 적용되면 성공할 수 있다. 인내한다는 것, 참는다는 것은 생각한다는 것이다. 모든 화는 참지 못하는 데서 일어난다.

불가에서는 화를 참는 열 가지의 방법을 제시하였다. 이른바 음성인(音聲忍)으로 말을 조심하고 참으라는 것이다. 말을 뱉으면 주워 담지 못한다. 후회할 말은 하지 말라는 것이다. 화가 났을 때 아무 말이나 마구 퍼붓는 사람이 있다. 함부로 하는 말은 상대에게 상처를 준다. 말은 잘하면 천 냥 빚을 갚지만 잘못하면 원수가 된다.

순인(順忍)은 바른 심성으로 법에 따라서 행동하고 참으라는 뜻이고, 무생법인(無生法忍)은 이성적인 지혜와 판단으로 까닭을 밝혀 행동하라는 것이며, 여환인(如幻忍)은 환술은 인연에 의하여 일어나는 것이니 어떤 일이 났을 때 주변의 관계인을 생각하라는 것이다. 그러면 그 모든 일이 다른 사람과 연관됨을 알 수 있다. '죽이고 싶지만 아버지 때문에 참는다.' 그런 의미이다.

여염인(如焰忍)은 순간을 참으면 만사가 편하다는 말이다. 일체 세간은 아지랑이와 같아서 불길도 아지랑이처럼 사라진다. 여몽인(如夢忍)은 일체 세상이 꿈과 같은 것이니 사소한 것에 목숨을 걸지 말라는 말이고, 여향인(如響忍)은 일체의 법은 메아리와 같은 것이라서 곧 사라지니 바른 소리를 찾으라는 말이다.

여전인(如電忍)은 눈앞의 일들은 번개와 같이 사라지는 것이니 그 일에 집착하지 말라는 것이며, 여화인(如化忍)은 세상에 일어나는 화(化)는 도깨비와 같이 실체가 없으니 달빛 그림자 보고 놀라지 말고 제 발 저린 일이 없도록 하라는 것이다. 여영인(如影忍)은 근심은 그림자 같은 것이니 한 빛에 두 그림자는 없다는 말이고, 여허공인(如虛空忍)은 세상사는 영원히 존재하는 것이 아니고 허공 속에 존재하니 시간이

지나면 해결된다는 말이다.

　생각을 달리하면 그 생각이 잘못임을 알게 된다. 보현보살은 인내를 10종의 참음이라고 설하면서, 참는다는 것은 지혜이고 아는 것과 통한다고 하였다. 모든 근심은 일체제불의 무진무애(無盡無碍)로 푸는 것이다.

– 「십인품(十忍品)」에서

073
서당개 삼 년이면 풍월을 읊고, 염불 십 년이면 도사가 된다

*

不忘念智莊嚴藏解脫 (불망념지장엄장해탈)
– 한량없는 마음의 짐을 덜어 지혜의 광명을 얻으니 아승지 문이 열렸다.

아승지 문을 열어 장엄함 진리를 터득함은 오직 오랜 시간 불공을 들여 염불했던 소원이 이루어졌다는 것이다. 서당개 삼 년이면 풍월을 읊고, 염불 십 년이면 도사가 된다는 말은 어느 한 일에 몰두하면 성공한다는 것이다. 서당 옆에 사는 개라도 아이들 글 읽는 소리에 나름의 글을 읽을 수 있고, 목탁을 십 년 치면서 염불을 하면 대승이 된다는 말은 쉽게 들을 수 있는 말이지만 그 속에 진리가 있다는 걸 모른다.

현대인들은 스피드하고 각박한 세상을 살기에 한 곳에 머물거나 한 일에 몰두하지 못한다. 구멍도 한 구멍만 파야 물이 나오고, 여러 개를 파면 물이 나와도 적게 나온다. 성질 급하고 변덕이 심한 현대인의 습성은 한 일에 정성을 다해 수확이 없으면 당장 걷어치우고 다른 일을 시작한다. 물론 냉철한 판단 결과지만 처음부터 잘못된 선택이라면 빨리 집어치우는 것이 옳다. 그러나 발전 가능성이 있고 미래가 보이는데, 당장 들어오는 이익이 없다고 하던 일을 그만두는 바람에 후회하는 사람이 많다.

사업이 잘 되지 않더라도 느긋하게 한 사업만 고집하여 성공을 거두는 사례를 많이 본다. 그렇게 성공한 모습을 보면 내가 왜 그때 그 일을 포기했던가 하고 후회를 하지만 이미 때는 늦다.

성공이란 운이 좋아서 하늘에서 떨어지는 것인 줄 알지만, 그 나름대로의 노력이 있다. 모든 일에 십 년만 공을 들이면 안 되는 일이 없으며, 그 일에 한해서는 전문가가 된다. 공부도 그렇고 사업도 그렇고 사랑도 그렇다. 그러나 시간만 지난다고 되는 것은 아니다. 열심히 공을 들인 자만 얻는 영광이다.

당장 자신이 하는 일을 생각해보자. 얼마나 기간이 흘렀는지, 얼마나 노력했는지, 그 일에 대한 기대는 어떤지를 되돌아보고 십 년만 고생하면 성공에 이를 것이다.

불경에서는 이것을 불아승지(佛阿僧紙)로 표현하고 있다. 불아승지는 100겁을 지나서야 성불에 이른다. 순간이 눈 깜짝할 시간인데, 1겁은 치맛자락이 스쳐서 한 자 높이 화강암을 닳아 없어지게 한다는 시간이다. 그런데 100겁에 이르러야 성불에 이른다니, 말도 안 되는 소리다. 처음부터 하지 말라는 이야기가 아닌가. 그러나 시작이 반이다. 설사 성불에 이르는 세월이 상상도 할 수 없을 만큼 오래 걸린다 하더라도 시작을 하면 이미 그 길로 가는 것이고, 이젠 곧장 가면 되는 것이다. 어쩌면 그것은 허무맹랑한 수포이고 허구한 망상에 그칠지 모르지만, 벼락을 맞고 죽을 확률이라고 할지라도 영광의 환희를 위해서 노력해야 할 것이다.

문수보살이 선재동자에게 법문을 가르쳐 보이니, 선재동자가 그 말을 듣자 곧 아승지 법문을 성취하였다.

"게으른 자들이여, 서당개 삼 년이면 풍월을 읊는데 하물며 인간의 두뇌로 십 년을 공들이면 못 이룰 것이 있을까."

–「불아승지품(佛阿僧紙品)」에서

074
시작은 절반의 성취다

산을 오르는데, 저 높은 곳을 어떻게 오르지 하고 걱정을 한다. 마음은 이미 그 산의 정상에 가 있는데 눈은 게을러 언제 갈지를 걱정하는 것이다. '눈은 바쁜데 마음은 느리다' 라는 말과도 통한다. 시작도 안 했는데 걱정을 하는 사람을 일컫는 말이다.

'천 리 길도 한 걸음부터' 라는 말이 있다. 시간이 없다고 설된 밥을 먹을 수 없고, 바쁘다고 바늘귀 못 꿰어 쓴다. '눈은 백 리 가고 발은 천 리 간다' 는 말도 있다. 빠른 눈은 멀리 보고 할 수 없다고 한다. 그러나 멀리 볼 줄 모르는 발은 얼마나 갈지는 모르지만 그냥 가면 된다는 것이다. 가다 보면 목적지에 도달한다. 게으른 눈과 부지런한 말을 비유해서 '빠른 눈보다 느린 발이 멀리 간다' 라고 말을 한다.

노력하는 자가 성공한다는 말을 많이 듣는다. 그러나 노력만으로는 안 된다. 지속적인 끈기를 가져야 한다. 똑같은 두뇌를 가지고 조건이 같은데 열심히 해도 성적이 안 오르는 학생이 있다. 반대로 공부는 많이 안 해도 성적이 오르는 학생이 있다. 능력보다는 공부하는 방법에 문제가 있는 것이다. 앞의 학생은 그냥 노력만 했고, 뒤의 학생은 잘 잘못을 따져가며 노력을 했다.

어떤 일을 할 때 겁부터 먹는 사람이 있다. '그렇게 많은 것을, 너무

먼 길을, 시간과 노력이 많이 들어, 노력한 만큼 성과를 거둘 수 없을 거야'라고 말한다. 바로 게으른 사람이다. 그러나 '하면 되겠지, 가면 끝나겠지' 하는 느긋한 성격과 끈기 있는 추진과 노력은 이윽고 목적지에 도달한다.

무시무종(無始無終), 즉 시작이 없으면 끝도 없다. 인생은 어디서 왔다가 어디로 가는가? 태어남이 있어서 죽음이 있고, 죽음이 있어서 태어난다. 이것은 연기법칙과 상통한 것이다. 이것이 있으므로 저것이 있고, 저것이 있으므로 이것이 있다. 시작을 했으니 결과는 꼭 있기 마련이다.

시작은 노력이고 끝은 결과다. 좋은 결과를 낳기 위해선 시작이 좋아야 하고, 좋은 결과는 준비되고 계획된 노력으로 얻는 영광이다. 그래서 시작이 중요하다. 준비된 시작은 시종일관 한길로 가야 하는 것이다.

산을 오를 때 정상에 오르는 길은 여러 갈래가 있다. 어떤 길로 가든지 정상에만 가면 된다는 생각이 중요하지만, 어느 길로 가장 쉽고 편하게 오를 수 있는지는 마음과 눈의 착각이 얼마나 차이가 나느냐에 따라 달라진다. 천 리를 보는 마음과 천 리를 보는 눈이 같이 있다면 더 이상 금상첨화일 수는 없다. 이렇듯 마음과 눈이 가름하는 상상력이 다르면 될 일도 안 된다. 그런 상관관계는 일을 어렵게 만든다.

우리는 어떤 일에서 성공하려면 '시작이 반이다'라는 생각으로 적극적으로 임하고 결과를 기다려야 한다. 눈처럼 게으르고 나태한 생각을 가져서는 안 된다. 산은 정상에 올라야 쟁취하는 쾌감을 느낄 수 있다. 도중에 포기하면 오르지 않는 것만 못하다.

　세상을 바꾸는 힘은 도전이고, 도전은 의지의 꿈을 펼 때 이루어진다. 시작이 아름다우면 끝이 아름답고, 성취욕이 있다면 도전은 강해진다. 구원실성(久遠實成)이 없다면 하늘에 일월(日月)이 없고, 나라에 대왕이 없고, 사람에게 혼이 없는 것과 같다. 그러므로 부처님의 여래수량품(如來壽量品) 없이는 일체경(一切經)은 무익한 것이 된다.

　성공과 실패는 결과만을 판정하는 것이 아니고 모든 과정을 중요시한다. 성공으로 가는 과정이 빛나면 결과도 빛난다.

– 「여래수량품(如來壽量品)」에서

075
역사에 편승하면 출세가 빨라진다

역사에 편승하면 출세가 빨라진다. 역사는 단순히 과거라는 뜻으로도 쓰이고, 또는 기록이라는 뜻도 있다. 그런데 과거나 기록이나 모두가 공간, 시간, 사건에 있어서 무한 광대할 뿐 아니라 기록 자체가 무질서하고 잡다하며 때로는 거짓이 많은 까닭에 무엇이 진실인지 혼돈하게 된다. 과거라는 역사는 고도의 사유능력을 가진 학자들이 과학적인 방법론으로 재구성하여 우리 앞에 어떤 실체의 모습을 보여준다. 이와 같이 역사학자들에 의해서 해석되고 걸러진 과거가 엄밀한 의미의 역사라는 것이다. 실제건 조작이건 기록은 역사다.

이렇듯 역사는 과거에 인류가 쌓아온 수많은 경험을 우리에게 알려줌으로써, 우리의 지식을 무한대로 넓혀준다는 효용성과 역사를 통해 삶의 질을 높여주는 교훈성을 준다. 흔히 역사를 과거와 현재의 대화이며, 시대를 반영하는 정치의 거울이라고 한다.

역사상의 모든 사건은 다 필연적인 역사법칙으로 설명할 수 없다. 역사에는 언제나 합리적으로 설명할 수 없는 논리가 끼어들기 마련이고, 이 때문에 역사의 행로에는 숱한 굴절과 변화가 생긴다. 어떤 역사학자는 "역사에서 논리란 역사가의 무지의 징표이다."라고 호언을 하였지만 이는 분명히 지나친 자만이다. 왜냐하면 역사에는 아무리 많은 지식을 가진 역사가라 할지라도 도저히 합리적으로 설명할 수 없는 우발적인 사건이 일어나고 있기 때문이다.

자연법칙처럼 확고부동한 역사법칙을 찾아내는데 실증주의나 마르크스주의 역사가들은 우연의 역할을 인정하는 것에 매우 인색하였다. 그들은 우연이라는 것도 기껏해야 역사적 사건의 전개과정을 촉진하거나 지연시킬 뿐 그 영향을 근본적으로 바꾸어놓을 수는 없다고 주장했다.

역사에서 말하는 논리의 사건이란 '다른 사건과 필연적인 인과관계를 맺지 않은 사건'을 말한다. 그래서 겉보기에는 우연처럼 보이는 사건도 실제로는 그렇지 않은 경우가 많다. 클레오파트라와 양귀비의 미모가 역사를 바꾸었다. 그러나 역사가들은 그녀들의 미모가 역사를 바꾸었다고 말하지 않았다. 다른 역사적 사건의 결과에서 그녀들을 언급했을 뿐이다. 사실이 그랬다. 여성의 아름다움이 거대한 제국의 몰락과 붕괴에 큰 영향을 주었다.

또 1789년 프랑스 혁명 과정에서 권좌에서 쫓겨나 단두대에서 목이 잘린 루이 16세는 극히 우유부단한 성격에다 사냥과 자물쇠 만드는 일에만 몰두한 왕으로서 자격 미달의 인물이었다. 왕비 마리 앙투아네트는 왕실 재정은 아랑곳하지 않고 호화로운 베르사유 궁전에서 사치와 방탕한 나날을 지내다가 민중의 원성을 샀던 인물이다. 루이 16세와 앙투아네트가 그러한 인물이었다. 그것은 우연적인 것이지만 여자가 나라를 망쳤다는 필연적인 역사가 되었다. 이 두 사람이 타고난 무능과 허영심이 프랑스 혁명을 초래한 원인을 제공했다는 필연성이라는 것이다.

그렇다면 역사에서 논리라는 골치 아픈 문제를 어떻게 처리해야 할 것인가?

역사가는 과거의 무수한 사실 가운데서 의미 있는 것만을 선택하여 역사를 서술한다. 역사가가 하는 것은 과거에 그런 사실이 있다는 것을 밝히거나 사실을 단순하게 나열하는 것이 아니라, 사실들의 연속인 인과관계를 밝혀 역사의 필연성을 찾는 일이다. 역사가가 수많은 과거의 사실들 속에서 이렇게 의미 있는 사실만을 골라 인과적인 관계로 묶어 만든 것이 역사이다.

그렇기 때문에 역사에서 말하는 논리란 인과관계의 사슬에서 단절된 사건을 가리킨다. 그러나 클레오파트라의 미모나 루이 16세의 무능이 비록 그 자체는 필연적인 인과관계를 설명할 수 없는 면이 있음에도 불구하고, 다른 사건에 영향을 주고 있었음을 부인할 수는 없다. 어느 역사가는 역사를 '해석의 역사'라고 한다. 역사는 이런 필연적인 관계를 가지고 있기 때문에 과거를 관찰하며 동시에 미래를 만들어가는 열쇠이기도 한 것이다.

문제는 우연이건 필연이건 역사는 역사라는 것이다. 기록사의 모든 것을 보면 나를 아는 거울이 된다. 역사적인 사실에서 나를 찾아가면 역사의 주인공이 되는 것이다. 그래서 인간은 역사를 무시할 수 없고, 역사를 외면하는 자는 실패하기 마련이다. 역사를 바로 보는 자만이 성공할 수 있는 힘을 가진다.

076
훌륭한 스승 밑에 훌륭한 제자가 있다

＊

내가 모르는 것을 가르쳐주는 사람이 스승이지만 세상에 존재하는 모든 것은 나의 스승이다. 스승을 잘 만나면 인생관이 바뀐다.

여든 살 먹은 노인이 세 살 먹은 아이에게도 배울 것이 있다고 한다. 배움에는 창피한 것이 없다. 나를 깨우치게 하는 것은 모두 나의 스승이다. 공자 말씀에 세 사람이 만나면 서로가 스승이고 제자라는 것이다. 스승은 먼저 알고 깨우쳐서 가르치는 사람이고, 제자는 그 스승의 학문과 지혜를 배우는 사람이니 나이를 불문할 수가 있다.

그래서 예부터 아무것도 모르는 내게 세상 물정을 가르쳐줘서 의문을 속 시원히 풀게 해준 스승을 받드는 것은 절대적인 도덕률이라고 생각하였다. 그래서 스승의 그림자조차 밟지 않는다고 했다. 좋은 스승 밑에서 훌륭한 제자가 난다는 말은 동서고금을 막론하고 공통된 답이다. 그렇게 난 제자는 스승보다 뛰어나다는 청출어람(靑出於藍)이라 말한다. 모든 스승은 가르친 제자가 자기보다 뛰어나길 바라고, 그런 제자가 나왔을 때 가장 스승 된 보람을 느낀다고 한다.

훌륭한 스승은 훌륭한 제자를 많이 가진 사람이다. 성자인 예수의 제자가 그렇고, 석가모니의 제자와 마호메트는 훌륭한 제자들 때문에 과업이 빛난 성자가 되었다.

세상엔 여러 종류의 선생님이 있다. 학교에서 학문과 인성을 가르쳐주는 선생님도 있고, 보습학원에서 미진한 공부를 보충해주는 선생님도 있고, 특기활동이나 취미활동, 그 밖의 전문 직업군을 가르치는 선생님이 있다. 이들은 다 같은 선생님이다. 그런데 오늘날 선생님은 돈을 주고 그 대가를 보상해주는 그 이상의 존재는 아니라는 것이다.

그러나 스승 된 입장에선 그렇지 않다. 훌륭한 제자를 많이 길러낸다는 것은 그 사회를 이끌 인재를 양성한다는 차원에서 존경받아야 하는 것이다. 선생님의 말 한마디가 그 사람의 인생을 바꾸는 경우가 많다. 그런 한편 선생님의 말이 학생의 인생을 망치는 경우가 있다. 인간적으로 선생님이 싫어지면 그 스승의 지도는 허사가 된다.

그래서 문제는 배우는 태도인 것이다. 선생님을 잘 만나면 성공한다는 말은 선생님의 가르침이 잘 받아들여졌다는 것이다. 스승은 항상 제자에게 상처 주는 사람이 되어선 안 된다. 만남의 인연이겠지만 훌륭한 스승 밑에 훌륭한 제자가 난다는 말은 스승의 혼을 이어받아 이 사회에 필요한 훌륭한 인간으로 나기 때문이다.

부처님은 수많은 제자를 두었다. 생전에도 그랬고, 생후에도 수천수만의 제자가 부처님의 가르침을 설교하여 힘든 인생을 보살펴주었다.

「제보살주처품(諸菩薩住處品)」은 부처님께서 중생에게 바라는 교훈을 보살행을 통해 인간 세상에 머물며 중생을 교화했던 사례를 밝힌 것이다.

세상은 살아볼 만한 가치가 있다는 것을 보여준 것은 부처님의 행업이 광대하여 회향의 복을 누린다는 것이다. 보현보살은 세상의 빛이 사방에 있다고 하였다.

東方有處名仙人山 從昔已來 諸菩薩衆 於中止住

(동방유처명선인산 종석이래 제보살중 어중지주)

- 동방에 선인산이 있으니 옛적부터 보살들이 거기 있었으며

現有菩薩名金剛勝 與其眷屬 諸菩薩衆 三百人俱 常在其中 而演說法

(현유보살명금강승 여기권속 제보살중 삼백인구 상재기중 이연설법)

- 지금은 금강승보살이 그의 권속 보살 삼백과 함께 그 가운데 있으면서 법을 연설하셨다.

남방의 승봉산에선 법혜보살이 권속 오백 보살과 함께 머물면서 법을 연설하였고, 서방의 금강염산에선 정진무외행 보살이 그의 권속 삼백 보살을 가르쳤고, 북방의 향적산에선 향상보살이 권속 삼천 보살을 깨우치고, 동북방의 청량산에선 문수보살이 수천 보살을 가르쳤고, 바다 가운데 금강산엔 법기보살이 권속 천이백 보살과 함께 있으며, 동남방의 지제산엔 천관보살이 일천 보살과 서남방의 광명산엔 현승보살이 서북방의 향풍산엔 향광보살이 이천 제자를 가르쳤다.

위와 같은 훌륭한 스승 밑에 훌륭한 제자가 생긴다. 좋은 스승을 만난다는 것은 성공으로 가는 정도이다.

-「제보살주처품(諸菩薩住處品)」에서

077
생전에 행한 선악은 업보의 고락(苦樂)으로 나타난다

*

삼계의 윤회는 음욕으로 일어나는 것이니, 사랑이 없는 육도욕은 삼가야 한다.

업보(業報)는 자신이 행한 행위에 따라 받게 되는 운명을 말한다. 선한 행동을 했으면 선한 업을 받고, 악한 일을 했으면 악한 업을 자신이나 후손이 받게 된다. 그래서 나타나는 업은 선한 업이 될 수도 있고 악한 업이 될 수도 있으나, 업보는 반드시 인과로 받는다는 것은 철칙이다. 이는 곧 순리에 역행하면 될 일도 안 되고 오히려 손해를 보거나 큰 상처를 받게 된다는 말이다. 그것을 업보라고 한다.

지금 지은 죄가 있다 하더라도 당장은 나타나지 않으며 그 과보를 받을 인연이 무르익을 때 나타난다. 당대에 나타나지 않으면 차후에 3대, 5대에서 나타난다. 그러나 인연에 따라 나타나고 사라지는 것이다.

업보로 인하여 인생을 잘 살거나 망치는 수가 많다. 자신은 정직하고 바른 행업을 했는데 조상이 저지른 업보 때문에 고통을 받는 사람이 있다. 그리고 자신의 행업은 미미한데 조상의 음덕을 받는 사람도 있다.

그래서 인과에 의해서 나타는 업보가 당대일 수도 있고 후대일 수도 있다는 것이다. 업보로 말미암아 인생을 망치는 일도 있고 성공하는 일도 있다. 사람의 행동이 업으로 나타난다는 것을 알면 사람들은 잘못을 저지르지 않을 것이다. 천륜을 어기면 천벌을 받는다. 여기 천륜을 저버린 행위로 천벌을 받은 집안의 이야기가 있다.

다복한 2남 2녀를 둔 사나이가 있었다. 그는 재산이 많아서 사회적으로 봉사도 많이 하고 어려운 사람을 도와주는 선을 베풀고 사는 사람이었다. 그런데 아버지 재산을 노린 둘째 아들이 재산을 탐내고 아버지를 죽이는 사건이 있었다. 그는 아버지의 재산을 승계 받으려고 어머니와 짜고 아버지를 살해한다.

할머니 제삿날이었다. 제사를 지내고 퇴주잔 술로 아버지가 취해서 아들에게 잔소리를 했다.

"넌 도대체 어떻게 생겨먹은 놈이기에 네 스스로 일자리를 찾지 못하고 부모에게 빌붙어 먹고 사느냐 말이다."

"그럼 아버지가 사업을 할 수 있게 돈을 좀 주세요. 유산을 달라는 겁니다."

"유산? 유산을 누가 네게 준댔어? 무능한 놈에겐 절대 유산을 줄 수 없어."

"그럼 아버지가 죽으면 되겠네요."

"뭐라고?"

그날 밤 사건은 벌어졌다. 제사를 지내고 큰아들 내외가 돌아간 후 작은아들이 술에 취해 있는 아버지의 목을 노끈으로 졸라 죽였다. 그것을 어머니가 보았다.

"네놈이 아버지를 죽여?"

"발설하면 어머니도 죽일 수 있습니다."

어머니는 자식과 동조하여 죽은 시신을 끌고 밖으로 나갔다. 그리고 뒷동산 높은 소나무에 매달았다. 모자가 남편의 죽음을 자살로 위장한 것이었다.

다음 날 아침, 아버지는 뒷동산 소나무에 매달려 있었다. 경찰이 와서 조사를 했으나 타살의 흔적이 없었다. 가정불화로 자살한 것이라고 생각했다. 아들은 증거를 인멸하였다. 가족들도 대충은 작은아들이 한 줄 알지만 모른 척 묻어버렸고, 경찰은 자살로 판명해버려서 사건은 마무리되었다.

어머니는 재산을 정리하여 모든 자식에게 나누어주었다. 그러나 작은아들은 아버지를 죽였다는 죄책감에 시달렸다. 거의 자폐아가 되어 집 안에 박혀 지냈다.

그런데 업보가 나타나기 시작했다. 아버지가 죽은 지 삼 개월 만에 어머니가 자동차 사고로 죽었다. 그리고 삼 개월 후에 작은아들은 독약을 먹고 자살을 해버렸다. 재산을 나누어 가지고 비밀로 부쳤던 큰딸은 소박을 맞고 이혼해서 혼자 살더니 정신병자가 되어버렸다. 그리고 일 년 만에 죽었다.

아버지의 죽음에 관계된 자식들은 다 죽고, 관계하지 않은 큰아들과 작은딸은 벌을 받지 않았다. 무서운 업보였다. 당대에 나타난 업보치곤 무시무시했다. 그런데 남은 자식들은 잘 풀려 잘 살고 있다.

불경에서는 사람이 행한 업은 반드시 업보로 받는다고 하였고, 부처님은 자신이 이루신 불가사의한 이야기를 법계무량무변(法界無量無邊)으로 설명하였다.

"부처님이 베푼 지혜와 덕의 본체가 공덕으로 나타나서 모든 중생이 사랑받고 편하노니 네가 부처다. 지혜가 세상의 표준을 초월하여 생각지 않은 일이 자비로 나타나거나 더러움으로 나타날 것이다."

노력한 결과로 성취된 과업을 밝히는 것이지만 나쁜 행업은 나쁘게 나타나고 좋은 행업은 좋은 결과로 나타난다는 것이다.

또 불경은 업보를 불부사의법품(佛不思義法品)으로 설명하였다.

"부처님의 색신(色身)이 무량무변하여 초인적인 힘을 발휘하고 눈과 귀, 코의 무량무변이 피안에 도달하고 말씀이 무량무변하여 두루 법계에 들리게 하고 손수 수행한 공이 무량무변하여 중생에 녹여내고 의로운 일이 무량무변하여 삼세에 걸림이 없고 무애해탈(無碍解脫)의 무량무변이 신력으로 나타나고 그 장엄함이 무량무변하여 중생을 구제하고 모든 보살행과 모든 훌륭한 불경과 신력이 정법으로 나타나서 깨우치게 한다."

─「불부사의법품(佛不思義法品)」에서

078
호랑이는 죽어서 가죽을 남기고, 사람은 죽어서 이름을 남긴다

蓮華藏莊嚴世界海 (연화장장엄세계해)

光照一切方普放無量大光明網 (광조일체방보방무량대광명망)

示現如來徧法界大自在雲 (시현여래편법계대자재운)

– 부처님 모습은 연화장에 천 개의 꽃잎을 가진 거대한 연꽃으로 피어났다. 그 연꽃 위에 비로자나여래가 앉아 천 명의 석가모니불이 되어 백억보살 앞에서 설법하시는 모습이 장엄한 광명의 모습으로 구름의 바다를 이루었다.

    살아생전 이름을 남기는 일을 하면 후대에 영광을 받는다. 세상에 태어나서 그냥 머물다가 이름 없이 가는 평범한 사람이 있는가 하면, 어떤 사람은 세상에 나서 족적을 남기고 간다. 이름을 남기고 가는 사람 중엔 남을 괴롭히는 악인으로 불명예스럽게 죽는 사람이 있는가 하면, 명성을 남기고 죽는 사람이 있다. 좋은 이름을 남긴다는 것은 권력이 높아서가 아니고 돈이 많아서도 아니다. 의로운 일과 좋은 일로 많은 사람의 심금을 울리는 그런 일을 하고 간 사람이다. 진정한 의미의 성공이다.

    호랑이는 태어나서 가죽을 남겨 따뜻한 호피로 추위를 덜게 하는데,

하물며 사람으로 태어나서 이름을 남기지 못하면 살았다 할 존재가 없는 것이다. 이름을 남기는 일은 자기 생각대로 되는 것이 아니고, 동시대를 같이 살아온 사람들이 합의한 판단에서 선정되는 것이다.

어떤 사람은 자기 공적을 스스로 남겨두려고 산 사람의 비문을 만들고 공적비를 세우기도 한다. 그런다고 누가 그 사람의 이름을 받들어 숭배하지는 않는다.

이름을 남긴다 함은 성공한 이름을 말하는 것이다. 잘못 남긴 이름과 잘 남긴 이름은 하늘과 땅 차이다. 우리는 그것을 역사에서 찾아볼 수 있다.

함양군수로 온 김종직이 "살아 있는 자가 시 같지도 않는 공덕 시를 현판에 붙여?"라면서 유자광이 쓴 현판시를 불태워버렸다. 이것이 유자광과 김종직의 악연이었다. 결국 유자광이 무오사화를 일으켜 김종직의 사림파들을 무참하게 살해하였다.

반면 백성으로부터 칭송을 받아 이름을 남긴 사람이 있다. 고려 말 최석이라는 순천 부사가 있었다. 선정으로 백성이 편하게 살게 되었는데 그가 한양으로 전근을 갈 때 순천 시민이 말 한 필을 내주었다. 최석은 돌아가서 그 말이 친 새끼 여덟 필을 덧붙여 순천으로 보냈다. 백성의 재산은 공짜로 받을 수 없다는 청렴한 관료의 상을 보여준 것이다. 그래서 순천 부민은 팔마비를 세워 그의 공적을 기렸다. 하나를 베풀면 열로 돌아온다는 보은의 사례이다.

성공한 사람은 선행에 걸맞은 이름이 남는다. 이름이 남는 사람이 성공한 사람이다.

— 「여래십신상해품(如來十身相海品)」에서

079 사람들은 왜 스타에 열광하는가

＊

많은 청소년들은 스타를 꿈꾸며 스타가 되려고 노력하고, 이에 동조하여 기획사들은 스타 만들기에 전력을 다한다. 스타를 가장 성공한 사람이라고 생각하기 때문이다. 그러나 스타는 천재라기보다 기획된 상품으로 만들어진다는 것을 잊어서는 안 된다.

따라서 스타는 엄청난 경제적 상품인 것은 사실이다. 스타가 그렇게 엄청난 경제적 상품 효과를 가질 수 있는 것은 많은 사람이 스타를 동경하고 스타에 열광하는 심리에 편승한 것이다. 특히 대중 예술을 하는 스타에 관심이 높다. 스타의 노래를 좋아하고 스타의 춤에 열광하여 기꺼이 비용을 지불하는 대중이 많다.

사람들은 왜 스타에 열광하는가. 그것은 대중이 가지고 있는 어떤 욕망을 스타가 대리 충족해주기 때문이다. 스타는 화려하고 강하고 영웅적이며 성적 매력이 있는 사람이라는 것이다. 사람들은 스타에 열광하는 순간, 스타와 자신을 무의식적으로 동일시한다. 자신의 미약한 부분을 스타가 환상적으로 충족시켜 주는 대상이라는 것이다. 특히 영화 스타는 대중적인 인기를 독차지한다.

영화는 매체 기술과 배우의 연기력이 영상으로 구현되는 종합 예술인데, 관객들은 영화의 영상 예술보다는 그 영화에 출연하는 배우의 미모에 관심이 쏠려 있다. 그리고 스크린에서 전개되는 스타들의 연기에 열광하기에 스타의 인지도에 따라서 영화의 성패가 좌우되기도 한다. 스타에 매료되는 그 순간 무의식적으로 자신을 영화 속 주인공과 동일시하면서 자신의 진짜 모습, 즉 약하고 초라하고 별 볼 일 없는 현실의 모습을 잊고, 그 순간 이상적인 스타의 모습으로 변해 간접 체험의 대리 만족에서 쾌유를 부른다.

대중음악 스타의 경우도 마찬가지다. 화려한 무대에서 노래 부르는 스타의 모습에 열광하는 순간 대중은 그 스타가 표상하는 강력한 힘에 스스로를 동일시한다. 그 순간은 자신의 초라하고 고달픈 현실로부터 벗어나는 해방의 순간이기도 하다.

결국 스타에 대한 대중의 열광은 스크린과 TV 화면에 비친 허구적인 이미지에 대한 자기 도착의 마력에 걸려 스스로 배우나 가수에 되는 망상이지만 그것을 좋아하는 것은 자신과 그들을 동일시하는 순간에 맞은 희열 때문이다.

그러나 스타는 그 시대의 문화를 주도하고 모든 사람이 동경하는 인물이라는 데서 일단은 성공한 사람으로 보아야 한다. 문제는 그 인기의 수명이다. 바람처럼 사라져버리거나 모닥불처럼 꺼져버리는 스타의 모습은 연극이 끝나 막 내린 모습이다. 우리는 그런 스타를 갈망하는 것은 아니다. 스타가 되려고 스타를 꿈꾸는 그런 정신력과 욕망이라면 무슨 일이든지 성공할 수 있다는 것이다. 스타가 오랜 생명력을 가진다면 더 이상의 성공은 없을 것이다. 우리는 그런 스타가 되려고 한다.

그렇다면 부처님은 스타였을까? 대중문화를 잘 이해하는 스타였다.

부처님은 32등신이라는 비대칭의 언밸런스한 모습을 가진 남자였다. 이목구비가 뚜렷한 미남자가 아니고, 그 몸에서 나오는 광채가 아름다운 미남자였다. 평발에 금무늬 손금, 길고 가는 손가락과 발가락 사이에 비단막이 드리우고, 귀가 크고 얼굴이 길며, 장딴지는 사슴다리 같고, 키는 장대 같고, 살결이 부드럽고, 몸매는 사자 같고, 혀가 길고 넓으며, 목소리는 청아하고, 눈동자가 검푸르고, 이마가 넓은 남자였다. 그러나 그의 몸에서는 언제나 광채가 났다.

대중의 스타는 모든 면에서 최고는 아니다. 뭔가 한 면에서만 뛰어날 뿐이다. 자신의 생김새를 탓하지 말고 생긴 대로 살면서 장점을 찾으면 나름의 스타가 된다. 미인의 조건이 꼭 팔등신만은 아니고, 미의 기준은 보는 사람에 따라 다르다. 공통적인 미의 기준은 없다. 내가 가진 것을 남은 못 가질 수가 있고, 나의 단점이 남의 장점이 될 수 있다. 생긴 대로의 모습에서 장점을 살려 찾아가면 구하는 길이 열릴 것이다.

080

집단이기주의에 편승하지 마라

집단이기주의 편승은 우매한 군중의 황포(荒暴)다. 현대사회는 다양한 사고와 욕구가 충족되는 복잡한 인간관계를 유지하고, 공공의 질서와 규범을 준수하면서 더불어 공존하는 윤리·도덕적 집단생활을 하고 있다. 이 세상의 생명을 가진 것들은 개체의 생명을 유지하고 자손을 번식하기 위하여 생존경쟁의 험악한 전쟁에서 준엄한 질서를 지키면서 자기 역할을 다하며 살아간다.

약육강식, 강한 놈은 약한 놈을 지배한다는 비극적인 현실 속에서도 생태계가 유지되는 것은 반드시 강한 자가 이기는 힘의 논리만 존재하지는 않기 때문이다. 강자도 미세한 세균에 의해서 무너지는 것을 흔히 볼 수 있다. 이렇듯 생태계는 우리가 모르는 질서 속에 먹이사슬을 형성하고 있다.

그러나 인간의 사회는 다른 생물과는 다르다. 절대강자도 절대약자도 없다는 것이다. 독불장군으로 자기만의 영화를 추구하고 살 수 없게 되어 있는 것이 인간 사회이다. 현명한 인간 생활은 공동의 이익을 같이 나누며 사는 상부상조의 사회이다. 그러나 이런 공존의 행복을 누리는 방법은 법과 질서와 윤리·도덕적 가치관이 약속된 규범으로 지켜지는 속에서 가능한 것이었다. 그러나 법과 도덕이 무시되고 정의가 무시되는 비공존의 힘이 작동하면 인간의 유대는 깨지고 만다. 더불어 같이 사는 행복한 인간 사회에 자기만 잘 살겠다는 이기주의가 있다.

이런 이기주의가 어떤 인위적인 단합의 힘을 과시하여 집합한 힘의 논리로 타인을 지배하고, 타인의 행복추구를 와해시키는 것이 집단이기주의인 것이다. 개인의 이익을 구축하기 위해서 단합된 집단의 힘으로 지배하려는 것이다. 그런데 그것이 그들 집단만의 일이 아닌, 공공의 다른 집단과 사회에 해를 끼치는 것이 문제인 것이다.

집단이기주의는 개인의 이익을 지키기 위하여 목적을 같이한 집단이 단합된 힘으로 자기들만의 이익을 추구하는 비도덕적이며 탈법적인 행위나 행동을 의미한다. 그 집단이기주의는 남을 해치고 횡포로 나타나고 공공의 공평한 이익에 반하는 태도로 구속한다. 공동의 이익과 복지를 나누며 더불어 사는 사회에서 가장 배격하여야 할 힘이다.

우리는 날마다 신문 사회면에 나타나는 불법적이고 위법적인 집단이기주의 양상을 보고 상을 찌푸린다. 그 행위들은 너무 지나쳐서 타인에게 막대한 피해를 입히며 반사회적인 양상은 극에 달해 대립과 투쟁으로까지 화를 부르고 있다. 이런 집단이기주의는 자기들만 잘 살고 행복하겠다는 논리로 행복한 사회의 기틀을 깨는 것이다.

우리 사회에 나타나는 집단이기주의 양상은 집단의 이익을 위하여 단합된 힘으로 정의를 부정하고 공공질서를 파괴하는 투쟁, 불법 시위, 공공장소나 거리 장악, 독점하는 행위로 반대 입장을 제압, 묵살, 제거하는 양상으로 나타난다. 이런 행위가 노사분규나 보혁 갈등, 배타적 지역이기주의 집단 소요 등으로 나타난다.

　이렇듯 국가 기강과 법질서를 위반하고 공공의 이익에 반하는 행위로 나타나는 집단이기주의가 늘어날수록 우리 사회는 가진 자가 지배하는 복잡한 갈등에 얽혀, 개인은 물론 국가 발전에 저해요인으로 작용한다는 것을 알아야 한다. 집단이기주의에 편승하는 것은 자신의 정체성을 잃어버리는 마약과 같은 것이다. 눈앞의 이익을 챙기는 집단행위는 당신의 발목을 잡는 사슬이 될 것이니 경계해야 한다.

081
손뼉도 마주쳐야 소리가 나듯 독불장군은 없다

＊

　도둑질도 손발이 맞아야 하고, 손뼉도 마주쳐야 소리가 난다. 아무리 잘난 사람이라도 혼자서는 이룰 수가 없다. 어떤 상품을 만들 때 개발자의 발상이 아무리 좋다고 하더라도 그것을 만들 조직의 협조가 없으면 상품으로 빛날 수 없다. 백지장도 맞들면 가볍다고 했다. 영재는 바보가 있기에 똑똑해 보이고, 낮은 밤이 있기에 빛나 보이듯이 조력자가 있어야 일이 쉬워진다.

　협조하고 배려하는 속에서 역사는 이루어진다. 전투에서 훌륭한 작전은 전쟁의 승리를 이끄는 원동력이지만, 작전에 임하는 병사의 움직임이 없이는 전쟁의 승리를 기대할 수가 없는 것이다. 그러나 독불장군은 전쟁의 승리는 자신의 작전이 좋아서 성공한 것이라고 우긴다.

　잘났다고 자부하는 사람들은 모든 것이 내가 너보다 우월하다고 생각한다. 그것은 어리석은 생각이다. 세상에 독불장군은 없다. 상대가 없고 조력자가 없는데 어떻게 우뚝 설 수 있단 말인가? 이런 생각을 가진 사람들 때문에 사회는 퇴보하는 것이다.

　여러 사람이 협조하여 일을 처리해나가는 데는 불협화음이 있기 마련이다. 그러나 불협화음은 곧 질서를 찾아가는 과정인 것인데, 독불장군은 그런 상황을 깨버리고 일을 망치고 마는 것이다.

단합된 힘은 더 큰 힘을 만든다. 그 힘으로 목적을 달성하면 일의 성과는 빨라진다. 사람을 융화하고 화친하는 마력을 지닌 사람이 성공한다. 힘과 뜻을 모아 일을 성사시키는 데는 혼자보다는 둘이 낫고 둘보다는 셋이 낫다. 그러나 힘을 합하는데 코드가 맞지 않으면 언제나 합선의 파열음이 일어난다. 뜻을 이루려면 사람을 잘 만나야 하고 그 사람과 뜻이 맞아야 한다.

그런데 사람의 속성이 다른데 나와 꼭 맞는 사람은 없다. 비슷한 성향이 있다면 내가 상대에게 맞추어가는 것이 가장 현명한 처세다.

영웅은 하늘이 내리는 것이 아니고 대중이 만드는 것이다. 대중 속에 일어나는 어떤 문제를 하나로 묶어 쉽게 해결하는 방법을 창안하면 그 사람은 자연스럽게 그 대중의 영웅이 되는 것이다.

손뼉이 마주쳤을 때 소리가 나고 기분이 상쾌해진다. 의견과 힘의 일치를 이루었으니 그 일은 이미 성취된 거나 마찬가지다. 서로 손뼉을 마주하는 것은 흐트러지고 나누어진 소리를 한데 모아 조화를 이루는 것이니 소리가 경쾌하지 않을 수 없다.

손뼉을 마주쳐서 상쾌한 소리를 내게 하려면 어떻게 해야 하나? 갑자기 부딪친다고 되는 것이 아니고, 강요한다고 되는 것도 아니다. 사전에 만드는 분위기가 서로 맞춤으로 일치되는 상황을 만들어야 하는 것이다. 이것을 잘하는 사람이 성공한다.

비량비무량(非量非無量), 어떤 존재는 한량 있는 것도 아니고 한량이 없는 것도 아니다. 그러나 그 속에 한량한 것이 있다는 말이다. 아니라고 생각한 그곳에 내가 찾는 그것이 있기에 그 길을 찾아가는 사람이 성공한다.

문수보살과 보현보살이 마음을 열고 서로 의문 나는 것을 묻고 답하며 인과를 바로잡았다. 문수는 법신의 근원지를 말하였고, 보현은 차별지를 말하였다. 따지고 보면 근원지는 원인을 말하는 것이고, 차별지는 결과를 말하는 것이어서 전혀 다른 양상이다. 그러나 근원지와 차별지가 상호 원만한 융합으로 하나라는 결론에 이르렀다.

그때 여래가 출현하였다.

"백천억 나유타 세계에 티끌 수만큼의 여래가 있는데 어찌 같을쏘냐. 그러나 지혜와 뜻을 한데 모으면 묘각이 나온다."

여래성기묘덕(如來性起妙德)보살이 보현보살에게 법을 물었다.

"불자여, 보살마하살은 어떻게 부처님의 여래와 응공과 정등각의 출현법을 알게 했나이까?"

보현보살이 답하였다.

"이 한량없는 백천억 나유타 보살은 다 오래전부터 깨끗한 업을 닦아 지혜를 성취하고 큰 자비로 모든 중생을 관찰하고 여러 큰 보살의 신통한 경계를 분명하게 알았기에 부처님의 신통한 힘을 받게 되었사옵니다."

모든 보살이 협동하여 일체 시방의 세계를 합장하니 광명을 이루어 만대중의 고통을 없애주고 모든 악으로부터 구원했다는 것이다. 여래는 동화의 힘이 모아질 때 출현하는 것이다.

－「여래출현품(如來出現品)」에서

082
혼자 가면 빨리 가나 같이 가면 멀리 간다

＊

　자연에서 공생의 지혜를 배운다. 인간이 만물의 영장이 된 것은 다른 동물과는 달리 도구를 사용할 수 있었기 때문이다. 동물처럼 힘으로 먹이 다툼에서 경쟁한다면 과연 인간이 약육강식의 먹이 다툼에서 이길 수 있을까? 작은 육체가 거대한 체구의 맹수들과 다툼에서 이길 수는 없을 것이다. 크고 날카로운 송곳니를 가진 것도 아니고, 엄청난 힘의 발톱과 한입에 삼켜버릴 수 있는 아가리도 없으며, 적의 공격으로부터 보호받을 수 있는 질긴 피부와 털가죽을 가진 것도 아니다. 인간의 몸은 얇고 연한 살갗으로 덮여 있어서 맹수들의 공격에 약하다.

　그러나 인간은 다른 동물을 지배할 수 있는 두뇌를 가졌다. 힘이 아무리 세다고 할지라도 인간의 두뇌 작용에 맹수들은 대적할 수가 없다. 그래서 인간은 만물의 영장이 되어 상태계의 강자로 군림할 수 있었다.

　인간이 만물을 장악할 수 있었던 것은 영리한 두뇌 활동 때문만은 아니다. 두뇌의 작용보다는 상부상조하는 사회생활을 할 수 있었기 때문이다. 모든 동식물이 자존을 위하여 군락을 이루어 자생하거나 떼 지어 살거나 무리 지어 살면서 합세된 힘을 보여 강자로부터 보호

막을 치고 살고 있다. 그런데 인간은 무리 지어 사는 지혜와 개개인의 특성을 한데 모아 위험이 닥쳤을 때 같이 극복하는 지혜를 가졌다. 고도로 발달된 지능과 협동할 줄 아는 성향과 그것으로 이루어진 지혜 때문에 다른 동물이 접근하지 못하고 독존의 생을 유지하였던 것이다.

바로 인간만이 가질 수 있는 협동정신이다. 제아무리 높은 지능을 가진 동물이라도 협동을 할 뿐 지혜를 모아 묘책을 찾지 못하기 때문에 생체 보존에 위협을 받고 있다.

지구상에 협동의 힘을 터득한 동물은 그리 많지 않다. 물론 인간처럼 협동사회를 이루고 사는 개미나 벌도 있다. 개미의 생태를 들여다보면 공동의 협동생활을 하는데 엄격한 질서가 있었다. 단체를 위한 일에 개인적인 행동은 절대 용납되지 않았다. 그래서 작은 개미나 벌은 많은 개체로 이루어져 있으면서 일사분란하게 하나처럼 움직인다.

협동이란 잘 먹고 잘 살기 위한 공생의 율법이다. 그래서 자기 혼자만의 힘으로 살아가지 못하는 생물들은 공생관계를 유지한다. 개미는 진딧물과 공생관계를 유지한다. 진딧물의 꽁무니에서 나오는 달콤한 즙을 먹기 위해서 개미는 진딧물의 신변을 보호해주고 좋은 먹이가 있는 곳으로 옮겨준다. 이런 공생관계는 어느 날 갑자기 이루어진 것은 아니다. 오랜 진화와 역사를 통한 많은 시행착오에서 조율된 계약이다. 개미는 달콤한 꿀보다는 진딧물의 살코기에 든 단백질을 더 탐내지 않겠는가. 그러나 당장 눈앞의 이익만 챙겼다면 이들의 관계는 파괴되고 말았을 것이다.

우리는 동물이나 곤충 그리고 식물의 생육에서 엄청난 진리를 배운다.

절대 혼자서는 안 된다는 것이다. 더불어 사는 지혜가 있어서 더 잘 살 수 있었던 것이다. 성공에 이르는 지혜다. 공동의 이익을 누리는 속에 개인이 번영하는 진리다.

혼자 가면 빨리 가지만, 같이 가면 멀리 간다는 말이 있다. 혼자 가면 쉽게 지쳐서 도중에 포기하기 쉽다. 그러나 같이 가면 기쁘게 오래 갈 수가 있다.

083
가출한 사람들이 역사를 창조한다

역사를 창조한 사람들 중엔 자력으로 인생을 개척한 사람들이 많다. 출세하려면 가출을 하라. 역설이다. 가출이라면 보통 가족과 가정의 붕괴에서 일어나거나 탈선하는 사람들이 갖는 부적응의 수단이라고 할 수 있다. 출세하려면 가출하라는 말은 가출을 미화하는 것이지만, 주어진 환경에서 도저히 자력으로 힘들다고 고뇌하는 사람들은 환경을 바꾸어 적응하는 변화가 있으면 새로운 인생을 찾을 수 있다는 말이기도 하다.

저항적인 불만으로 가출한 청소년들이 대부분 절망의 길로 나가떨어지는 사례를 무수히 보아왔다. 그러나 여기서 말하는 가출은 단순한 가출이 아닌 위기극복을 위한 출가를 말하는 것이다. 출가란 가출과 달리 어떤 목적과 뜻을 세우고 집을 나서는 것이다. 자신을 부자유스럽게 하는 요소에서 탈출하는 반항의 출가가 아니고, 어떤 목적과 입지를 세우고 보다 나은 환경을 찾아가는 출가인 것이다.

아무튼 예부터 큰일을 한 사람들 중에는 일찍 가출해서 스스로 자기가 살 길을 찾아 성실하게 노력한 사람이 많다. 도저히 현재 처한 환경에서는 꿈을 펼 수가 없다고 생각해서 집을 나선 것이다. 그리고 일찍 부모를 여의고 갈 곳이 없어서 집을 나오는 사람도 많다. 그러나

그들의 가출은 불우한 환경에서 벗어나려는 절실함이 있었기 때문에
스스로 의연하게 대처하는 자생력을 갖추었다고 볼 수 있다.

성공은 좋은 환경에서 이루는 성취만은 아니다. 부족하고 갈증 날
때 목적을 두고 오로지 한길로 전진하는 자에게 주어지는 보상이기도
하다. 현재의 환경이 불우하다고 생각하는 사람이나 절망적인 현실을
비관하는 사람들은 환경을 한 번쯤 바꾸어보는 것도 좋다. 확실한 목
적과 뜻을 세우고 가출하라는 것이다. 그리고 혼자 개척하라. 그렇게
가는 길은 가시덤불과 고난과 역경의 연속일 것이다.

우리는 이것을 자수성가라고 말하기도 한다. 우리는 한국전쟁 후
가난한 고아들이 미군을 따라 미국으로 가서 성공하는 사례나 머리
좋은 천재들이 유학 가서 고학으로 공부하여 출세하는 것을 봐왔다.
다 목적이 있는 출가에서 비롯했다.

가정에 애착을 느끼지 못하는 청소년들이나 심지어는 가정불화에
시달리는 어른들까지 가출로 순간을 모면하려고 한다. 그러나 집을
떠나면 고생이 시작되고, 죄악의 구렁텅이로 빠뜨리는 유혹에 휘말려
자신을 망치는 일이 빈번하다. 한국적인 가출의 양상이다.

서구인의 가출은 우리와 다르다. 그들은 집을 나오면 목적을 이룰
때까지 돌아오지 않는다. 그래서 서양인들은 집을 나와 자기 나라뿐
아니라 외국을 나돌며 자신의 길을 찾아 무한한 노력을 한다. 서양인
의 가출은 입지의 인물이 되어 성공하는 경우인데, 한국적인 가출은
탈선과 타락의 비극을 자초하였다. 가출로 인생을 망치는 사례는 얼
마든지 있다. 그들을 유혹하는 곳은 악의 소굴이다.

가출을 하려면 성공하는 출가를 하라. 도저히 주어진 환경에서 뜻

을 세우지 못한다면 환경을 바꾸어 미래를 설계하고, 길이 잡히면 그 길을 가면 성공에 이르는 것이다.

청소년들이여, 현재가 힘들면 상황을 바꾸어라. 길이 있다면 그 길을 찾아 출가하라. 그런 자만이 역사를 바꿀 수 있다.

우리는 석가모니의 일생에서 출가의 의미를 생각해볼 수 있다.

석가모니는 인도의 북부 갠지스 강변에 있는 코살라국의 소국인 카필라바스투성에서 정반왕과 마야 부인 사이에서 태어났다. 그는 부러울 것도 부족한 것도 없는 부귀영화를 누릴 왕자의 신분으로 태어났지만, 생로병사의 고통에서 헤어나지 못하는 사람들의 고통을 그냥 두고 볼 수가 없어서 가출을 결심했다. 출가 후 수행으로 부처님이 되어 세상에 나타나 생로병사의 고통에서 헤어나지 못하는 사람들을 구제하고 그들과 고달픈 수행을 계속하였다.

084
번갯불에 콩을 못 볶아 먹는다

＊

일에는 순서가 있다. 번갯불에 콩을 못 볶아 먹는다는 말은 아무리 고온의 번갯불이라도 순간에 내치는 열로는 콩을 볶을 수가 없다는 말이다. 마치 그것은 우물에서 숭늉 찾는 격으로, 장소를 분간하지 못하는 성질만 급한 어리석음을 말하는 것이다. 아무리 복잡하게 얽힌 실타래도 가닥을 잡아 순서를 찾아가면서 풀면 술술 잘 풀린다.

성질 급한 사람들은 시작도 하기 전에 결과를 기다린다. 이런 사람은 십상팔구 중도에서 그만두는 사람들이다. 일은 처음부터 차근차근 질서를 찾아가면 성공에 이른다.

불교에는 보살의 등각(等覺) 과정을 하나하나 거쳐 최상의 묘각(妙覺)에 이르면 부처가 된다는 것이다. 등각이 순조로울 순 없다. 학문에는 체계가 있고, 질서에도 순서가 있으며, 지혜도 수행 과정이 있다. 어린아이가 자라서 소년이 되고, 다시 청년이 되고, 장년이 되고, 노인이 되듯이 학문에도 순서가 있다.

초등학교에서 1학년부터 6학년까지 단계별로 학문의 심도를 다르게 하는 것처럼 일에도 순서가 있다. 일례로 물건을 만들 때 열 단계 생산과정이 있는데 중간에 두 단계를 빼버리면 물건은 제대로 만들어

지지 않고 불량품이 되고 말 것이다. 일에는 순서가 있고, 그 순서를 빠르고 정확하게 한 단계 한 단계 오르면 훌륭한 제품을 만들어낼 수가 있다.

배움에는 등각과 묘각이 있다. 보살이 거쳐야 할 52가지 수행을 모두 완성하면 최후의 단계인 묘각에 이르고, 묘각에 이르면 부처가 된다. 온갖 번뇌 끝에 부처님이 되는데 51단계의 등각을 반드시 거쳐야 52단계 묘각에 이르러 부처가 된다.

菩薩乘階位 諸經論所說 種種不同 (보살승계위 제경론소설 종종부동)
大日經十住十位十地說 忘修絶證 (대일경십주십위십지설 망수절증)
- 보살의 등급을 각 경과 논(論)으로 말씀하신 것을 보면 여러 가지가 같지 않으니 크게 나타내어 십주의 십위 또는 십지를 말씀하시고 등위별 닦음을 잊으면 수행을 망친다.

불가에서 51선지식은 미륵보살의 수행이고, 52선지식은 문수보살의 수행이며, 53선지식은 보현보살의 수행이다. 미륵, 문수, 보현은 묘각의 전단계인 등각을 마친 보살이다. 미륵은 자성을 근본지로 하였고, 문수는 자성 보광지를 근본으로 하였으며, 보현은 자성 차별지를 주장하였다. 셋의 성호는 다르지만 등각에 오르는 본체는 같아서 근본지의 결과와 보광지의 본체와 차별지가 작용하여 등각에 이르러 지혜의 자비를 이끌었다.

덕생동자가 선재에게 미륵보살을 찾아가서 등각을 하라고 일렀다. 그러나 미륵보살은 선재에게 문수보살을 찾아가서 배우라고 하였다. 선재는 문수보살에게서 선을 배웠는데 문수보살은 보현보살을 찾아가라고 하였다. 마침내 선재는 보현보살에게 배우고 모든 행을 마쳤다.

선지식은 올바른 도리와 이치를 깨우쳐 가르쳐주는 사람으로, 출가한 스님에게만 한정되지는 않으며, 일반적으로 바른 도리를 가르치는 사람 누구나 될 수 있다.

선지식은 사물의 있는 그대로의 진실한 모습을 밝게 아는 지혜를 근본지(根本智) 또는 여리지(如理智)라 하였고, 바른 지혜를 빛나게 하는 것을 보광지(寶光智)라 하였고, 지혜를 차별하는 것을 차별지(差別智) 혹은 여량지(如量智)라 하였다.

보살이 되려면 반드시 깨달음으로 드는 등각 과정을 거쳐 최종의 묘각에 들어서야 한다.

– 묘각위(妙覺位)

085
모험 정신이 우주를 개척한다

❋

'여보게, 지구는 푸른 빛이라네.'

우주비행사 유리 가가린(1934~1968)이 우주여행을 하면서 지상에 보낸 첫마디였다. 그는 최초로 우주선을 타고 우주라는 허공 속에 뛰어든 모험가였다. 1961년 4월 12일 소련. 우주선 보스토크 1호를 타고 인류 최초로 187마일 고공을 시속 1만 8천 마일 속도로 1시간 48분 동안 지구를 선회하면서 감격에 찬 말을 하였다.

우주는 상상 속의 은하인 줄만 알았던 사람들은 그가 우주로 나가서 던지는 한마디 말에 깜짝 놀랐다. 과학자들은 비로소 인간이 달에 갈 수 있는 길을 열었다고 환호하였다. 그러나 종교학자들은 미친 소리라고 비난했다. 어떻게 인간이 감히 신의 세계에 가서 그런 망언을 하느냐는 것이었다. 그의 말은 인간이 신에 도전하는 발언이며 신성을 모독하는 것이라고 하였다.

유리 가가린은 우주를 돌면서 신을 만나고 싶었다. 그러나 신은 없었다. 그가 본 우주는 그동안 상상했던 우주가 아니었다. 새로운 세계였다. 그가 보여준 세계는 지구촌 모든 사람에게 희망을 안겨주었다.

유리 가가린이 우주를 개척하는 획기적인 개가를 올릴 수 있었던 것은 모험심이었다. 그는 어릴 때부터 우주를 개척해내겠다는 강한 의지가 있었다. 그래서 우주항공을 공부했고, 그런 모험심이 성공을 거두었던 것이다.

그의 모험심은 불우한 환경을 탈피한 출가의 산물이었다. 사실 그의 청소년 시절은 아픈 상처투성이였다. 목수의 아들로 태어나서 가난을 이기지 못해 일찍 가출하였고, 뜻을 펴고자 주형공작 직업학교에서 비행기 제작기술을 배웠다.

그의 마음은 죽어도 하늘을 한번 날아보겠다는 의지로 차 있었다. 그는 피나는 노력으로 1955년에 오렌부르크 공군사관학교에 입학하여 세계적인 비행사의 꿈을 키웠다. 다행히 그에겐 비행사로서 성공할 천부적인 신체 조건이 있었다. 심폐 기능이 남보다 두 배나 뛰어난 초인적인 이점을 갖고 있었다. 그는 불굴의 의지와 모험심으로 보스토크 우주선의 조종사를 자청하여 꿈을 이루었다.

그가 환상적인 우주여행으로 태양계를 돌면서 느낀 소감은 '아, 지구는 푸른 별이다.' 라는 것이었다. 지구촌 모든 사람은 그의 한마디에 놀람과 경의를 표했다. 그렇게 지구는 아름다운 것인가? 그는 희망찬 눈으로 아름다운 지구를 본 것이다. 마침내 지구로 돌아온 유리 가가린은 세계적인 우주비행의 영웅으로 추대받고, 중위에서 갑자기 소령으로 특진하는 영광을 얻었다. 34세에 대령이 되어 달나라 우주선을 타겠다고 호언장담했는데, 비행 연습 중에 제트기 추락으로 그만 사망하고 말았다.

그의 모험심은 우주에 나간 첫 번째 인간으로 콜럼버스의 신대륙 발견과 같은 개가를 올린 것이다. 아직까지 그와 같은 강한 모험심을 가진 사람은 없었다.

086
불의에 대한 저항은 비폭력적이어야 한다

*

成行因果 出世因果 託法進修成行分 (성행인과 출세인과 탁법진수성행분)

– 성공에는 원인과 결과가 있나니 출세하는 원인과 결과는 법의 의탁으로 진보하여 행하는 것이며

無表行衣解發智光 佛華嚴三昧 (무표행의해발지광 불화엄삼매)

– 광명을 발산하는데 빛이 방광하지 않음에도 장엄함이 있으니 이는 곧 화엄삼매에 드는 것이다.

출세와 성공은 순리를 따르는 자의 당연한 몫이니 너무 광분하지 말라는 말이다.

여래가 나시어 보현보살에게 선지식이 무엇인가를 물었다. 보현보살은 화엄경의 십신, 십주, 십행, 십회향, 십지 중에서 손수 닦은 십행을 설명하였다.

"마음을 청정하게 하는 열 가지 지혜가 있습니다. 욕하고 비방하는 마음을 버리고, 참고 견디는 마음과, 불의에 항거하는 마음으로, 성내지 않으며, 남을 책하지 말고, 사람을 대할 때 너그러운 마음으로 대하며, 교만하지 말고, 후학을 업신여기지 않으며, 남의 일에 훼방하거나 성내지 않고, 복수하지 않으면 번뇌가 사라집니다."

그때 여래께서 환히 웃으시며 말했다.

"보살이 법을 잘 배워 설하니 보살의 위력으로 법이 지켜지고 법을 배우는 자가 많으니 기쁘도다. 이 같은 마음으로 법을 가르쳐 중생을 행복하게 하시오."

인도의 독립운동가 간디는 '선이 악을 물리친다'는 선지식을 실천한 사람이다. 간디는 불의에 저항하는 방법이 폭력이어서는 안 된다고 하였다. 선은 선으로 구해야 하며, 폭력은 죄악이라고 하였다.

마하트마 간디(1869~1948)는 영국의 식민지에서 인도를 구한 독립운동가이며 법률가, 정치인이다. 그는 영국에서 공부한 유학파이지만 영국의 오랜 제국주의에 맞서서 인도의 독립운동을 지도하였다. 그는 인도의 포르반다에서 출생하여 유년 시절의 절반은 경건한 힌두교 신자로 엄격한 양친의 교육을 받았다. 13세 때 동갑내기인 카스투르바와 결혼하여 1888년 맨주먹으로 영국 유학을 떠난다. 가출로 영국에 온 그는 독력으로 런던 대학에 입학하여 법률을 공부하여 5년 만에 변호사가 되었고, 1893년에 영국 왕궁 발령으로 아프리카로 가서 고문 변호사로 일하였다.

당시 인도는 영국인들의 착취와 차별 학대로 인종 경멸의 핍박을 받았다. 간디는 그런 조국의 비참한 현실을 직감하고 인도로 돌아와서 영국의 식민 통치를 받아선 안 된다는 운동을 전개하였다. 그는 인도인의 인권 보장을 영국 정부에 권유했으나 영국의 횡포는 더욱 잔학해졌다. 이것을 참지 못해 폭력을 행사하는 인도 국민의 저항운동이 도처에서 인명 살상으로 번지고 있었다.

간디는 민중 앞에 서서 비폭력주의와 불살생을 기본사상으로 하는 무저항 간디즘을 만들어 영국에 대항하였다. 지배로부터 벗어날 수 있는 것은 폭력이 아니고 힘의 배양이라는 주장이었다. 그는 폭력이 아닌 집단 시위 행동으로 영국에 항의하는 운동을 펼쳤다. 아프리카 나타 주에서 트란스발 주로 행하는 1만 킬로 샤타그라하 행진을 함으로써 세계적인 반응을 불러 일으켰고, 위대한 인도의 민족 지도자가 되었다.

영국 정부는 다시 그를 아프리카로 추방했다. 22년 만에 다시 인도로 돌아온 그는 국민의회파를 만들어 영국 정부에 강력히 저항하였다. 특히 소금전매법인 라울라트법 제정을 반대하는 시위를 벌이다가 감옥에 투옥되기도 했다. 마침내 역사는 인도의 편이었다. 1919년부터 시작된 독립운동의 결실을 맺게 되었다. 1947년 8월에 인도는 영국으로부터 독립을 이루었고, 간디는 건국의 위대한 아버지가 되었다.

간디는 부정적인 영국의 침략에 무저항으로 투쟁하여 승리를 일으킨 세계적인 지성이 되었다. 인도 독립 후 이슬람과 힌두교 간의 분쟁을 조정하려고 최선을 다했다. 그러나 1948년 광신적인 힌두교도에게 암살당하는 비극을 맞았다.

간디는 무수한 일화를 남겼다. 어느 날 기차역에서 막 기차가 출발하려는 순간 그의 신발 한 짝이 벗겨져 플랫폼에 떨어졌다. 기차가 이미 움직이고 있어서 그 신발을 주울 수가 없었다. 그러자 간디는 얼른 나머지 신발 한 짝을 벗어 던졌다. 동행한 사람들은 간디의 그런 행동에 놀라며 물었다. 간디는 미소를 지으며 "신발 한 짝은 필요가 없지만 한 켤레는 어떤 가난한 사람이 필요로 하겠죠."라고 했다고 한다. 부처님의 모습이다. 그는 평생 자신이 직접 지은 한 벌의 옷을 입었다는 것이다.

우리는 간디로부터 폭력을 쓰지 않으면서 복종하지 않는 비폭력·불복종 정신을 배운다. 그는 선의 근본지를 의지하고 중생을 이롭게 하려고 세간에 나선 인물이다.　　　　　　　　　　―「이세간품(離世間品)」에서

087
도전하는 자에게 길은 열린다

우리는 위대한 역사의 유물과 흔적에 고개를 떨어뜨린다. 선현이 살아온 발자취는 오늘을 사는 지혜가 되고, 미래를 꿈꾸는 희망이 되기 때문이다. 그래서 역사는 교훈이다. 우리는 기원전 5세기에 위대한 제국을 형성했던 바빌론 메소포타미아 문화의 경이로움에 감동을 받는다. 고대문명의 발상지인 티그리스와 유프라테스 강을 낀 대평원에 세워진 위대한 바빌론 제국은 동서 인류문화의 찬란한 횃불이었다. 바빌로니아는 아라비아 전역을 장악하고 바빌론 문화를 창건하였다. 바빌론은 그리스 아테네와 로마 문명보다 500년이나 앞선 찬란한 문화를 건설하였던 것이다.

바빌론 제국의 영광은 네부카드네자르 왕의 도전 정신이 낳은 결과였다. 그는 조상이 남긴 유산에 위대한 꿈을 꾸었다. 그리고 그 꿈을 위대한 제국으로 만들었던 것이다. 바빌론 제국이 탄생한 것은 유프라테스와 티그리스 강이라는 천연자원 때문이었다.

바빌로니아 왕국은 제6대 왕 함무라비(?~B.C.1750)가 메소포타미아의 통일 대제국을 건설하면서 시작하였다. 그는 문화를 사랑하고 민족이 잘사는 문명을 창조하였다. 과학과 학문을 발전시켜 인류사에 찬란한 족적을 남겼다. 함무라비 법전만 보아도 알 수 있다. 또 수학과 천문학, 건축측량학과 수리학의 발달은 바빌론이라는 대도시를 만들어냈던 것이다.

함무라비 왕이 바빌론 발전의 토대를 놓았다면, 네부카드네자르 대왕은 꿈을 성취하였다. 네부카드네자르는 기원전에 21세기 도시구조를 만들어냈던 것이다. 그의 도시 구성은 오늘날의 토목기술로도 부족한 점이 많았다. 그는 바빌론을 현대적 수준의 도시로 만들었다. 그는 바빌론의 오리엔트 문명을 건설한 영웅이었다. 그러나 찬란한 역사는 후손이 지키지 못해 영구히 사라져버렸다.

기원전 331년, 알렉산더 대왕이 바빌론을 복구시켜 대제국의 수도로 만들 계획을 진행했으나 투르크의 지배로 끝났다. 그 후 바빌론은 중원을 차지한 칭기즈칸의 손자 훌라구가 이끄는 몽골에 망했고, 16세기에 들어 다시 오스만투르크 제국의 지배를 받아 사라져버렸다. 그러나 그 영광은 고스란히 아테네와 로마문명을 만들었던 것이다. 로마와 아테네는 바빌론의 문명을 그대로 전수한 제국이었다.

바빌론의 부활은 이라크의 독재자 사담 후세인에 의해서 다시 일어났다. 그는 바빌로니아의 영광을 재건하려고 바빌론에 장벽을 만들고, 네부카드네자르의 바빌론을 사담 후세인의 시대에 재현하려고 하였다. 그는 바빌론의 영광을 재현하여 네부카드네자르 대왕처럼 이라크를 현대판 바빌로니아 제국으로 만들려고 했지만 그의 꿈은 독재로 죽음과 함께 막을 내렸다.

권력의 환상이었다. 후세인은 독재자라는 권력을 가지고 개인의 영달을 채우려고 역사의 순리를 역행하였다. 역사는 역사를 거역하는 자에게 가혹한 벌을 내린다는 교훈이었다. 위대한 제국은 하늘이 내

려주는 자가 건설하는 것이지 후세인 같은 독재자가 맡을 일은 아니
었다.

以億那由他佛刹 碎爲微塵 一塵一刹 (이억나유타불찰 쇄위미진 일진일찰)
復以爾許微塵數佛刹 碎爲微塵 (부이이허미진수불찰 쇄위미진)
– 수억의 나유타 세계를 부수어 티끌을 만들고, 한 티끌을 한 세계라
하며, 다시 그러한 티끌 수의 세계를 모두 부수어 또 다른 티끌을 만들
어 또한 세계를 만든다.

여래수호광명공덕품(如來隨好光明功德品)은 위대한 바빌론을 건설한
네부카드네자르 대왕 같은 생각이었다. 여래는 자신의 법신으로 근본
의 청정함을 업으로 삼고, 스스로 세상을 일으켜 세웠다.

–「여래수호광명공덕품(如來隨好光明功德品)」에서

088
지구는 돌지 않는다
아, 그렇지만 지구는 돈다

✽

태양이 지구를 향하여 도느냐, 지구가 태양을 향하여 도느냐. 16세기의 화두였다. 그런데 갈릴레이(1564~1642)는 대담하게 지구가 태양을 향하여 돈다고 주장하였다.

천동설과 지동설은 어떤 차이가 있는 걸까?

천동설은 서기 140년경 그리스의 천문학자 프톨레마이오스가 지구가 우주의 중심이며, 태양을 비롯한 달, 행성, 항성 등이 지구 주위를 돈다고 주장했다. 보이는 자연 그대로 지구가 태양계의 중심이라 생각하였다.

그런데 1534년 폴란드의 천문학자 코페르니쿠스가 지구를 포함한 모든 행성은 태양 주위를 돈다는 지동설을 주장하였다. 갈릴레이도 이러한 코페르니쿠스의 지동설을 지지하여 "그래도 지구는 돈다."라는 명언을 남겼다.

갈릴레이는 이탈리아의 물리 천문학자로, 근대과학의 아버지다. 그는 피사에서 태어나서 피사 대학에서 의학을 공부하다가 중퇴한 이유로 아버지와 심한 갈등과 대립을 겪으며 고통을 받다가 집을 나온다. 집을 나온 그는 물리와 천문학에 관심을 보이며 피사의 천문대에 들어갔다. 그는 그 연구소에서 흔들이 진자의 등시성을 발견하고 피사 사탑의 낙체 실험으로 아리스토텔레스의 자연과학에 대한 오류를 지적하면서 근대 역학의 기초를 세웠으나, 스콜라 학파와 심한 저항과 논쟁에 휘말린다. 1589년 파도바 대학의 교수로 임명되어 동력학을 연구한 결과 관성의 법칙을 발견하고, 낙체의 가속도로 탄도의 포물선을 그리는 법을 밝혀냈다. 1609년에는 천체망원경을 발명하여 목성과 수성, 태양의 흑점을 발견했다.

갈릴레이는 코페르니쿠스의 지동설을 지지하다가 천동설의 주창자인 가톨릭과 대립하였고, 창조론을 부정한다는 이유로 교회와 마찰을 일으켜 종교 재판을 받는다. 재판 결과는 교수형에 처하라는 판정이었다. 이때 그는 변절의 오류를 남긴다. 처형 직전에 그는 "지구는 돌지 않는다……."라고 말했다. 살기 위하여 지동설을 부인함으로써 목숨을 구했고, 진실을 모독하였다.

대신 피렌체 교회에서 유배 생활을 하면서도 다시 지동설의 이론을 굽히지 않고 연구하였다. 그는 『신과의 대화(1636)』를 쓰면서 과학자의 양심을 판 것에 대한 자기비판을 가하였다. '지구는 태양을 중심으로 돈다' 라고 말하며, 진리를 왜곡한 과학자는 진리 탐구자가 아니며 목숨을 위해 거짓말을 한 실수는 역사적인 비판을 받아야 한다고 말했다.

089
하심(下心)으로 돌아가라

✳

"인간은 초자연 앞에서는 범속한 존재들이다."

러시아 사실주의 문학의 창시자인 고골리(1809~1852)가 말했다. 고골리만큼 인간의 본질적인 문제를 문학으로 추구하려는 작가는 없었다. 그는 가난하고 힘없는 약자를 대변하며, 군림하는 힘에 대하여 항거하고 비판한 작가였다.

고골리는 "문학은 시대를 반영하는 거울이어야 하고, 문학의 소명은 약자를 대변하는 칼이어야 한다."라며 사실주의를 심리적 고찰로 분석하여 세태를 날카롭게 비판하고 풍자하였다. 그는 우크라이나 소로친치에서 소귀족의 아들로 태어나 법관이 되라는 아버지의 말을 거역하고 가출하여 연극배우가 되었다.

인생의 반전은 푸시킨을 만나 문학 활동을 같이한 것이었는데, 사실주의 문학을 놓고 논쟁을 벌이다가 결국은 푸시킨의 사실주의 문학으로 전념하였다. 처음에는 낭만파적인 문체를 구사하다가 차츰 사실주의와 풍자주의로 발전하였다. 그러나 우울과 허무주의에 빠져 병적인 공포를 테마로 한 소설과 문장으로 사회를 비판하면서 사회주의자가 되어 제정 러시아를 신랄하게 비판하였다.

삶이 그대를 속일지라도/ 슬퍼하거나 노하지 말라

슬픈 날엔 참고 견디라/ 즐거운 날이 오고야 말리니

마음은 미래를 바라느니/ 현재는 한없이 우울한 것

모든 것 하염없이 사라지나/ 지나가버린 것 그리움 되리니

– 푸시킨 「삶이 그대를 속일지라도」

『검찰관(1836)』, 『외투(1842)』 등은 그런 맥락의 작품이다. 범죄를 다스리는 검찰관이 권력의 힘으로 약자를 짓밟고 뉘우침 없이 자유롭게 범죄를 저지르지만 아무도 막지 못한다. 그러나 제 스스로 무너지면서도 권력의 아픈 환부를 도려내 주는 작품으로 독자의 간장을 서늘하게 하였다.

고골리는 사십 대에 심한 신경쇠약과 우울증을 앓다가 더욱 병이 악화되어 정신착란증 환자가 되어버렸다. 그는 끝내 시베리아 벌판을 방황하다가 어느 눈 덮인 골짜기에서 객사하고 말았다. 그의 문학정신은 지성인들을 꾸짖었다. 지성인은 강한 자존심으로 시대를 선도하는 사표가 되어야 한다고 부르짖었다. 비극적인 천재의 말로가 안타깝기만 하다.

고골리의 모습에서 인간의 삶이 부질없음을 생각한다. 그는 권력을 짓누르려고 무한한 욕심으로 약자의 편에 서려고 하였다. 그러나 마음의 고통만 안고 눈 덮인 시베리아 골짜기에서 이름 없이 사라져버렸다. 그는 욕심이 과했고, 자신이 추구하는 일이 다 이루어질 줄 알았다.

하심(下心)이란 마음을 내려놓는다는 말이다. 위를 보니 막막한 하늘이지만 아래를 보니 땅이로다. 올려다보는 것은 고통을 주지만 내

려다보는 것은 희망을 준다. 모든 것을 버리고 빈손으로 낮은 마음을
갖는다면 세상의 근심은 사라진다.
　보현보살은 지상의 마지막 53설법에서 다음과 같이 말했다.

　望修頓證 奇人修入 依人證入滅德分 (망수돈증 기인수입 의인증입멸덕분)
　－ 세상사가 어렵다고 하지만 사람에 의지하여 깨달음을 얻으면 덕을
받는다.

　보현보살은 500명의 동자, 동녀와 그들의 대표인 선재동자와 함께
삼매의 공덕을 찬탄하면서 문수보살의 화려한 광명과 음악의 황홀경
을 이야기하였다. 사람을 중심으로 깨달음에 진입하는 것은 말을 버
리고 실천하는 것이라고 하였다.

－ 「입법계품(立法界品)」에서

090
잃어버린 조국 앞에 모두가 죄인이었다

나당 연합군에 의해서 고구려가 망하고 고구려 유민들은 당나라 변방으로 이산되는 비극을 맞았다. 신라는 당나라의 힘을 빌려 삼국을 통일했으나 그 통일은 한민족의 통일이 아니고 당나라 속국이 되는 과를 범했다. 당나라 술수에 말려든 것이다. 통일된 삼국은 당나라의 속국으로 지배를 받게 되었다.

고구려를 정복한 당나라는 고구려 땅에 안동 도호부를 설치하여 고구려를 통치하면서 고구려의 재기를 막기 위해 고구려인 20만 명을 중국의 변방으로 이동시켰다. 이때 고구려 장수 고사계(高舍鷄)도 포로가 되어 당나라 안서로 유배되어 낯선 변방에서 노예처럼 살았다. 그러나 고사계는 아들 고선지(高仙芝)에게 조국 고구려를 잊지 말라고 가르쳤다. 고선지는 고구려를 구하는 길은 오로지 당나라의 장수가 되는 것이라고 아버지께 뜻을 밝혔으나, 아버지는 당나라의 신하가 되어서는 안 된다고 하였다. 고선지는 아버지와 자식 간의 인연을 끊는 다툼을 하고 집을 나갔다.

고선지는 당나라 병사가 되기 위하여 열심히 공부하였다. 그런데 기회가 왔다. 측천무후가 유민에게도 등과(登科)의 기회를 주었다. 그

는 과거 시험 무과에 합격하여 측천무후의 사랑을 받았다. 측천무후
는 충성스러운 그를 옆에 두고 큰 장수로 키워냈다. 고선지가 무후의
도움으로 전쟁에 나가서 많은 공을 세우고 돌아오자 20대에 유격장
군의 지위에 올랐다. 전략과 지휘가 천재적인 그는 승승장구하여 사
진도지병마사, 안서절도사가 되었다.

고선지는 747년 히말라야 고원을 넘어 티베트에 원정하여 티베트
를 승복시키고 돌아왔고, 다시 사라센 제국을 정벌하여 당나라 제일
의 장군인 행영절도사(전 도호부 책임자)가 되었다. 그는 다시 군사 1만
명을 데리고 7천 고도의 천산 산맥을 넘어 인도와 티베트의 72개 소
국을 정벌하고 돌아와 대영웅이 되었다. 나폴레옹이 알프스를 넘어
독일을 쳤던 그런 위력보다 열 배나 힘든 천산 산맥을 넘는 정복자가
되었던 것이다.

고선지는 750년 사라센 제국의 타시켄트를 점령하고 그들의 국왕
을 사로잡아 수도 장안으로 압송한 공으로 당의 총대장군에 올랐다.
후에 대조영과 고구려 유민들에게 발해를 세우는 일을 도왔다. 발해
가 건국된 것은 바로 고선지의 힘이었다. 그는 안록산의 난을 은근히
부추기고 반란을 막지 않았다는 죄로 당태종에게 참형을 당했다.

고선지는 세계 전쟁사에서 히말라야를 넘은 전무후무한 대장군으
로 빛났던 영웅이었다. 위대한 고구려를 세운 광개토대왕 같은 위력
을 가진 고구려의 후손이었다. 그의 성공은 뜻이 있는 곳에 길이 있다
는 교훈을 심어준 것이다. 그는 무진공덕장회향(無盡功德藏回向)으로
조국을 사랑하다가 죽었다.

隨順一切堅固善根回向 (수순일체견고선근회향)
 - 평등한 마음으로 일체중생을 따르는 회향이다.

(선행이라는 것은 늘 견고하고 평등한 법성에서 나온다.)

平心隨順一切衆生回向 (평심수순일체중생회향)

– 평등한 마음으로 일체중생에게 공을 되돌려주는 회향이다.

(관자재보살이 보달라카 산에 올라 백화나무의 자비롭고 겸손한 꽃향기를 맡으며 바라밀의 자비로운 만행으로 삼았다.)

如相回向 (여상회향)

– 걸림이 없는 회향이다.

(원바라밀의 깨달음을 이루려는 굳은 결심(眞如)이 근원지를 떠나지 않은 차별지와 일체법의 정체다.)

無縛無着脫解心回向 (무박무착탈해탈심회향)

– 속박도 없고 집착도 없는 해탈의 회향이다.

(선재동자가 대천천에서 4대해의 물을 취하여 스스로 얼굴을 씻고 여러 가지 황금 꽃을 집어서 뿌려준다.)

고선지는 자비심을 가지고 법문에 들어가서 교화로 탐욕을 없애고 도를 실현하여 나라를 찾으려는 회향을 증명해주었다.

– 「무진공덕장회향(無盡功德藏回向)」에서

091
사람은 지식보다
인(仁)과 지혜로 다스려라

＊

인은 공덕심이며 공동의 선(善)이다. 지각이 있는 친애심이며 소아(小我)를 버리고 대아(大我)를 여는 인간성 회복이며 천하가 인으로 돌아가며 천하는 통일 화합하니 인은 살아가는 근본원리다.

공자는 춘추전국의 군웅할거 시대를 주름잡던 정치 수완이 좋은 사상가이다. 노나라에서 태어나 세 살 때 아버지를 여의고 홀어머니의 품팔이로 빈한한 생활을 하였다.

학문에 뜻이 있어 홀어머니를 버리고 출가한 그는 이 나라 저 나라를 돌아다니며 공부한 끝에 유학(儒學)의 대가가 되었다. 학문을 닦은 46년 만에 만학으로 관직에 오른다. 정공 14년(B.C. 496) 도재에서 사공(司空)을 거쳐 대사구(大司寇)의 지방관에 올라 56세 때 상사를 섭행하는 선정관(장관)에 이르렀다.

그는 사상가라기보다는 권모술수에 능한 정치가로 12개 나라를 돌아다니며 제국들의 패권 다툼에 끼어들어 자국의 이익을 돌보지 않고 승자의 편에 가담하는 술수로 권력의 영화를 누렸다. 그는 관직에 있을 때 살아남기 위하여 수많은 정적을 죽였던 악랄한 정치가였다.

따라서 그는 위, 조, 송, 광, 정, 진, 채, 섭, 초, 제 등 열두 나라에서 크고 작은 벼슬을 하였다. 그러나 그 권력도 오래가지 못하고 마침내 관직을 박탈당하고 유랑 생활을 하면서 가르침으로 유학을 대성시켰다. 그는 다시 조국 노나라로 돌아와서 비로소 도를 깨닫고 부림에서 단을 만들어 후진을 가르치는 교도 성인이 되었다.

공자는 나면서부터 비범한 사람이 아니었고, 정치할 때 저지른 실수를 반성하고 도를 수행하는 과정에서 얻은 지혜를 제자들에게 잘 가르쳐 제자들로부터 성인의 대우를 받았다. 공자 사상은 철학, 윤리, 정치, 교육 등 모든 분야에서 사람으로 살아갈 인(仁)을 근본으로 하였다.

15세 때 가출하여 방황하다가 뒤늦은 30대에 뜻을 세우고, 40대에 정계에 입문하였으며, 크게 성공하지 못하다가 50대에 천명을 알고, 60대에 귀가 뚫렸으며, 비로소 70대에 하고픈 일을 할 수 있었다고 한다. 말년에 가서 인과 예를 근본으로 후학을 가르치는 일로 여생을 바쳤다.

정치사상은 명분이 바른 정명 덕치로 인, 예, 효, 경, 성, 자, 신을 실천하는 정치를 하였고, 교육사상은 사도를 존중하며 덕행을 갖춘 인격으로 교육하였다.

그는 열두 나라를 돌아다니며 정적을 많이 만들어 많은 사람을 죽였던 권모술수의 대가였다. 권력을 잡기 위해서는 수단 방법을 가리지 않는 처세가였다. 그러나 70대에 인생의 허무함을 뉘우치고 노나라로 돌아와서 인과 예의 사상을 가르치면서 제자들이 대사상가로 만들어준 것이다.

공자의 사상은 불가의 법계 이론으로 설명할 수 있다. 공자는 지극히 이성적이면서 논리적이고 감성적인 유학자였다. 그의 성품은 4성품을 다 가졌다고 한다.

사람을 다스리는 법계의 4성품, 즉 사법계, 이법계, 이사무애법계, 사사무애법계로 나누어 생각할 수 있다. 사법계(事法界)는 현상과 존재라는 법계로 본질의 알맹이를 말하고, 이법계(理法界)는 세상을 보는 눈 그대로의 현실을 받아들이는 것이며, 이사무애법계(理事無礙法界)는 이성적인 판단으로 본질이 현상에 들어갈 때 걸림이 없다는 것이고, 사사무애법계(事事無礙法界)는 지극히 감정적이어서 소통이 되지 않으면 상대하기 어렵다는 것이다.

예를 들어 사랑하는 연인 사이에서 '난 너를 좋아해' 가 사법계이고, '너 좋으면 나도 좋다' 가 이법계, '넌 미인이어서 좋다' 가 이사무애법계이고, '내가 너를 좋아하는 것은 네가 내게 잘해주기 때문이야' 가 사사무애법계이다.

– 「입법계품(入法界品)」에서

092

칼을 뽑았으면 무라도 잘라라

우유부단한 성격은 찾아온 기회를 놓치고, 놓친 그 기회로 말미암아 불행을 자초한다. 일을 처리하는 데는 명철한 판단력이 중요하지만 무엇보다 용기가 중요하다.

일본을 통일시킨 도요토미 히데요시(豊臣秀吉, 1536~1598)는 성질이 급하고 과단성이 있는 인물로 유명하다. 한번 마음을 먹으면 끝을 보는 성격이다. 그는 살인을 즐겼고, 칼로 승부를 거는 무사였다. 오하리의 빈민 농가에서 태어나서 빈한한 가정을 비관하고 집을 나와 방랑생활을 하다가 노부가다라는 칼잡이를 만나 그의 패밀리에 들어가서 싸움꾼이 되었다.

도요토미 히데요시는 오랜 유랑 끝에 거듭되는 싸움으로 무예의 달인이 되어 노부가다의 시중에서 패권을 잡으면서 정치적 기반을 닦는다. 노부가다의 도움으로 사무라이 무사집단을 장악하여 일본 통일을 꿈꾸었다. 그는 마침내 불같은 성취욕으로 160개 일본의 토호들을 지배하여 1590년 칼로 승부를 거는 부족장 대결에서 최고 실력자가 되었고, 이듬해 봉건 제후들을 전부 수중에 넣고 통일천하를 만들어 전제정치를 시작하였다.

그는 무섭고 두려운 것이 없는 사무라이였다. 피를 좋아하여 자신

289

의 비위를 거스르면 누구든 베어버렸던 포악한 성격이었다. 전국의 토호들을 제압하고 그들의 힘을 빌려 일본 전국을 통일했으나, 토호들의 반기에 두려움을 느껴 이들의 기를 꺾어 제거할 목적으로 교만 방자하게 조선과 명나라를 치겠다고 1592년 임진왜란을 일으켜 조선을 침략하여 스스로 자멸하였다. 조선을 침략한 그는 1593년 명나라 심유경과의 협약으로 휴전했으나 일본의 민심이 흉흉해지자 재단결의 의미로 다시 조선을 공략했다. 그러나 그땐 이미 민심의 이반 현상이 일어나서 국력이 쇠해 막부 정부에게 권력을 이양하는 화를 불렀다.

그는 불같은 성격으로 한번 마음을 먹으면 끝을 보았다. 또 남의 말을 듣지 않는 독선적인 무인정신이 오늘날 일본 사무라이 정신의 발로가 되었다. 무예는 강했지만 지력이 없었다. 신의가 두터워 믿는 자는 끝까지 밀어주었다. 칼을 뽑았으면 무라도 베어야 한다고 주장하는 사나이였다. 후에 무지한 무사 정신 때문에 도쿠가와 이에야스(德川家康)라는 지략가에게 망하고 말았다.

일화가 있다. 새장의 앵무새를 놓고 도요토미 히데요시와 도쿠가와 이에야스가 언쟁을 벌였다. 누가 먼저 앵무새에게 노래를 부르게 하느냐는 것이었다. 앵무새가 노래를 부르지 않는다고 도요토미 히데요시는 앵무새를 죽여 버렸고, 도쿠가와 이에야스는 앵무새가 노래할 때까지 기다렸다는 것이다. 일화에서 볼 수 있듯이 도요토미 히데요시가 얼마나 성격이 급하고 무지했는가를 알 수 있다.

성급한 자는 느긋한 자의 밥이다. 칼을 뽑았으면 무라도 찔러보라는 것은 용감한 정신력을 갖자는 것이지, 무지하고 포악한 성미를 닮자는 이야기는 아니다. 무슨 일이건 시작하면 끝을 보아야 하지만, 칼을 든 자는 지략을 가져야 한다.

093
인생은 살아갈수록
진미(眞味)를 느끼는 여정이다

러시아의 대문호 톨스토이(1828~1910)는 『부활』이라는 소설에서 한 소녀를 유린한 귀족들의 도덕적인 해이를 다룸으로써 사회 전반과 사법권의 퇴폐한 양상을 신랄하게 꾸짖었다. 부활은 다시 태어난다는 말이다. 잘못된 관행은 혹독한 저주를 받고라도 다시 태어나야 한다는 것이다. 이 소설은 톨스토이 자신의 도덕적인 해이와 갈등을 그린 것이다.

톨스토이는 백작인 아버지를 뒀으나 조실부모하고 삼촌 집에서 양육되었다. 1847년 카잔 대학을 중퇴하고 가출하여 방랑생활을 시작한다. 1851년 사촌형의 권유로 사관후보생이 되어 졸업 후 군장교가 되었다. 군복무 중 유명 작가 네크라소프가 그의 소설을 추천하여 작가가 되었다. 1855년 군 제대 후 고향으로 돌아와서 본격적인 작가 생활을 하였다.

톨스토이는 1862년 34세 때 궁정 의사의 딸 소피아(18세)와 결혼했으나 나폴레옹의 모스크바 침입으로 그녀가 죽자 슬픔에 젖어 『전쟁과 평화』를 썼다. 그 후 대작인 『안나 카레니나』를 발표했고 이때부터 자기 내면세계의 모순, 죽음의 공포와 인생무상의 정신적인 동요로 방황한다.

1885년 공산주의 철학인 사유재산을 부정하여 저작권까지 내놓았다. 1898년 갑자기 『예술이란 무엇인가』에서 문학에 회의를 느끼고 거짓 창작을 부정하고 종교에 귀의하였다. 이때 쓴 작품이 『부활(1899)』이었다.

그는 수많은 작품을 남겼으나 문학은 일개 미치광이 짓이라며 원고를 불태우고 종교에만 몰두하였다. 때문에 새 부인과 불화가 잦았고, 1910년 장녀와 의사를 대동하고 유랑 길에 올랐다가 기차 사고로 죽었다.

톨스토이는 문학은 인간을 허구로 묘사하는 모순 때문에 책임을 지지 않지만 종교는 그 문제를 해결해준다며 문학을 비판하고, 종교 사상가로 변신했다. 부활은 거듭나는 재생을 의미한다. 잘못된 것을 알면 빨리 그 잘못을 버리고 새로운 길을 모색하여 다시는 실수가 없게 하는 사람이 성공하는 사람이다.

094

내 사전에 불가능이란 없다

보현보살은 선재동자에게 부처님의 공덕은 모든 한 세대가 다 가도록 말해도 그 공덕을 다 말하는 것은 불가능할 정도로 크다고 하셨다. 보현보살은 공덕 세계에 들어가기 전에 익혀야 할 중요한 열 가지 행원(行願)을 말씀하셨다. 보현보살은 열 가지 행원을 닦아나가면 세상의 모든 일은 쉽게 풀린다고 하였다.

열 가지 행원이란 일체 부처님을 공경하고 예배하며(禮敬諸佛), 모든 부처님을 찬탄하고 칭찬하며(稱讚如來), 부처님께 널리 공양하고(廣修供養), 업장을 참회하며(懺悔業障), 다른 이들의 공덕을 같이 기뻐하고 따르며(隨喜功德), 법문을 청하며(請轉法輪), 부처님이 오래 이 세상에 머무르시기를 청하며(請佛主世), 언제나 부처님의 모든 것을 따라 배우며(常隨佛學), 언제나 중생의 뜻을 따라주며(隨順衆生), 지금까지의 모든 공덕을 일체 중생에게 되돌리는 것(普皆廻向)이다.

나폴레옹(1769~1821)은 '내 사전에 불가능은 없다' 라는 공덕 행원을 지켜 성공했지만, 욕망의 교만 때문에 망하였다.

나폴레옹은 지중해의 프랑스령 코르시카 섬에서 자산가의 아들로 태어났다. 아버지는 코르시카 독립운동 투사였다가 실패하여 프랑스로 귀화하였고, 나폴레옹은 신분상승을 위해 가출하여 프랑스 사관학교에 들어갔으나 키가 작고 코르시카에서 온 촌놈이라고 괄시를 받았다. 그는 사관학교에서 왕따였다. 강의실 구석에 앉아 입술을 수천 번 깨물며 복수를 다짐하였다.

그는 사관학교를 졸업하고 포병 장교가 되었으나 5척 단신의 작은 체구 때문에 늘 부하들과 동료 장교로부터 무시를 당했다. 그럴 때마다 그는 '두고 보자. 머잖아 작은 체구의 내가 세상을 지배할 날이 있을 것이다.' 라는 포부를 가졌다. 그는 대단한 야심가였다. 그런데 운 좋게 젊은 장교시절에 프랑스혁명을 맞게 되었다. 그는 톨롱반도 진압에서 공을 세워 혁명군의 자코뱅당에 가입하였다. 천운의 기회였다. 운 좋게 호기를 포착한 그는 혁명군에서 두각을 발휘하였다.

자코뱅당의 세력을 업은 그는 승승장구하였다. 그러나 혁명군인 자코뱅당이 몰락하자 불운이 찾아왔다. 나폴레옹은 와신상담하며 기회를 엿보다가 1795년 10월 왕당파의 반란을 진압하여 공을 세워 일확명성을 떨쳤고, 참정에 관계하여 세력을 키웠다. 차츰 그 명성이 높아지자 혁명정부의 중책을 맡게 되었던 것이다. 공덕이 회향으로 돌아오는 시기였다.

그는 정략적으로 연상의 왕족인 조세핀과 결혼하여 이탈리아 원정군의 사령관으로 가서 승전한다. 다시 1797년 오스트리아를 제압하여 10월 캄포포르미오 조약을 체결하고 오스트리아를 프랑스 속국으로 만드는 데 성공한다. 1798년에는 '브루메르 18일' 의 쿠데타를 감행하여 총재 정부를 타도하고 무력으로 집정관이 된다. 1802년엔 종신 총통에 임명되었고, 1804년 황제가 되었다. 1805년 대불 동맹을 만들어 주변국인 러시아, 오스트리아, 이탈리아, 폴란드를 정복하여 프랑스 대제국을 만들었다.

그러나 그 영화는 오래가지 못했다. 영국과의 전쟁 그리고 러시아와의 전쟁에서 패하자 그는 작위를 박탈당하고 전쟁 도발자로 낙인찍혀 엘바 섬에 유배되었다. 그러나 유배지인 엘바 섬을 탈출하여 백일천하를 만들려다가 다시 실패하여 세인트헬레나 섬으로 유배 가서 그곳에서 병사하였다.

작은 거인인 그가 프랑스와 유럽을 정복한 황제가 된 것은 '내 사전에 불가능은 없다' 라는 신념 때문이었다. 어린 나이에 키가 작다는 콤플렉스를 의지의 힘으로 이겨낸 입지적 인물이었다. 상상만 해도 엄청난 개가였다. 감히 프랑스가 유럽을 정복한 역사를 만든 것이다. 그는 사전에서 불가능이라는 말을 지워버렸다.

- 「보현행원품(普賢行願品)」에서

095
소주에서 태어나서 항주에 살고 황산(黃山)에서 죽고 싶다

✳

  윤회(輪廻)란 일정한 깨달음의 경지에 도달하지 못하면 그 깨달음의 경지에 오를 때까지 다른 세상에서 재탄생한다는 것이다. 이 세상에서 겪는 삶이 자신의 발전에 더 이상 필요치 않은 상태에 도달하면 윤회는 끝난다고 한다.

  미숙한 사람이나 수행을 못한 사람에게 윤회는 언제 끝날지 모른다. 이 세상에 인간이 머무는 시간은 한순간이다. 그래서 이 세상에서 못 이루면 다음 세상에서 이룬다고 생각하고 있다. 불교의 성지 네팔 사람들은 죽는 것을 두려워하지 않는다. 다음 세계가 있기 때문에 서두르지도 않는다. 잠시 머무는 인생인데 급할 것이 없다는 것이다. 그래서 일생을 기도하는 일로 보낸다.

  그러나 중국 사람들은 미래관이 없다. 현실이 끝나면 모든 것이 끝난다고 생각한다. 윤회란 범법자들이나 팔자 사나운 우둔한 사람들이 지옥과 천국을 오가며 겪는 고통스러운 시간이라고 생각한다. 그래서 현실 속에서 윤회의 삶을 찾으려고 하였다.

  중국인들은 이렇게 말한다. "지상의 천국 소주에서 태어나 항주에서 부와 영화를 누리며 산해진미인 광동 요리를 먹으면서 계림에서 놀고 즐기며 산수 화려한 유주에서 죽고 천하명당 휘주의 황산에 묻히고 싶다. 인간으로 태어나서 이보다 더 큰 영화가 없다." 바로 이것이 중국인들의 현실적 윤회이다. 안휘성에서 그 윤회의 삶을 볼 수 있었다.

산의 바다 황산(黃山)의 천해를 보면 더 이상의 산은 없고, 물의 바다 구채구(九寨溝)의 천호를 보면 세상에 더 이상의 호수는 없다. 그래서 중국 사람들은 산의 바다 황산에서 죽기를 바란다.

황산은 중국 안휘성 남단에 있는 명산이다. 상하이에서 항주를 거쳐 6시간 동안 버스를 타고 달려 이른다. 황산 해발 1,860미터의 기암절벽으로 된 암벽에 가름대를 붙여 총 56,000개의 계단을 밟고 오르게 되어 있는 서해협곡은 인간의 한계를 실감하는 오체투지의 세계문화유산이다. 이런 불가사의한 길을 등소평이 만들어냈다.

안휘성은 양자강이 남북으로 가르는 성으로 예부터 인재가 화산처럼 태어나는 고장이다. 황산은 황제가 나는 땅이라는 의미처럼 걸출한 명사들이 많이 배출되었다. 그중 최고 인물로는 삼국의 제왕 조조, 명나라 시조 주원장, 중국을 부국으로 만든 장쩌민과 후진타오가 났다. 안휘성에서는 자식을 낳아 17세가 되면 출가를 시킨다. 오로지 학문에 매달리게 하여 등과를 시키고, 등용되지 못한 사내들은 장사를 하여 돈을 벌게 한다. 그래서 안휘성 사람들은 큰 인물이 안 되면 상인이 되었다. 중국을 쥐고 흔든 재벌들은 거의 안휘성 상인들이었다. 특히 황산의 휘주는 문재가 많이 나는 장원 도시로 휘주문화의 본거지다. 중국에 생존하는 거대 3대 문화는 티베트문화(주거문화), 둔황문화(황실문화), 휘주문화(장원문화)를 말하는데, 휘주는 인물사적 유적이 가장 많이 남아 있다. 유채꽃, 안남미의 주산지이며, 안휘성 휘능현은 풍수지리상으로 중국에서 가장 명당이 많은 곳으로 중국인들은 죽어서 이곳에 묻히고 싶어 한다. 이곳에 시신을 묻으면 자손이 문재로 번성한다는 것이다.

안휘성의 황산은 천하 최고의 비경이다. 자광각에서 케이블카를 타고 옥병루에 올라 오른다. 가파른 수천 개의 계단을 아스라하게 올라 천도봉에 올라 황산의 풍치를 둘러본다. 옥병루에서 점심을 먹고 연화봉을 향하여 바위계단을 오르면 해심정이 나오고, 해심정에서 서해협곡으로 가는 길과 광명정을 거치면 천해로 가는 길이 있다. 해심정에서 천해호텔을 끼고 서해대협곡으로 접어들면 아름다운 수목군을 볼 수 있다. 한 시간여 가면 황산의 최고 하이라이트인 보선교에서 신에 도전하는 인간의 절정을 볼 수 있다. 난관 행로의 돌계단이다. 기암절벽에 130미터 정도의 철심을 박아 난관 행로가 계단을 만들어낸 길을 가는 것이다. 난관 행로에서 산 아래를 보면 수천 길 낭떠러지다. 그래서 아래를 보지 않고 암벽만 바라보며 걸어야 한다. 현기증이 날 땐 주저앉아 호흡을 조정해야 한다.

해발 1,600미터에서 1,700미터까지 난간 계단 길을 오르내리는 협곡산행은 간담을 서늘하게 한다. 70도의 암벽을 좁은 난간 계단의 공포에 젖어 송림봉 허리를 오르고 내리며 배운정에 이른다. 하늘 바다, 산의 바다를 네 시간여 돌아 오르면 환상의 천해에 이른다. 천해는 서해협곡, 동해협곡, 북해협곡, 남해전해협곡의 정상에 있으며 호텔이 집결해 있다. 하룻밤을 자고 일출을 기다린다. 천해의 일출은 아름답기가 천상의 궁전이다.

중국인들은 서해대협곡을 거쳐 천해에 이르는 영광이, 보살이 수미산에 오르는 대광화엄이라는 것이다. 절대 나쁜 업보를 지닌 사람은 오를 수 없는 현실 윤회의 진수를 이곳에서 맛볼 수 있다.

네팔인의 윤회관은 내세 연속이어서 구태여 고난 끝에 행복을 찾을 이유는 없다. 그러나 중국인의 윤회관은 현실관이어서 현실의 행복한 삶이 윤회의 공덕을 받은 것이라고 하였다.

096

등신불이 되어 세상을 구한 김교각 스님

등신불(等身佛)은 수도자의 살아 있는 육신을 불상으로 만들어 보존하는 것을 말한다. 등신불은 스님의 고행 어린 성불 과정에서 겪는 고귀한 희생정신이 사후에도 살아 있는 육신으로 남아 후세인에게 성공하는 구도의 길을 보여주는 것이다.

불상에는 석불상이나 목불상, 동불상이 있는데 등신불은 육불상이라고 할 수 있다. 부처님의 경지인 묘각(妙覺)에 득도한 보살만이 가능한 것이다. 묘각에 이른 스님은 시신이 썩지 않아 육체와 영혼이 분리되지 않은 채 영원히 남는데, 이것을 불상으로 보존하는 것이다.

중국 안휘성 구화산의 기원선사는 등신불이 된 김교각 스님을 지장보살로 모시는 명사찰이다. 신라의 왕자 김교각이 영화와 권세를 버리고 불가에 입신하여 당나라로 유학 와서 이곳 구화산에서 득도하여 지장보살이 되었고, 99세로 영면하여 등신불이 되었다.

열반 후 김교각 스님은 죽어서 산 등신불이 되어 지금까지도 중국 안휘성 구화산 화성사 육신보전에 모셔져 있으며, 중국 사람들은 스님의 화신을 지장보살로 추앙하고 있다. 구화산 성지의 기록에 따르면 김교각 스님은 신라 32대 효소왕의 유복자로 태어났다. 어머니는 성정왕후였다. 아버지 효소왕이 죽고 그가 유복자로 태어나자 숙부인 성덕왕이 왕위에 올랐다. 성덕왕은 조카인 김중경을 태자로 봉하지 않고 자신의 친아들을 왕위에 오르게 한다. 왕자로 태어난 김중경은 24세에 출가하여 오대산 상원암에서 수행하던 중 김교각(金喬覺)이라는 법명을 받았다. 김교각 스님은 더 큰 불도를 터득하려고 지청(地聽)이라는 개를 길벗 삼아 배를 타고 황해를 건너 당나라로 유학을 갔다. 스님이 당나라에서 처음 도착한 곳은 절강성 동부의 해안이었다. 스님은 20여 년을 강남의 여러 절과 산을 돌아보는 여행 수행을 하던 중, 당나라 개원 말년에 강남의 지주(池州)로 들어가서 구화산에 정착하였다.

어느 날 교각 스님은 험한 산길을 걸으며 수행하던 중에 호랑이에게 잡아먹히려는 청년을 구해주었다. 청년의 아버지는 지방의 수령이었다. 수령은 교각 스님께 소원이 있으면 들어주겠다고 하였다. 그때 교각 스님은 "내게 수행할 장소를 주십시오."라고 말했다. 청년의 아버지는 구화산에 수행처를 마련해주었다. 그곳이 바로 구화산 절터였다. 화성사라는 절을 짓고 수도를 하였고 그 청년이 출가하여 수제자가 되었으며 그 아버지도 구화산의 스님이 되었다.

교각 스님은 당나라 정원 10년(794년) 7월 30일, 99세에 입적하였다. 열반할 때 유언을 남겼다. "내가 죽거든 시신을 항아리에 넣어 삼 년 후에 개봉해 보거라. 시신으로 있으면 부처가 된 것이다." 스님의 유언대로 삼 년 후 항아리를 열어보았더니 스님이 생전 모습으로 계셨다. 제자들은 교각 스님을 등신불로 봉안하여 중생을 계도하는 지장보살로 모셨다. 교각 스님은 등신불이 되어 육신을 보전하는 부처가 되어 지금도 3층 지장석탑에 열반해 계신다.

사람들은 의심하였다. 어떻게 교각 스님이 등신불이 될 수 있느냐고……. 한 청년이 지장탑 앞에서 기도를 하다가 바늘 침으로 지장보살의 등신불을 찔렀다. 그때 지장보살의 등신불에서 흰 피가 나왔다. 등신불로 확인되자 친견이 금지되었다. 송나라 땐 탑을 8각 목탑으로 건축하고, 지장스님의 육신을 함 속에 넣어 육신 탑으로 보호하게 하였다. 명나라 땐 이 탑에 법전(法殿)을 세웠다.

구화산은 남송의 불교 4성산(구화산, 오태산, 아미산, 부타산) 중에서 불심이 가장 강한 산이다. 믿음이 깊으면 구하고 원하는 일이 이루어진다는 것을 입증한 것이다.

097
살생의 죄는 업보로 돌려받는다

✽

인간은 생명이 살 수 있는 환경을 파괴하고 수많은 생명을 죽여 멸
종 위기에 달하게 만들었다. 그 죗값을 고스란히 되돌려 받을 날이 머
지않았다.

지난 2012 여수 세계박람회 주제관에서 듀공과 소년의 극적인 우정
을 만날 수 있었다. 해양오염과 포획으로 멸종당해 겨우 명맥을 유지
하고 있던 듀공이 인도에서 '살아 있는 바다, 숨 쉬는 연안'을 찾아 일
년을 걸려서 헤엄쳐 왔다는 것이다.

듀공이 여수 바다에 와서 처음 만난 사람은 어린 소년이었다. 소년
은 바닷가에 나왔다가 파도 속에서 들려오는 어떤 비명 소리를 들었
다. 새가 우는 것 같기도 하고, 강아지가 우는 것 같기도 한 비명이 파
도 소리와 같이 들려오는 것이었다. 대체 이 소리는 어디서 들려오는
소리일까? 가만히 귀 기울여보니 바다 밑에서 들려오는 소리였다. 구
원을 요청하는 비명이었다.

"살려줘요. 살려줘요. 살려주세요……."

소년은 바다로 뛰어들었다. 흰 고래 한 마리가 그물에 걸려 있었다.
소년은 그물에 갇힌 흰 고래를 탈출시켰다. 흰 돌고래가 큰 눈을 뜨고

입을 합죽거리며 미소를 지었다.

"고맙다. 넌 내 생명을 구해준 은인이야. 그런데 네 이름이 뭐니?"

"난 용석이라고 해, 김용석."

"그렇구나. 내 이름은 듀공이라고 해. 시레니아 듀공. 고래를 닮긴 했지만 난 고래가 아니고 멸종당한 듀공이야. 우리 친구 할까?"

듀공은 웃으며 말했다.

"그래. 넌 세상에 없는 물고기 같아. 어디서 왔니?"

"응, 인도양에서 왔어. 맞아, 세상에서 사라진 물고기야. 사람들이 우리 종족을 다 잡아먹어서 멸종되었단다."

"너 혼자만 살았다고? 이를 어쩌나."

"용석아, 내 등에 타. 내가 바다 구경을 시켜줄게. 어서 타."

용석은 듀공의 등에 타고 바다 속으로 들어갔다. 해초가 무성한 바다였다. 산호초와 바다풀이 무성하고 물고기들이 자유롭게 헤엄치며 사는 아름다운 바다였다.

"너, 정말 아름다운 바다에 사는구나."

"응, 옛날엔 정말 아름다웠지. 그런데 아름다운 바다가 다 망가져버렸어. 사람들이 버린 쓰레기가 바다 밑에 쌓여 아름다운 자연이 파괴되어 물고기들이 살 터전을 잃어버렸어."

듀공은 용석을 태우고 바다 밑의 여기저기를 구경시켜주었다. 바다는 온통 쓰레기더미였다. 바다 생물이 살 수 없는 폐허가 되었던 것이다.

"이래서 물고기가 살지 못하는구나."

"사람들이 만든 거야. 그래서 우리 종족도 멸종해버렸던 거야. 내가 널 이 곳에 데리고 온 것은 사람들에게 바다에 쓰레기를 버리지 말라고 전하라는 거야."

"미안하다…… 참 나쁜 인간들이구나."

듀공은 소년을 싣고 다시 바다 위로 올라와 내려주고 바다 속으로 사라졌다.

"제발 다시는 그물에 걸리지 말고 잘 살아라……."

소년은 듀공이 사라진 바다를 향하여 손을 흔들었다.

듀공(dugong)은 인어라고 부르는 해양 포유동물이며, 산호초가 있는 바다에서 초식을 한다. 몸의 형태는 유선형으로 고래를 닮았다. 몸길이는 약 3m이며, 무게는 300kg까지 나간다. 해초를 뜯어 먹기 위하여 아래턱이 날카롭게 뻗어 있다. 두 개의 어금니가 위턱에 나 있으며, 콧구멍은 두 개로 머리 앞 끝 위쪽에 열려 있고, 눈은 작다. 앞다리는 가슴지느러미처럼 생겼고, 뒷다리는 없고, 꼬리지느러미는 수평이고, 등지느러미는 없다.

피부는 두껍고, 코끼리와 같이 주름이 많다. 홍해와 인도양의 얕고 따뜻한 바다에서 산다. 1900년대에 가죽과 고기와 기름을 얻기 위하여 인간들이 무자비하게 포획한 결과 급격히 줄어들어 멸종 위기에 달했다. 이렇게 인간은 자연을 훼손하고 생태계를 파괴하여 수많은 생명을 죽게 했다.

생명은 유한한 것이다. 작은 벌레에서 곤충과 짐승 그리고 인간에 이르기까지 동등한 생명체인 것이다. 그런 존엄성을 가지고 태어난 생명을 죽이는 것은 곧 나를 죽게 하는 것이다. 자연의 생태계는 먹이사슬의 환을 그리고 살아가는 것인데, 살생을 계속하면 생태계가 파괴된다. 조물주는 인간이 살아가기 위한 최소한의 살생은 허락했다. 먹이사슬의 궤도상에 관계한 죽임은 서로가 죽고 죽이는 관계이기에 허락이 된다. 그러나 먹이사슬과 거리가 먼 살생은 안 된다는 것이다.

윤회의 고리에선 태어나기 위하여 죽는다고 한다. 생태계에서 죽음은 다른 생명을 위한 것이다. 가장 이상적인 살생은 균형을 이루는 죽음이다. 내가 존재하는 것은 곧 타인을 존재케 하는 것이고, 내가 있어야 네가 있는 것처럼, 상태계도 균형의 삶을 유지해야 서로의 생명이 유지된다.

어느 한쪽이 살생으로 전멸했다면 한 고리가 끊어지고, 또 다음 고리가 끊어진다. 먹이사슬에서 최상층에 있는 인간이라도 아랫고리가 끊어지면 생명의 위협을 받게 된다.

생태학적인 논리 외에도, 유한 생명관에서 살생은 저지른 만큼 업보로 돌아온다는 것이 윤회사상이다. 저지른 양상에 따라 저주받고 혐오스러운 존재로 태어난다는 것이다. 인과의 업보는 피해 갈 수 없다.

098
법을 잘 지키면
법의 보호를 받는다

여래가 행하는 평등한 경계는 큰 바다와 같이 흔들리지 않으며 이런 경계로 가엾은 백성을 교화하여 일체 중생의 이익을 얻게 하려면 여래의 법안을 열어 보여 여래가 행하던 길을 밟아 백성이 편안하게 살게 하여라.

화엄경의 입법계품(入法界品)을 인용하여 통치법을 만든 분이 있다. 삼봉 정도전(鄭道傳)이었다. 그는 법계의 이론을 법치의 이론으로 활용하였다.

법의 존엄은 생명을 지키는 것이다. 법은 약자를 보호해야 한다. 좋은 법은 백성을 편하게 하지만 악법은 백성을 괴롭히는 무기라고 하였다. 좋은 법은 지켜야 하고, 준법정신이 투철하면 개인과 나라가 바로 선다는 것이다. 그러나 잘못된 법을 잘못 적용하는 바람에 법이 강자의 무기가 되어 약자를 괴롭히는 것이다.

법 앞에 만인이 평등하다는 법리는 이론상으로 불가하다. 법을 잘 지키는 사람은 오히려 바보가 된 듯하다. 그것은 정치적인 당리당략을 위한 패거리들의 행패 때문이다. 법을 잘 지키는 사람이 대우받고 잘 살며 법 앞에 공정한 심판을 받게 하는 것은 나라가 할 일이다. 절

306

대 정부나 법을 집행하는 권력층이 법의 논리를 해쳐선 안 된다.

법을 잘 지키는 사람이 그 사회를 끌어갈 수 있게 정부는 실리주의가 아닌 원칙론적으로 법을 집행해야 한다. 정치가 법질서를 무시하기 때문에 공권력이 무너지는 자충수를 두곤 하였다. 그렇게 만든 잘못된 법치 때문에 개인의 인권과 재산을 위협하는 실수를 범해선 안 된다. 우리는 법을 잘못 적용하는 통치 때문에 국가 기반이 무너지는 사례를 역사에서 흔히 볼 수 있었다.

조선의 국법은 원칙론을 폈기에 500년 왕권을 유지할 수 있었다. 그 모태는 건국법인 『경국대전』을 바탕으로 한 통치기구를 6전체제(六典體制)로 유지해 왔기 때문이다. 정도전은 화엄경의 입법계를 인용하여 경국대전을 만들어 백성이 잘 사는 이상 국가를 만들려고 하였다. 역사 이래 경국대전만큼 백성을 위하는 법문은 없었다. 그의 법문은 존엄한 백성의 눈과 입을 통하여 나오는 소리를 듣고 만든 법이어서 오늘날에도 법도의 길을 가르쳐주고 있다.

정도전(1342~1398)은 고려 말기 몰락한 권문세도가의 자제로 태어나 고려의 권문세족에 대한 반감이 매우 컸다. 공민왕이 즉위하여 몽골을 몰아내기 위해 여러 가지 개혁정책을 추진하였으나 실패하였고, 정도전을 등용하여 개혁을 시도했으나 신돈의 횡포로 관직을 잃고 유랑생활을 하면서 백성의 비참한 생활을 보게 되었다. 정도전은 함경도의 함흥에서 태조 이성계를 만나 세상을 뒤엎고 백성들이 살기 좋은 세상을 만들 수 있다고 말하였다.

마침내 이성계는 위화도 회군으로 최영 장군을 제거한 후 우왕을 폐위하고 아들 창왕을 즉위케 하면서 정권을 잡았다. 그리고 이색, 정몽주, 정도전, 조준을 등용하여 과감한 개혁을 단행한다. 이때 정도전이 이성계를 도와 썩고 부패한 왕도정치를 개혁하는 경국대전을 만든다.

경국대전은 오백년간 조선을 통치하는 표준법이 되었다. 정부 통치 조직은 6전체제로 운영하였다. 이전(吏典)은 궁중을 비롯하여 중앙과 지방의 직제 및 관리의 임명하는 사령탑이며, 호전(戶典)은 재정을 비롯하여 호적·조세·녹봉·통화와 상거래를 하는 관제이고, 예전(禮典)은 여러 종류의 과거와 관리의 의장·외교·의례·공문서·가족관계를 맡으며, 병전(兵典)은 군제와 군사를 관할하고, 형전(刑典)은 형벌·재판·노비·상속 등을 통치 관리하고, 공전(工典)은 도로·교통·도량형·산업 등을 통치 관리하였다. 따라서 명문화된 경국대전은 조선 최고 법전으로서의 지위를 유지하였다.

사업상 중요한 것은 법을 잘 알아야 한다는 것이다. 법을 잘 지키고 법령에 의해서 사업을 하면 법의 보호를 받는다. 사람의 관계도 마찬가지다. 원칙대로 행동하면 남으로부터 지탄받는 일은 없을 것이다.

– 「입법계품(入法界品)」에서

099
이혼은 가정과 사회를 멍들게 한다

*

사람은 나이가 들면 결혼을 하고 가정을 꾸린다. 가정은 사회생활의 가장 작은 세계다. 자라온 환경이 전혀 다른 남녀가 한집에서 사랑으로 엮어져 아이를 낳고 살아가는 모습은 참으로 아름답다. 가정은 세상에서 가장 편한 보금자리다. 결혼은 숙명적인 계약이지만, 행복은 사랑이 있어야 가능하다. 두 사람 사이에 아이가 있다면 사랑의 결속은 더 강하게 된다.

가정이 편하고 행복해야 사회가 건강하고 나라가 편하다는 말은 모든 힘의 요소가 가정에서 나온다는 것이다. 즉, 가정이 편해야 큰일을 할 수 있다는 것이다. 어떤 일을 하는데 가정이 불편하고 가정에 흉사나 병마가 있으면 일이 잘 안 된다. 그래서 공자는 "가정을 다스린 후 나라를 다스려야 한다."고 말씀하였다.

그런데 가정을 하찮게 생각하는 사람이 있다. 그 결과 부부간에 사랑이 깨지고 갈라서는 경우가 많다. 사랑에 금이 가거나 경제적인 파탄을 맞거나 성격 차에 의해서 갈라선다. 그것은 극단적인 행복만을 추구하는 잘못된 생각 때문이다.

모든 생명은 태어나서 짝짓기를 한다. 누가 가르쳐준 것도 아닌데 스스로 짝짓기를 한다. 종족을 번식시키려는 생태 본능이다. 수컷과 암컷이라는 개체가 짝짓기를 통하여 몸과 마음을 섞을 때 비로소 사랑이 싹튼다. 인간도 결혼이라는 짝짓기를 한다. 결혼은 사랑으로 이루어지고, 짝짓기도 사랑으로 이루어진다. 결혼이란 단순한 사랑의 짝짓기가 아니다. 아이를 낳고 행복한 가정을 꾸린다는 데 의미가 크다. 그런데 사소한 애정 때문에 갈라서는 부부의 모습은 정말 애처롭다. 심지어는 사랑하는 아이마저 팽개치고 떠나는 경우도 많다.

가정이 깨지는 순간부터 불행해진다. 그 불행은 단순히 한 가정의 파탄뿐 아니라 사회적인 손실을 가져온다. 더 좋은 짝을 찾아가는 이혼이 결코 행복한 것은 아니다. 이혼하면 얻는 것보다 잃는 것이 더 많다. 부모의 이혼으로 탈선하는 아이들을 많이 본다. 이들이 범죄와 악의 구렁텅이에서 헤어나지 못하고 결국 사회의 낙오자나 범법자가 되고 마는 것이다.

아내는 원수라는 말이 있다. 헤어지면 남이 되고 원수가 된다는 말이지만, 깊이 생각해보면 이 말처럼 아내를 사랑한다는 말은 없다. 원수가 되지 않으려면 이혼을 하지 말아야 하고, 그러기 위해서는 더욱 깊게 사랑해야 한다는 뜻도 된다. 따라서 성공하려면 결혼을 잘 해야 하는 것은 두말할 나위도 없다. 가정이 편하고 화목해야 만사가 잘 풀리기 때문이다.

우리는 주변에서 이혼한 부부들을 많이 본다. 성격과 자라온 환경이 다른 남남이 결혼한 상태이니 마음이 같을 수는 없다. 그런데 마음에 들지 않고 성격이 맞지 않는다고 이혼을 해버린다. 이혼을 하면 가장 큰 피해자는 자식이다. 청소년 문제를 일으키는 아이들을 보면 가정 결손이 원인인 아이들이 많다. 이런 아이들은 증오로 가득 찬 성격으로 길러져서 건강한 시민이 되지 못한다. 그리고 경제적인 이유에서도 이혼을 많이 하는데, 이들은 막상 이혼을 했지만 더 좋은 경제적 부를 누리긴 힘들다. 따라서 현실을 직시하고 개선해나가는 것이 현명하다.

우리는 다시 한 번 가정의 중요성을 알고 부부가 합동하여 화목한 가정을 만들기 위해 노력해야 한다. 부부가 서로의 일에 진심으로 내조해준다면 더 이상의 용기는 없을 것이다. 특히 맞벌이 부부나 같이 일하는 부부일수록 가정의 행복에 신경써야 한다. 그래야 매사가 평온하다.

100
가정교육이 바로 선 집안은 자식이 번창한다

*

집안이 잘되면 자식이 번창하고, 집안이 잘못되면 자식 농사가 안 된다. 단순히 업보적인 말일지 모르지만 사실이 그렇다. 흔히 종손이 잘 안 된다고 하였다. 그것은 그만큼 인척간에 할 일이 많고, 집안일 때문에 자기 일을 돌보지 못한 탓에서 오는 핸디캡이다.

그러나 요즈음은 종손이 잘된다고 말한다. 그만큼 종손은 갖춘 것이 많아 음덕을 받는다는 말이다. 어른들은 장남이 잘돼야 가정이 편하다고 한다. 그래서 장남은 책임감이 많고 두루 신경 쓸 일이 있기 때문에 바르게 생각한다. 부모들은 장남 교육에 모든 것을 바친다. 종손이 잘돼야 가문이 잘되고, 장남이 잘돼야 그 집안이 잘된다고 생각하기 때문이다.

'잘되는 집안은 자식이 잘된다.' 라는 말은 어쩌면 당연한 귀결이다. 집안이 편하니까 자식들이 비뚤어지지 않게 올곧은 교육을 받았고, 예의범절이 바르고, 심성이 곱게 자랐기 때문이다. 장손 집엔 불손한 것이 허락되지 않는다. 보고 배우는 것이 많다는 것이다. 그래서 잘될 수밖에 없다는 결론이다. 제대로 된 집안의 부모들은 가정에 어떤 불행이 닥치더라도 자식을 버리지 않고 잘 기른다. 이런 부모들은 다음에 자식에게 정성을 기울인 만큼 그 자식이 효도를 다한다. '효자 밑에 효자 나고 열녀 밑에 열녀 난다.' 라는 말은 바로 보고 배우는 모든 것이 효행으로 간다는 말이다.

　반면 자식을 낳아 책임을 지지 않고 아무렇게나 버리고 기르면 자식들이 잘될 수가 없다. 부모가 자식을 막 기르고 팽개치면 자식은 내버린 만큼 막 자란다. 그러니 잘될 수가 없다는 것이다. 막 기른 자식은 호래자식이 되어 부모를 막 대한다. 그런 자식에게 효도를 바라는 것은 어리석은 것이다. 어떤 부모는 자식이 하자는 대로 내버려둔다. 가정교육을 못 받은 자식들이 잘될 수 없다. 자식을 엄하게 기른다는 것은 가정교육이 바로 섰다는 뜻이다.

　자식을 잘 기르면 반드시 효도를 받는다. 집안이 잘되면 자식이 비뚤어질 수가 없다. 그래서 사람을 평가할 때 그 사람의 현재 모습보다는 성장 과정을 보라는 말이 옳은 것이다. 흔히 장모를 보면 그 딸을 알 수 있다고 한다. 무슨 뜻인지 잘 새겨들어야 할 말이다. 가정교육이 바로 서면 자식이 번창한다.

101
메모하는 습관이 성공에 이른다

메모는 인간의 기억력을 회생하고 보완하면서 일을 차분히 처리하는 힘을 길러준다. 아무리 머리가 좋아도 인간의 기억력은 한계가 있어서 곧 망각에 빠져들고, 기억해내지 못해 전전긍긍 후회하며 일을 망치는 수가 있다.

언제나 메모 수첩을 들고 다니면서 보고 느끼는 대로 사실을 기록해두면 요긴하게 사용할 수 있다. 일기는 하루가 끝나면 일상에서 일어났던 사실을 반성하는 기록의 역사다. 그러나 메모는 그때그때 상황을 기록하는 지식의 창고이며, 움직이는 역사다.

인간은 쉽게 망각한다. 그렇다고 망각이 나쁜 것만은 아니다. 사람이 수많은 것을 기억하고 있다고 생각해보자. 머리가 터질 것이다. 그러니 적당하게 잊어주는 것이 두뇌 공간을 확보하는 것이다. 그러나 사람들은 나이가 들수록 기억력이 약해지고, 어렴풋이 생각은 나는데 확실히 기억할 수 없어 쩔쩔매는 경우가 많다. 그리고 나이가 들수록 486컴퓨터가 되어 속도감이 없이 뒤늦게 기억나곤 한다.

기억력 향상을 위해서 메모가 필요하다. 메모는 약속을 정확히 이행하게 해주고, 업무상의 중요한 일과 대인관계에서 필요한 일을 비서처럼 챙겨주는 든든한 보좌관이다. 그리고 좋은 생각이 날 때 그 생각을 기록해두면 자기 교양과 상식을 보충하는 데 독서 이상의 도움을 준다.

작가들은 항상 메모할 수 있는 수첩을 옆에 두고 길을 가거나 일을 할 때 떠오르는 상념과 아이디어를 적어두고 작품을 쓸 때 인용한다. 이렇듯 메모를해두면 반드시 요긴하게 쓸 수 있다는 것이다. 사람은 환경을 바꾸거나 사람을 만날 때 자기가 가지고 있던 상식 밖의 지식을 얻게 된다. 그것을 메모해두면 순발력 있는 일처리를 할 수 있다.

메모를 잘하는 사람은 남보다 신속하게 업무를 처리하며 대인관계에 실수가 없으며 남보다 치밀하게 계획을 세울 수 있다. 메모는 현장의 기록이라고 하지만 대개의 사람들은 잠잘 때와 잠에서 깼을 때 많은 생각이 떠오른다. 잠을 잘 자고 나면 정신이 맑아지기 때문에 신선한 아이디어가 떠오른다. 사업에 필요한 아이디어나 좋은 글감이나 내재한 상식들이 생각에 묻어 나오는 것이다. 이때 생각을 메모해두고 필요할 때 사용하는 것은 인생을 사는 데 큰 도움이 된다.

긴급한 아이디어가 필요할 때 아무리 생각해도 좋은 아이디어가 떠오르지 않는다. 이때 메모장을 들추면 훌륭한 독후감을 읽는 것처럼 금 같은 명언 명구들을 요긴하게 활용할 수 있다.

메모하는 습관은 독경(讀經)하는 습관과 같다. 메모는 마치 불경을 독경하는 것처럼 정신활동에 큰 활력을 준다. 하루라도 독경을 게송하지 않으면 하루 일이 안 된다고 하듯, 하루라도 메모를 하지 않으면 크나큰 응원군을 잃는 것과 마찬가지다.

그리고 메모한 것은 절대 버리지 말고 모아두면 좋다. 메모를 습관화하면 메모를 하지 않는 사람보다 모든 면에 신속하다. 메모하는 습관을 가진 사람은 모든 일에 실수가 없고, 남보다 너그러운 처세관을 가지고 현명하게 일을 처리하는 능력을 가진 사람이다.

102
열 냥 가진 놈이
닷 냥 가진 놈을 탐낸다

＊

내가 손을 들면 해인의 빛을 발하지만, 중생이 마음을 움직이면 번뇌
가 먼저 일어난다.

인간이 가지고 있는 다섯 가지 욕망은 인생을 살아가는 가장 기본
적인 욕구이다. 먹고 싶은 욕망, 가지고 싶은 욕망, 잠자고 싶은 욕망,
유명해지고 싶은 욕망, 종족보존을 위한 성에 대한 욕망, 이것을 필요
한 만큼만 충족하면 그보다 큰 보약은 없다.

그러나 사람의 욕심은 한이 없다. 한 가지 욕망을 채우면 다른 욕망
이 싹이 돋는다. 사람이 과욕을 부리면 오욕(五慾)의 노예가 되어 인생
을 망친다. 오욕은 인간이 가지고 있는 본능적인 욕망이지만 넘칠 땐
화를 입는다. 재물은 인간의 생활을 편리하게 하지만 욕심이 넘칠 땐
도둑이 된다. 물욕은 마치 아편 같은 중독성이 있어서 탐욕에 물들면
헤어나기가 힘들다. 물욕의 싹은 돋을 때마다 뿌리도 깊어지고 줄기
도 커지고 잎도 파랗게 되어 욕심으로 가득 찬 들판은 잡초 밭이 되고
만다.

사람의 나이 40~50세 때 가장 욕심이 많다고 한다. 밖에 나타나는
욕심은 보이지 않지만 내면으로 숨는 욕심은 암 같은 뿌리를 내린다.

그렇다면 인간의 물욕을 절제할 수 있는 것인가? 절제하기가 어렵다. 그것은 재물로 누리는 권세와 영화 때문이다. 특히 여자들은 재물에 민감하다. "돈과 사랑을 빼면 여자는 허깨비다."라고 어떤 철학자가 말했듯이, 여자들은 부티 나는 삶을 동경한다. 특히 몸치장에 치중하여 비싼 옷을 입고 최신 유행하는 패션의 선두가 되어 우쭐거리고 싶어 한다. 이런 모습을 보고 몸치장에 별로 관심이 없는 여자도 덩달아 유혹의 눈길을 보내다가 없는 살림을 파탄 내는 사례를 흔히 보는 것이다.

물욕에 눈이 어두운 사람은 모든 것을 돈으로 보고, 평범한 사람들과는 차원이 다른 가치관으로 생활하기에 사회적 물의를 일으키곤 한다. 그들은 자기가 쟁취한 물질만을 최고로 알고, 물욕에 어두운 사람들을 비웃으며 세를 과시한다. 뿐만 아니라 가난한 사람을 무시하거나 소외시키고 심지어 상처를 안긴다. 가난한 사람은 돈에 대한 욕망은 많지만 쉽게 얻을 수 없다는 것을 알기 때문에 욕심부리지 않고, 돈을 버는 방법을 모르니 얻는 것도 적다. 돈에 대한 욕망의 끝은 어디인가. 돈으로 과연 영원히 편할 수 있을까? 보통 사람들은 재물에 눈먼 부류들이 이룬 성과에 부러움의 눈길을 보내고, 자신은 그런 욕망을 채우지 못했기에 불평불만을 늘어놓는다. 왜 현대인들은 오욕칠정 중에 물욕에 더욱 치중하는가. 어른, 아이 할 것 없이 모자람에 불만하는 표정들이 안타깝다. 물질만능이 만들어낸 사회적 병폐이다.

있는 놈이 더하다. 현대의 자본주의 구조가 있는 놈은 더 잘살게 하고, 없는 놈은 더 못살게 만들어버렸다. 자본이 있으니 사업을 키울 수 있고, 사업을 키우니 돈을 버는 방법이 보이는 것이다. 그래서 재벌들이 골목 안 상권까지 빼앗는 약육강식의 사회가 도래한 것이다. 있는 놈은 재물에 욕심이 과하여 더 많은 재물을 모으려고 혈안이 되어 있다. 그래서 입질이 좋은 것이라면 무조건 낚아챈다. 자본주의 본성이다. 이들에게 물욕은 한이 없다. 그러기에 욕심을 채우기 위해 수단과 방법을 가리지 않는다. 작은 것을 빼앗기는 서민들은 자기방어에 야단법석을 떨지만, 힘의 공세엔 무너지고 만다. 물욕에 눈먼 자들은 조그만 이익이라도 생기면 쉴 줄 모르고 끝까지 파고들어 쟁취한다.

욕심으로 일을 무리하게 벌이면 남과 충돌하기 쉽고, 물 위에 뜬 물거품을 잡는 것처럼 허무해진다는 것을 아직 실감하지 못하고 있지만, 과욕이 부른 엄청난 결과는 언젠가는 당도할 것이다. 재물은 쉽게 잡히지만, 지키지 못하면 연기처럼 사라지는 것이다. 과욕은 인생을 파멸시킨다는 진리를 알아야 한다. 부족한 듯 만족하고 살면 쉬운 길을, 왜 어렵게 가는지 모르겠다. 욕심이 작으면 남과 싸울 일도 없고, 재물이 적으니 지킬 보초가 필요 없다. 얼마나 편한가. 욕망으로 가득찬 사람은 만족감이 없기에 행복한 생활을 할 수 없다.

주어진 것에 만족하며 평범하게 사는 사람은 생각의 폭이 좁아서가 아니라 욕심으로 얻어지는 고통을 외면하는 사람이다. 실속만 찾으면 더 이상 큰 욕심을 안 내는 사람이다. 지키지도 못할 재물을 모으겠다고 과욕만 부리면 욕심의 노예가 되어 인생을 망친다. 가진 사람이 더 한다는 말이 있다. 욕심이 많은 사람은 그 욕망을 채웠더라도 모조품이나 도금이나 대용품까지도 탐내어 얻고 그러고도 마음이 채워지지 않는 법이다.

인간은 순수한 것, 신선한 것을 좋아한다. 인조가 섞이지 않은 진짜를 좋아하고 모조품은 싫어한다. 그러나 욕심으로 가득한 사람은 모조품도 진짜라고 좋아한다. 욕심이 많아 세상을 요령과 속임수로만 살려는 사람은 가짜와 진짜를 구별하지 못하고, 그 욕심이 또 다른 욕심을 불러와서 결국 욕심으로 망한다.

103
기러기 아빠의 일기,
자식이 원수다

✳

　오늘날 한국 사회는 자식 교육열 때문에 멍들고 있다. 무슨 영화(榮華)를 보자는 것인가? 모두 다 내 자식이 남의 자식에게 뒤떨어지지 않게 하려고 혈안이 되어 있다. 능력이 있건 없건 간에 남들이 한다니까 과외를 하고 유학을 보내 사교육비로 가정이 파탄 나고 있다.

　유학은 공부를 잘해서 선진 국가에 가서 선진 학문을 배워 학위를 따라고 보내는 것이다. 그런데 요즈음은 공부를 잘 못하는 학생도 어학연수를 보내는 것이 유행병이 되어버렸다. 유학 가서 공부를 하건 안 하건 문제 될 게 없고, 남들처럼 내 자식을 유학 보냈다는 데 자부심을 느끼는 부모들이 많다. 돈이 많아서 유학을 보내면 이해가 된다. 그런데 경제적인 여유가 없는데도 유학을 보내다가 가정 파탄을 일으켜 이혼하고, 아빠는 노숙자가 되는 사례가 많다. 한국적인 슬픈 병이다.

　능력이 부족한 아이를 유학 보냈다가 집안이 망한 사례를 한번 들어보겠다. 강만수는 공부를 썩 잘하지 못하는 청년인데 어머니 등쌀에 미국 유학을 갔었다. 아버지가 은행 지점장이어서 한 달에 천만 원이라는 학비를 그런대로 댈 수가 있었다. 그런데 아버지가 퇴임하면서 경제적인 압박을 받았다. 강만수는 미국에 유학 온 지 십 년이 지나도록 학위를 따지 못했다. 어학연수 2년을 마치고 대학에 입학했으나 도저히 따라가지 못해 공부를 포기했는데, 부모님은 그가 대학을 졸업하고 박사학위를 딸 때까지 유학자금을 계속 대주었다.

십 년 동안 엄청난 돈을 투자했으나 강만수는 박사학위는커녕 대학조차 제대로 나오지 못하고 건달이 되었다. 부모님은 아들이 대학을 졸업하고 현재 박사학위를 준비하고 있는 줄로 알았고, 올해는 박사학위를 따겠지 하며 초조하게 기다렸다. 남들은 5~6년이면 박사가 되어 돌아오곤 하는데 학위를 못 따는 자식이 야속했다. 그러나 중도에 포기할 수가 없었다.

그의 아버지는 퇴직금까지 자식에게 투자하고 빈털터리가 되었다. 그런데 거의 돈이 바닥이 날 즈음에 아버지는 암에 걸려 고통을 받다가 그만 돌아가시고 말았다. 그러나 강만수는 아버지의 장례식에도 참석하지 않았다. 어머니는 아들이 공부하느라 오지 못했다고 하객들에게 말했다.

과연 그는 부모의 바람대로 공부를 했던가, 아니었다. 그는 학업을 포기하고 놀고먹는 오렌지족이 되어 예쁜 아가씨와 외국 여행을 즐겼다. 학교에 있어야 할 그가 외국으로 떠돌아다녔던 것이다. 그러나 부모님은 아들이 공부를 열심히 하는 줄로 알았다. 그런데 아버지가 죽고 어머니가 미국으로 자식을 만나러 갔을 때, 그가 대학에 다니지 않고 재산을 탕진하고 놀았다는 사실이 밝혀졌다.

어머니는 화병으로 앓아눕고 말았다. 아들은 귀국하여 아픈 어머니를 시골 양로원에 맡기고 집을 팔아 그 돈을 가지고 도망을 갔다. 기가 막히는 일이었다. 어머니는 2년 후에 죽었다. 그는 어머니 장례식에도 오지 않고 그 돈으로 애인과 여행을 즐기면서 살았다. 그런 그에게 직장이 생길 리도 없었고, 구하려고도 하지 않았다. 후에 들은 이야기로는 그는 재산을 다 날리고 마약 중독자가 되어 어느 수용소에서 생활을 한다는 것이었다.

이 모든 일의 원인은 부모가 제공한 것이다. 능력이 안 되는 녀석을 십 년 동안이나 학비를 대며 유학을 시킨 그 부모에게 책임이 있었다. 한낱 체면이 모든 것을 망친 것이다.

사람에겐 능력차가 있다. 머리가 나쁜 아이를 천재들 속에 넣어놓고 노력만 하면 된다는 밀어붙이기 식의 교육을 해선 안 된다. 처자식을 유학 보내고 아버지 혼자 사는 기러기 아빠들의 고통과 슬픔은 이루 말할 수 없다. 유학은 대학을 나와서 정식 학위코스를 밟는 것도 있지만, 어학연수나 특기 신장 등 다양한 것이 많다. 문제는 유학을 가는 그 아이들이 유학 과정을 소화할 수 있느냐는 것이다. 소화할 수도 없는데 남들이 보내니까 같이 들떠서 그들 축에 끼워 넣으려는 부모의 허영심이 불행을 자초하는 것이다.

강만수 부모뿐 아니라 유학 때문에 가정이 파탄 나는 경우가 많다. 기러기 아빠들은 처자식 유학비를 대려고 등골이 빠진다. 혼자 남아 제대로 먹지도 못하고, 입지도 못하고, 쓰지도 못하고, 집까지 팔아 갈 곳이 없어서 거의 노숙자 생활을 하고 있다고 한다. 어떤 사람들은 봉급은 물론 모아놓은 돈도 다 써버리고 이젠 집을 팔아 돈을 대려고 하지만 집값이 떨어지는 바람에 죽을 지경이다. 결국 아버지들은 거리로 나앉고 만다. 자식의 미래를 위한 유학이기에 어떤 고통도 참고 견디겠다는 우리 아버지들의 고통은 이제 끝내야 한다.

104
귀를 열고 마음을 열면 성공한다

세 사람이 길을 가면 거기에 반드시 스승이 있으니 그의 착한 점을 골라서 따르되 착하지 못한 것은 가려서 고쳐나가야 한다.

— 『논어(論語)』에서

나쁜 약은 입에 달고 좋은 약은 입에 쓰다. 귀를 열고 마음을 연 사람은 성공한다. 귀를 닫고 마음을 닫는 쇄국책(策)은 고립의 길로 가는 지름길이다. 말속에 뼈가 있고 살 속엔 심줄이 있다. 버려진 쓰레기도 잘만 보면 용도가 있고, 더러운 걸레는 빨아도 걸레지만 한 번은 더 쓸 수 있다. 남의 말과 충고를 잘 받아들이면 복이 되고 살이 된다. 그러나 무조건 귀가 얇아서 남의 말을 곧이곧대로 알아듣고 실천하거나 옮기는 태도는 주관 없는 약자의 변신술이다.

남의 말을 너무 잘 듣는 것도 문제지만, 잘 듣지 않는 사람은 더 문제다. 몸에 좋은 약이 쓰고, 충고는 기분이 나쁘다. 그러나 당장은 쓰고 기분이 나쁘지만 지나놓고 보면 살이 되고 뼈가 된다. 남의 말을 듣되 내게 필요한 것만 고르고 걸러서 들어야 하고, 충고는 나를 무시하고 욕하기 위한 것이라도 좋은 것이다.

듣기 좋은 말로 기분을 좋게 하는 사람이 있는가 하면, 듣기 싫은 말로 약점만 찔러서 괴롭히는 사람도 있고, 진정으로 상대를 위하여 쓴소리를 하는 사람도 있다. 듣기 좋으라고 하는 말은 독이다. 아부와 아첨은 듣기가 좋지만 실속을 빼앗기고, 비방하고 헐뜯는 말은 행동을 제약한다.

남의 말을 들으라는 것은 정보를 입수하라는 말이다. 흘러가는 말 속에서 진수를 거두고, 오가는 말 속에서 진실을 파악하고, 퍼지는 소문에서 세상을 배운다. 이런저런 중에 필요하고 요긴한 것을 골라 듣고 이해한다면 이보다 더 좋은 정보는 없을 것이다.

충고는 기분 나쁘지만 다음에 오는 열매는 달다. 남의 말을 충분히 들어야 내가 무슨 말을 해야 할지 아는 것이다. 내가 해야 할 대답을 상대방의 말에서 얻어내는 자세가 실패를 막는 중요한 대안이다. 남의 말을 들으면 남이 하는 실수는 일단 안 하는 것이다.

화엄경에서 일체유심조(一切唯心造)는 '마음의 부처는 중생과 같으며 일체의 사물은 마음이 만든다' 는 것이다. 부처님은 작은 티끌 중에 온 우주의 근본이 포함되어 있다고 말씀하셨다. 이는 수많은 형상이 마음으로 나타날 수 있다는 말인데, 중생들은 그 뜻과 가르침을 이해하지 못해 허둥대고 있다. 누구나 부처님의 가르침에 귀를 기울이면 그 속에 진리가 있다.

인식 속의 만상은 마음이 만들어낸 허상이고, 인식은 실상이 아니라 마음이 지어낸 표상이며, 마음이 작용하는 한 실상은 볼 수가 없다. 이는 가르침엔 지혜가 있는데 받아들이지 못한다는 말이다. 따라서 부처님뿐 아니라 세 사람이 모이면 그중에 스승이 있고, 누구나 스승이 될 수 있다. 항상 남의 말을 귀 기울여 들으면 언제나 신선한 정보를 얻을 수 있어서 사업이나 처세를 하는 데 도움이 된다.

105
성공은 1%의 영감과 99%의 노력으로 이루어진다

✳

　발명왕 에디슨은 "성공은 1%의 영감과 99%의 노력으로 얻어진다."
고 하였다. 이 말은 천재적인 지식보다는 노력이 성공한다는 말이다.
그 말은 무한한 의미를 내포하고 있다. 영감은 감정과 지성의 극치에
서 나오는 창조적인 발상이다. 그것은 쉽게 나오는 것이 아니다. 깊은
사색과 정신 집중과 모든 지식의 집합체에서 번뜩 나오는 아이디어인
것이다. 에디슨은 늘 이런 영감을 창안해냈고, 그 영감을 찾으면 99%
의 노력으로 성취해냈다. 그래서 그의 천재성을 인정하는 것이다. 그
러나 영감은 천재성에서 나오는 것이 아니고 생각에서 나온다.

　그는 노력하는 천재였다. 그는 어떤 일에 매진하면 전후에 있었던
일을 망각해버리는 사람이었다. 사람들은 그를 바보라고 할 정도였
다. 그가 은행에서 가서 이름을 묻는 행원의 질문에 자기 이름이 생각
이 안 나서 집으로 돌아와서 생각하니 에디슨이라는 이름이 생각나서
다시 은행에 갔다는 이야기나, 연구 중에 계란을 삶는다는 것이 시계
를 삶았다는 이야기는 그가 얼마나 어떤 일에 집중했었는지를 보여준
다. 어떤 일에 전념하면 다른 일을 잊어버리는 것이 천재들의 속성이
다. 어떤 한 일에는 천재이고 박사이지만, 다른 일엔 문외한이라는 것
이다.

에디슨은 천재는 아니었다. 노력가였다. 그는 1847년 유복한 가정에서 일곱 자녀 중 막내로 태어났다. 어렸을 때 청각장애를 일으켜 학교도 가지 못하고 어머니 밑에서 독학으로 공부하였다. 그는 누구의 말도 잘 듣지 않는 문제아였으나 어머니의 설득으로 책을 많이 읽어 상상력이 풍부하고 호기심이 많은 소년으로 자랐다. 청각장애 때문에 학교 공부는 물론 누구의 도움 없이 스스로 독서를 통하여 지식을 얻어 창조적인 발상을 했다. 그는 지나칠 정도로 엄청난 책을 읽었다. 독서는 그에게 무한한 상상력과 영감을 불러일으켰다. 그는 혼자 공부하면서 발명품에 관심을 가졌고, 의문이 생기면 끝까지 파고드는 연구와 노력으로 세계적인 발명왕이 되었다.

에디슨은 만드는 것을 좋아했다. 그런 그의 과학정신은 수많은 발명품을 만들어냈다. 1931년 죽기 전까지 축음기, 전화기, 백열전구 등 1,093개의 특허를 얻어 세계 기록을 세웠다. 그는 에디슨 연구소를 만들어 '성공은 1%의 영감과 99%의 노력에서 나온다' 라는 슬로건을 걸고 연구하여 미국을 일등 국가로 만드는 데 공헌하였다.

에디슨은 자신에게 내려진 육체적인 장애를 극복하는 노력가였다. 그러나 무조건적인 노력이 아닌 상상력과 창의력이 풍부한 생각이 담긴 노력을 했다. 영감이란 꼭 과학적인 것에만 적용되는 것은 아니다. 감성에도 작용한다. 현대에는 감성이 고운 사람이 성공한다고 말한다. 감성을 키우는 것은 노력이지만, 감성은 기발한 천재적 발상에서 나온다.

마음에 두는 생각을 아름다운 감성으로 승화시켜 노력하면 그 마음에 진실과 정감이 배어 사람을 감동케 하는 것이다. 1%의 영감은 바로 감성에서 우러나오는 것이니 누구나 감성을 개발하는 데 노력해야 하는 것이다.

106
밤의 에필로그, 젊은 여인

　선생님, 제 집이예요. 카페, 블루하우스. 옐로우 걸이 사는 집이예요. 선생님을 저의 집으로 초대해요. 컴퓨터를 켜보세요. 제 집이 나와요. 제 주소는 bluehouse@daum.com이에요. 여셨죠. 하루에 천 명이 다녀가요, 젊은이들이 쉬어가는 곳이에요. 가다가 숨 가쁘고 피곤하면 찾아와요. 기쁨은 나눠 가지고, 슬픔은 없애버려요. 난 방황하는 청춘을 위하여 카페를 만들었어요. 사연도 많아요. 신나는 일도 많고요, 슬픈 일도 많아요. 난 그들과 얘기하고 그들의 사연을 선생님께 알려드리겠어요. 재미나거든요. '일그러진 청춘, 이유 있는 반항'을 쳐보세요. 제가 나올 겁니다. 여셨군요. 접니다. 예쁘죠. 많이 자랐지요. 이제 숙녀가 되었답니다. 선생님, 무슨 이야기를 할까요. 그래요. 튀고 싶은 젊은이들을 한번 만나 봐요.

　선생님, 밤이 깊었어요. 곧 친구가 올 거예요. 아이스크림을 사 들고 온대요. 멕시칸 치킨과 맥주를 사오랬어요. 잠이 안 와요. 학교가 그립고, 선생님이 보고 싶어요. 벌써 삼 년이에요. 세상을 다 보았어요. 즐겁고 재미있어요. 살맛나고요. 많고 많은 이야기와 사연을 가진 친구들을 만났어요. 그들의 이야기를 듣고 있노라면 신명 나요. 선생님 강의보다 재미있어요.

지난밤, 너무 쏘다녀서 오늘 아침은 퍼질러 늦잠을 잤어요. 아무도 날 깨워주는 사람이 없어요. 정오가 되어서 일어나 라면을 끓였죠. 먹는 둥 마는 둥 식사를 하고 또 거리로 나갔어요. 아저씨가 만나재요. 어디 쓸 만한 놈인가, 실망했어요. 인터넷에 오가는 그렇고 그런 남자였어요. 가난해 보였어요. 아저씨. 저 싫거든요, 나도 놀 줄 아는 사람이거든, 싫어요. 커피숍을 나왔어요. 무료해서 놀잇감을 찾아보았어요. PC방에 들렀다가 만홧가게로 갔어요. 그래도 시간은 흐르지 않아요. 학교에서 공부하는 친구를 불러냈죠. 녀석은 부리나케 뛰어왔더군요.

성인 오락실로 갔어요. 신나고 짜릿한 걸로 한 대 때리고 녀석은 다시 학교로 갔어요. 교문 앞을 맴돌다가 돌아섰죠. 갈 곳이 없어요. 술 생각이 나서 호프집을 찾았는데 아직 문을 안 열었어요. 그럴 땐 시장으로 가요. 목노에서 소주 한 잔을 걸치고 아까 그 아저씨한테 전화를 걸었어요. 얼마인데……? 비싸거든요. 그래, 그렇담 할 수 없고……. 난 남자 친구의 자취방으로 갔어요. 그는 나를 보자마자 끌어안았어요. 난 그의 입술을 강하게 빨아당겼어요. 너 나 싫으면 언제라도 가라. 그의 말이에요. 뭐, 날 차고 싶다고, 너 날 버리면 죽어. 돈 있나? 응, 있어. 저녁거리 좀 줘라. 싫증이 났어요.

난 다시 집으로 왔어요. 팬 카페를 열었어요, 수많은 사람들이 찾아와 있더군요. 난 내 카페 블루하우스 주인이에요. 난 인기 있는 메이퀸이고요. 선생님 알잖아요. 고등학교 학생들 말예요. 겉으로는 화사하고 멋지고 명랑한 것 같지만 안으로는 고민이 많아요. 늘 우는 소리, 아픈 소리를 해요. 슬퍼요. 나도 그들처럼 슬퍼요. 난 그들에게서 들었던 이런저런 이야길 해줘요. 울던 소녀가 웃어요, 화났던 소년이 껄껄대요. 어느덧 나는 그들의 상담자가 되어 있었어요. 빨리 이 시간이 갔으면 해요.

선생님, 사랑해요. 학교를 그만두고 모델 생활 삼 년이에요. 앞날은 몰라요. 오늘만 살 뿐이에요. 인생은 즐거워요. 살아볼 가치가 있는 낙원이랍니다. 돈이 없어요. 그러나 걱정하지 않아요. 아저씨를 만나면 돼요. 만나기만 해주면 아저씨는 돈을 줘요. 글쎄, 집에 가기 싫대요. 나하고 자고 싶대요. 싫어요. 난 순결한 여자예요. 선생님, 믿어줘요, 전 정말 순결해요. 언제가 될지는 몰라도 난 집으로 돌아갈 거예요.

내 친구 애들은 시시해요. 그러나 스무 살 아가씨예요. 선생님, 사랑해요. 욕하지 말아요. 언제까지 그런 인생을 살 거냐고 비웃지 말아요. 연극이 끝나면 집으로 돌아간다니까요. 내 팬 카페의 모든 친구들과 같이 돌아갈 거예요. 메일이 왔어요. 스마트폰 메일과 카페 메일이 동시에 왔어요. 만나재요. 하나는 20대이고 하나는 40대 남자예요……. 선생님, 어떤 생각 하셨어요? 안 된다. 난 너를 구원하고 말 것이다…….

그녀의 넋두리는 바수밀다가 해탈과 회향의 법문에서 허둥대는 선재동자의 모습이었다. 선재동자는 그렇게 세상을 체험하였다.

선재동자가 남쪽의 험난국 보장엄성(寶莊嚴城)에 이르러 거리에서 몸 파는 여인 바수밀다를 찾아갔다. 사람들은 마음가짐이 반듯한 그가 왜 창녀를 찾아가느냐고 의아해했다. 그런데 막상 만난 그녀의 단정한 용모를 보니 창녀라고 생각할 수가 없었다. 바수밀다는 창녀인데 보살이 되어 보장엄에서 천우(天友)라는 이름으로 중생을 제도하고 있었던 것이다.

몸 파는 여인이 탐욕을 버리고 보살로 해탈한 것을 보고 그는 크게 반성하였다. 선재동자는 비로소 부처님의 선체험 구도를 실증받았다.

그녀로 하여금 그는 새로 태어났다. 선재동자의 세상 체험은 말로 구
도하는 보살행이라기보다는 진정한 중생의 아픔을 헤아려 구도하는
선체험이었다.

– 회향법문(廻向法文)에서

107
누가 이 싱글 맘에게 돌을 던지랴

✳

　나연은 필리핀 민다나오 다바오 수상하우스 테라스에 얼어붙은 듯 앉아 있었다. 자스민이 내온 커피를 마시며 먼 바다를 응시하고 있었다. 남편의 별장이었다. 나연은 아픈 추억 속에 묻혀버렸다. 남편과 사별하고 파란만장한 세월을 살아왔다. 그녀는 화단에서 이름을 날린 유명한 화가인데 요즈음 들어 슬럼프에 빠져 작품다운 작품을 그리지 못하고 허우적이는데 아이들마저 속을 태워 여간 심사가 곱지 않았다. 뿐만 아니라 홀로 사는 여자라고 쉽게 보는 남자들의 시선이 두려웠다. 남이 어떻게 생각하든 그녀는 오로지 자식과 그림을 위하여 사는 순박한 여자인데 세상 사람들의 시선은 그렇지 곱지 않았다.

　인생이란 현재의 것이지 미래나 과거는 의미가 없다. 오로지 현실만이 존재하는 것이다. 내가 있어야 모든 것이 있고 내가 존재해야 모든 것이 존재하는 것이다. 내가 없으면 모든 것이 없다. 그래서 그녀는 현실에 고착하여 현재의 삶과 실존에 맹종하는 삶의 의미를 갖고 있었다.

　사람들은 그녀를 잘나가는 화가에 자유분방한 끼로 남자를 밥 먹듯 후리는 여우라고 떠들고 다녔다. 하긴 그도 그럴 것이 그녀는 네 명의 남편을 갈아치웠다. 만나는 사내마다 덜떨어진 놈들이어서 자식들만 안겨주고 떠났다. 그러나 그녀는 남편은 버려도 자식만은 소중하게 길렀다. 사실 싱글 맘이 자식을 키우며 산다는 것은 그렇게 쉬운 일은 아니었다. 둘째 남편은 배우였는데 아들 딸 남매를 두었으나 성격이 안 맞아 헤어졌고, 세 번째 남자에게선 딸 하나를 얻었으나 결혼 목적이 돈을 우려내려는 사기꾼이어서 헤어졌고, 네 번째 남자는 선생님이었는데 그녀의 자유방임한 생활을 용납할 수 없다며 스스로 떠났다. 아무튼 현재 그녀는 이혼녀다.

남들은 남편을 잡아먹는 팔자 사나운 여인이라고 하지만 그것은 불행한 남자들을 만났기 때문이었다. 그녀는 그림밖에 몰랐다. 늘 화실에 박혀 그림만 그렸다. 따라서 자식교육이나 양육은 친정어머니가 맡았다. 그래도 아이들은 심성이 곱고 영리해서 그런 엄마를 원망하지 않고 스스로 곱게 자라줬다.

개성이 강해서 어느 남자든 그녀의 비위를 맞추지 못했다. 남녀평등보다 여성 우월을 부르짖는 여걸이었다. 이혼 후에도 그녀의 남성 편력은 한없이 자유로웠으나 아이들은 자신이 양육하였다. 그녀는 까다로운 성격에 자신만 아는 고집에 사회성이 부족하고 사람과 더불어 살려는 의지가 없으며 오직 자신만 알았다. 그래서 결혼에 실패했고 만나는 남자마다 떠났다. 외모가 수려하고 미색이 곱고 몸매가 예뻐서 접근하는 사람이 많았지만 그런 모진 성격 때문에 곧 떠나곤 하였다.

그녀는 물감을 칠하다가 그만 손을 놓고 멍하니 창밖의 어둠을 바라보았다. 괜히 눈물이 핑 도는 것이었다. 더 이상 작업을 할 수가 없었다.

"마님, 식사하세요."

가정부 자스민이 말했다.

"벌써 저녁 시간이 되었군요."

그녀가 식당으로 나갔다. 자스민은 근사한 필리핀 요리를 마련해주었다. 자스민의 요리솜씨는 타고났다. 재료가 시시해도 그녀의 손을 타면 맛있는 요리로 변한다. 최고의 하우스 키퍼였다. 쉰이 넘었는데도 그녀는 필리핀 특유의 젊고 탄탄한 검은 피부색을 가진 건강한 미녀였다. 처음 그녀를 고용할 때 이력서를 보니 대학을 나왔고 한때는 선생님까지 했다는 것을 알고 꺼렸었다. 그런데 그녀가 열심히 일하겠다고 애걸하는 바람에 고용했던 것이다. 역시 그녀는 곱고 착한 심성을 가진 여인이었다.

"맛있어요, 자스민."

"맛있다니 고맙습니다."

"난 자스민 같은 도우미를 만나서 행복해요."

"저도요. 어디를 가서 이런 직장을 구하겠어요. 주인님이 착한 분이라서 좋아요. 하늘이 내린 직장이라고 생각해요."

그녀는 수줍어하면서 말했다.

"남편은 뭘 하세요?"라는 질문에 자스민의 표정이 흐려졌다.

"남편은 없어요."

"왜요? 싱글 맘인가요?"

"네, 아이가 아홉 명이나 돼요."

"그럼 혼자 아홉 명이나 되는 아이들을 키운단 말예요?"

"그럼요, 필리핀에선 아이들 키우는 것은 여자들 몫이잖아요. 남편은 아무 필요가 없어요. 필리핀 여자들은 보통 일고여덟 명의 자녀를 키워요."

나연은 깜짝 놀랐다. 혼자 아홉 명의 아이를 키운다는 것이었다. 대체 이런 하우스 키퍼 일을 해서 어떻게 그 많은 학비를 댄단 말인가.

"저도 네 아이의 싱글 맘입니다. 그래서 싱글 맘의 입장을 잘 알죠.

다 학교는 다녀요?"

"네 명은 직장을 구해서 일하고요. 세 명은 학교에 다니고, 두 명은 아직 어린아이예요."

"대단하십니다. 애들 아빠는 사별했나요?"

"아닙니다. 다 살아 있어요. 네 명의 아빠가 있어요."

"네 명의 아빠? 그런데 혼자 키워요?"

"네, 애들만 낳고 모두 떠났어요. 아니, 내가 버렸어요. 무능한 남자는 필요 없어요. 그래서 제가 기른답니다."

"그런 아이를 왜 낳았어요."

"하느님이 주신 아이거든요. 그래서 생긴 대로 낳았어요."

"생기니까 낳았다고요?"

나연의 눈에서 눈물이 핑 돌았다. 어쩌면 그렇게 자신의 모습과 흡사한지 모른다. 자스민은 사귀었던 남자들 이야기를 해주었다. 하나같이 책임감이 없는 남자들이었다. 필리핀 여자는 다 그렇단다. 아이가 생기면 무조건 낳는 것이 가톨릭적인 사고인데, 그 아이들을 모두 여자가 기른다. 남자는 자식만 낳고 떠난다. 부부 사이에 성격이 맞지 않아서 그런 것도 아니고, 남자가 무책임하게 아이를 낳고 떠나도 아무런 욕을 먹지 않는 것이 민다나오 섬의 전통 사회 풍습이었다. 그런 생각 때문에 보통의 가정에선 여자가 아이를 양육하고 교육시킨다. 여자가 책임지는 철저한 모계사회다. 아버지가 있어도 집 안에서 빌빌대고, 여자들이 나가서 일해서 벌어먹고 사는 것이었다.

자스민은 눈물을 글썽이며 딸아이 이야기를 해주었다.

마닐라 대학 3학년에 다니는 딸아이에게 학비를 지원해주는 한국인 사장님이 있었다. 그는 장학 사업으로 딸에게 두 학기 장학금을 삼 년간 대주었다. 한 학기 등록금이 백만 원이니까 삼 년간 육백만 원을 대준 것이다. 그런데 그 사장님이 필리핀에 골프 여행을 오면서 딸아이를 만나자기에 사장님을 뵈려고 찾아갔는데, 그 사장님은 딸을 만나고 '공부 열심히 하라'고 격려만 해주고 보냈다는 것이다.

딸아이는 내심으로 자기를 도와준 사장님께 모든 것을 다 주고 싶었던 것이다. 그래서 호텔까지 가려고 했는데 돌아가라고 하니 자기를 싫어해서 그런 것이라고 속이 상했다. 사장님이 자기를 싫어하면 학비도 지원받지 못한다고 울고 있다는 것이었다.

"은혜를 갚는 길, 사랑하고 좋아하고 존경하는 사람에겐 몸을 바치는 것이 필리핀인의 정서에요. 그런데 사장님은 동침을 거부하고 보냈어요. 사장님이 우리 아이를 싫어하면 학자금을 받지 못해요. 그래서 내가 만날 생각이에요."

"그런 고민은 안 해도 돼요. 그분은 그런 걸 바라고 도운 것은 아니에요."

"그렇지만 딸아이는 자기 몸으로 은혜를 갚는 것이 최대의 예의라고 생각해요."

"한국인들은 그렇지 않아요. 도움을 준 사람에게 그런 요구는 안 해요. 더군다나 학생에게 장학금을 줬는데요. 그러니 그런 생각 말라고 하세요."

"그런데 딸아이는 그렇게 생각 안 해요. 호의를 무시하는 것은 싫어하는 것이고, 관계를 끊는 것이라고 생각해요. 학비가 끊기면 안 돼요. 졸업이 일 년 남았어요. 꼭 만나야 해요. 우리 딸과 만나게 해주세요."

누가 알랴, 남편 없이 자식을 키우며 은혜는 은혜로 갚는다는 싱글맘의 심정을, 그녀는 진정한 여인이고 어머니였다.

108
공원에서 만난 노인의 어깨가 무겁다

날씨가 매우 찬 어느 날, 산책길에서 공원 구석의 벤치에 홀로 앉아 있는 할머니를 발견하였다. 추운데 얇은 외투를 입은 모습이 몹시 춥게 느껴졌다. 다행히 양지 바른 곳이라서 바람을 막아 추위는 덜한 것 같았지만 홀로 쓸쓸하게 먼 산을 바라보고 앉아 있는 모습이 짠해 보였다.

대체 무엇이 저렇게 노인의 어깨를 짓누르고 있는 걸까? 한량없이 무거운 무게였다. 무슨 생각을 하기에 저렇게 심각한 표정으로 굳어 있을까? 무엇이 괴로워서 저럴까? 지난날의 잘나가고 행복했던 시절을 그리는 걸까? 잘못된 자식을 걱정하는 걸까? 아니면 살아가기가 힘들어서 신세를 한탄하고 있는 걸까? 난 멀리 앉아서 할머니의 모습을 관찰하고 있었다.

세상 대부분의 노인들이 그렇듯이 살아 고생한 것에 비해 노후엔 아무것도 가지지 못해 회한하는 그 초라한 모습과는 달랐다. 모두가 짐이었다. 자식도 짐이고, 남편도 짐이고, 손자도 짐이다. 그래서 어쩌면 죽음을 작정하는 그런 분위기인지도 모른다.

모든 노인이 그렇다. 돌이켜 생각하면 정말 열심히 살았다. 어려운 환경에서도 자식 교육 잘 시키고 남편을 보필하여 가정도 잘 꾸려왔다. 그러나 세월이 흐른 후 자신에게 남은 것이란 늙고 병든 몸 하나라는 것이다. 그래서 허무하다고 생각하는 것은 노인들 공통의 고뇌다. 그렇지만 할머니 표정에는 그 이상의 고통이 있는 것 같았다.

나는 따끈한 붕어빵 한 봉지를 사 들고 할머니 가까이 다가가 말을 붙였다.

"할머니, 날씨도 찬데 붕어빵 하나 드셔요."

할머니는 고개를 흔들어 거부했다. 난 할머니 옆에 앉아 붕어빵을 맛있게 먹으며 다시 말을 걸었다.

"할머니, 붕어빵을 먹으니 추위가 가셔요."

할머니는 나를 쳐다보았다.

"붕어빵이 그렇게 맛있어요?"

그러더니 하나를 들고 잡수셨다.

"할머니, 이 추운 날씨에 왜 이렇게 혼자 공원에 앉아 있어요?"

"열불이 나서 식히러 왔어요."

"무슨 일인지 가르쳐주시면 안 돼요?"

"내 팔자가 서러워서요."

할머니는 이야기를 털어놓았다. 남편이 있을 땐 경제적으로 부유한 생활을 했는데, 남편이 죽고 자식이 사업한다고 재산을 다 탕진하고 거듭되는 실패에 절망에 빠져 술로 폐인이 되어버렸고, 며느리가 겨우 품팔이를 하여 손자들을 돌보는데 힘이 부친다는 것이다. 며느리는 시어미를 부양할 수 없으니 딸네 집으로 가라고 하는데, 딸도 늙은 어머니를 모실 입장이 안 된다는 것이었다. 이러지도 저러지도 못해 차라리 죽어버리고 싶은 심정이라 화를 달래고 있다는 것이었다.

"할머니, 용기를 내세요. 그런다고 집을 나오면 안 되고요. 딸네 집에 가서 사세요."

"그럴 생각이지만 나를 받아줄지요? 짐일 텐데……."

"무조건 가세요. 가서서 직접 부딪쳐 해결하십시오."

"글쎄요."

무겁고 한량없는 번뇌다. 나이가 들면 나이만큼 번뇌가 늘고, 살아온 만큼 회한과 고통이 많아지는 것이다. 난 나도 모르게 부처님처럼 말했다.

"내려놓으십시오. 세상의 모든 번뇌의 짐은 다 내려놓으십시오."

"그게 어디 쉽나요."

"그런 생각이 짐입니다. 공수래공수거, 빈 몸으로 나서 빈 몸으로 가는데 왜 번뇌를 지고 갑니까? 다 내려놓으면 고통도 번뇌도 사라집니다. 걱정을 왜 합니까? 할머니 인생은 할머니 인생이고, 자식 인생은 자식 인생인데 왜 할머니가 고통을 당합니까? 짐을 다 버리면 세상이 맑고 가벼울 것입니다."

할머니가 나를 바라보았다.

"부처님을 만난 것 같습니다."

"부처님의 말씀을 인용했을 뿐입니다."

"고맙소. 붕어빵 잘 먹었습니다."

할머니는 돌아서 갔다. 그러나 어깨에 가득 실린 짐의 무게가 한량없었다. 저 짐을 어떻게 내려놓을까? 세월의 짐, 가족의 짐, 앞으로 살아가야 할 짐, 누구나 나이가 들면 짐의 무게가 커지나 보다.

할머니, 제발 그 짐을 다 내려놓으십시오.

一切無人 一道出生死 (일체무인 일도출생사)
- 일체에 걸림이 없는 사람은 하나의 도로 생사를 벗어난다.

다시 원효의 말을 떠올린다.

"짐을 내려놓으면 새로운 삶이 보일 것입니다."

– 「여래출현품(如來出現品)」에서

대방광불화엄경(大方廣佛華嚴經)에서 배우는 지혜

화엄경은 불교의 모든 철학과 사상을 가르치는 교과서이다.

부처와 중생이 시공을 초월하여 깨달음의 수행 과정을 체험적으로 보여주는 불경이다. 대방광불화엄경(大方廣佛華嚴經)을 약칭하여 화엄경이라 한다. 문수보살, 보현보살, 미륵보살 등 53인의 보살이 여래의 출현으로 배운 선지식을 차례로 방문하면서 중생들에게 구도한 내용을 모은 불전이다.

무한한 우주적 본질이 수많은 시간과 공간을 초월하여(大) 변함없이 질서정연하게 성숙되어(方) 넓고 광대한 진리를 터득하여(廣) 그 깨달음을 실천하고 다른 사람을 깨우치게 하여(佛) 아름다운 꽃으로 피어나서(華) 무궁무진한 진리가 부처님의 바다에 이르러(嚴) 아름다운 공덕으로 실증되어 오묘한 우주의 진리를 탐구해내는 성불이다.

동진의 불타발타라(佛馱跋陀羅, A.D. 359-429)가 번역한 60권 화엄경을 구경(舊經)이라 하고, 당나라 실차난타(實叉難陀, A.D. 652-710)가 미미함을 보완하여 번역한 것을 80권 화엄경이라 한다. 그리고 당나라 측천무후가 번역·보완하여 서문을 쓰고 널리 보급한 신경(新經)이 있다. 그 후에 당나라 정원(正原, A.D. 792-869)이 입법계품(入法界品)만 번역한 40권 화엄경이 있다.

우리나라는 80권 화엄경을 수행의 원전으로 삼고 있다.

80권 화엄경은 부처님께서 6년간의 고행을 마치고 보리수나무 밑에서 비로소 삼라만상 우주의 진리를 깨달은 비로자나불이 되어 그 첫 깨달음을 9회에 걸쳐 40수행으로 설법한 내용이다.

대방광불화엄경의 세상은 오직 광채로 빛난 아름다운 축제의 장이다. 마치 그것은 현대판 올림픽 축제 같은 것이었다. 런던 올림픽 개막식이 카운트다운 되어 지구촌 204개국 1만 6천 선수와 70억 인구가 지켜보는 가운데 성화가 밝혀졌던 그런 광경으로 수미산에 대축제의 구법회가 열렸다. 멀리서 종소리가 울려 퍼지자 다섯 개원이 하나가 되어 불빛이 밝혀졌고, 오륜기는 하늘로 떠올랐다. 경기장에 모여든 6만 관객이 함성을 지른다. 곧이어 모든 관중이 일어나서 춤과 노래를 부르는 퍼포먼스가 열기를 띠자 불꽃은 환상적인 런던의 밤을 수놓는다. 지구인의 축제, 올림픽 서막식이 열리는 풍경이다.

2,500년 전 네팔의 수미산 연화궁에서 이 같은 구도회가 있었다. 수미산 연화궁에 수많은 보살과 수행자들이 비로자나 부처님의 전신상을 보려고 모여들었다. 그때였다. 사방이 금색의 광채로 밝아지면서 연꽃이 피어나고, 그 연꽃 위에 신비로운 거상 비로자나가 나타났다. 수행자들은 비로자나에서 나오는 눈부신 광채를 받으며 그 앞에 꿇어앉았다. 수행자들은 비로자나의 출현에 감탄을 금치 못하였다. 이때 보현보살과 문수보살이 비로자나 옆에 나란히 서서 손을 흔들었다. 수행자들은 춤과 노래로 여래를 맞았다. 여래는 설법을 시작하였다.

보살들이 나와서 자신이 배우고 익힌 선지식과 구도한 내용들을 발표하는 장이 열렸다. 보살들은 조화롭고 통일된 율법의 평화로운 세상을 만들기 위해서 스스로 일생을 통하여 수행하며 중생을 구하고 스스로 인격자가 되었다는 수행담을 이야기하였다. 보살들은 십현연기, 육상원융, 일진법계, 원융문과 항포문, 만행성불로 설명하였고, 세상은 가장 큰 것과 가장 작은 것이라도 조화를 이루어 존재하며 가장 넓고 좁은 것에 관계없이 세상일은 한꺼번에 일어나고 사라지며, 잘난 사람 못난 사람이 있기 마련이지만 서로 보완하고 도와가며 공존하는 진리를 토론·설법하였다.

구도법회는 밤낮을 가리지 않고 계속되었다. 비로자나 여래가 수미산 연화궁에 나타나셨다. 살포시 어둠이 내리는 저녁, 희미한 달빛 그림자가 구름바다를 감싸는데, 하얀 비단옷 아래로 속살이 훤히 들여다보이는 몸으로 대나무 숲이 드리운 거암에 앉아 먼 하늘을 바라보며 명상에 젖는다. 두 손을 살포시 무릎에 올리고 편안하게 앉은 자태가 화사하고 평화스러웠다. 오른발은 왼발 위에 포갠 듯 올려놓고 조신하게 앉은 모습이 너무나 아름다웠다. 뒤로 은은하게 깔린 미색의 구름이 자애로운 배경을 이루었다. 머리에 올린 청록의 보화관이 비단결처럼 너울대고, 정수리에 나부끼는 너울 사이로 입상의 본존불이 근엄한 자태로 자애로움을 더하는데 몸을 감싼 사라엔 금색의 신광이 흐르고 있었다.

비로자나의 작고 붉은 입술과 눈, 부드럽게 처진 미간에 반달눈썹이 너무나 아름답다. 고운 자태에서 스며져 나오는 미소가 사랑과 연민의 간절함을 갈망하는데, 화려한 사방의 꽃장식이 아름답다. 감로수 병에 꽂혀 휘늘어진 버드나무가 춘색을 더하고, 그 옆엔 남순동자가 방긋이 웃고 있다. 미소 띤 여래의 사라 속으로 보일 듯 말 듯 신체

선이 드러나 더욱 아름답다. 그 옆으로 미륵보살, 관세음보살, 대세지보살, 문수보살, 보현보살, 지장보살이 비로자나를 보좌하고 있었다.

모두가 하나였다. 법회가 끝나는 날 화려한 축제가 벌어졌다. 소승불교, 대승불교, 라마교 수행자들은 각기 자신들이 염원하는 경을 게송하고 있었다. 심지어는 천수경, 반야경, 금강경, 법화경, 유마경, 무량수경까지 게송하며 축제를 즐겼다.

마치 그것은 해양지구촌의 축제인 여수엑스포 빅오쇼(Big-O Show)가 찬란한 불빛을 발산할 때 그 아래 모인 관중 같았다. 빅오의 원형 구조물이 공중에 떠서 물과 빛의 환상을 자아낸다. 빅오 원구에 불이 켜지고, 100미터 분수가 하늘에 치솟아 올라 수막 전광판에 불이 켜지고, 회전하는 원구에서 물이 쏟아져 뻥 뚫린 원구에 수막을 만들어 사방으로 흩뿌린다. 물안개가 휘날려 흩어져 뜨거운 열기를 식힌다. 흐르는 안개 위로 사방에서 불빛이 집중된다. 빅오의 불빛이 광채롭다. 동서남북 하늘과 바다에서 꿰뚫고 오르는 불빛이 원 안에서 서로 교차하여 현란하고 찬란한 색채를 만들어 밤하늘에 뿌린다. 그 위로 아름다운 수막이 생기고 영상물이 상영된다. 그리고 잠시 수막이 사라진 후 물은 분수가 되어 하늘로 치솟아 관중의 머리 위에 시원하게 쏟아진다. 빅오는 빛과 물의 조화를 이루어 바다와 인간이 살아가는 삶의 모습을 환상적인 퍼포먼스로 그려내서 엑스포의 밤을 수놓는다. 그리고 다시 원구에서 뜨거운 불꽃이 폭발하듯 솟구쳐 사방이 대낮같이 밝아진다.

눈 덮인 수미산은 온통 황금의 산으로 변해버렸다. 보통 사람은 오를 수 없고 상상할 수도 없는 험산인데, 여래의 힘으로 연화궁 구도법회에 참가한 사람들에겐 여래의 공덕 광명이 내려졌던 것이다.

화엄경은 불교사상을 총괄하는 불경이다. 주된 사상은 사사무애(事事無碍)의 법계와 연기를 체계화한 십현연기(十玄緣起)와 조화와 통일을 설명하는 육상원융(六相圓融)과 절대 평등한 우주의 진여세계를 뜻하는 일진법계(一眞法界)와 부처님을 최고의 인격체로 삼는 만행성불(萬行成佛)이다.

화엄경은 법계와 연기를 설법한 가장 방대하고 심오한 대승경전으로 십신, 십주, 십행, 십회향, 십지, 등각, 묘각 등 보살의 수행을 체계화시킨 불경이다. 마지막 장 「입법계품(入法界品)」은 선재동자가 문수보살의 가르침을 듣고 53보살을 찾아 선지식을 구도하는 힘든 고행을 수행자의 입장에서 게송하고 토론한 것이다. 다시 한 번 화엄경은 모든 불경의 원본임을 밝혀둔다. ✺

제1회 설법회 - 부처님이 깨달은 화엄경 서론의 보리도량을 21일 동안 설법하다

1. 세주묘엄품 / 2. 여래현상품 / 3. 보현삼매품 / 4. 세계성취품 / 5. 화장세계품 / 6. 비로자나불성품

제2회 설법회 - 보광명전에서 십신을 설법하다

7. 여래명호품 / 8. 사성제품(사제품) / 9. 광명각품(여래광명각품) / 10. 보살문명품(보살명난품) / 11. 정행품 / 12. 현수품(현수보살품)

제3회 설법회 - 하늘법회인데 도리천궁에서 10주를 설법하다

13. 승수미산정품(불승수미정품) / 14. 수미정상게찬품(보살운집묘승전상설계품) / 15. 보살십주품(10장) / 16. 범행품 / 17. 초발심공덕품 / 18. 명법품

제4회 설법회 - 야마천궁에서 십행을 설법하다

19. 승야마천궁품(불승야마천궁자재품) / 20. 야마궁중게찬품(야마천궁보살성계품) / 21. 십행품(10장) / 22. 신무진장품

제5회 설법회 - 도솔천궁에서 십회향을 설법하다

23. 승도솔천궁품(여래송도솔천궁품) / 24. 도솔천궁게참품(도소천궁보살찬불품) / 25. 십회향품(10장)

제6회 설법회 - 천인태화자재천궁에서 십지품을 설법하다

26. 십지품(10장)

제7회 설법회 - 지상의 보광명전에서 설법하다

27. 십정품 / 28. 십통품 / 29. 십인품 / 30. 아승지품 / 31. 여래수량품 / 32. 보살주처품 / 33. 불부사의법품 / 34. 여래십신상해품 / 35. 수호광명공덕품(불소상광명공덕품) / 36. 보현보살행품 / 37. 여래출현품(여래성기품)

제8회 설법회 - 보광명전에서 설법하다

38. 이세간품

제9회 설법회 - 급고독원에서 화엄경의 결론을 설법하다

39. 입법계품

제10회 설법회 - 화엄경의 종합적인 내용을 설법하다

40. 보현행원품